〖中华诗词存稿·名家专辑〗
中华诗词学会 编

叶嘉莹诗文选集

己亥增订版

叶嘉莹 著

中国书籍出版社
China Book Press

图书在版编目（CIP）数据

叶嘉莹诗文选集：己亥增订版 / 叶嘉莹著 . -- 北京：中国书籍出版社, 2019.12

（中华诗词存稿）

ISBN 978-7-5068-7721-3

Ⅰ . ①叶… Ⅱ . ①叶… Ⅲ . ①诗词—作品集—中国—当代②诗词—诗歌评论—中国—当代 Ⅳ . ① I227 ② I207.2

中国版本图书馆 CIP 数据核字 (2020) 第 004672 号

叶嘉莹诗文选集：己亥增订版

叶嘉莹 著

责任编辑	毕磊
责任印制	孙马飞　马　芝
封面设计	采薇阁
出版发行	中国书籍出版社
地　　址	北京市丰台区三路居路 97 号（邮编：100073）
电　　话	（010）52257143（总编室）（010）52257140（发行部）
电子邮箱	eo@chinabp.com.cn
经　　销	全国新华书店
印　　刷	北京虎彩文化传播有限公司
开　　本	710 毫米 × 1000 毫米 1/16
字　　数	290 千字
印　　张	27.25
版　　次	2020 年 7 月第 1 版　2020 年 7 月第 1 次印刷
书　　号	ISBN 978-7-5068-7721-3
定　　价	298.00 元

版权所有　翻印必究

《中华诗词存稿》编委会名单

顾　　问：郑欣淼　郑伯农　刘　征　沈　鹏
　　　　　葉嘉莹

编 委 会：（按姓氏笔画排序）
　　　　　丁国成　王　强　王改正　王德虎
　　　　　刘庆霖　吕梁松　李一信　李文朝
　　　　　李树喜　陈文玲　张桂兴　范诗银
　　　　　欧阳鹤　杨金亭　林　峰　罗　辉
　　　　　周兴俊　周笃文　宣奉华　赵永生
　　　　　赵京战　钱志熙　晨　崧　梁　东
　　　　　雍文华

主　　任：范诗银

副 主 任：林　峰　刘庆霖

执行主编：吕梁松　王　强　李伟成

秘　　书：李葆国

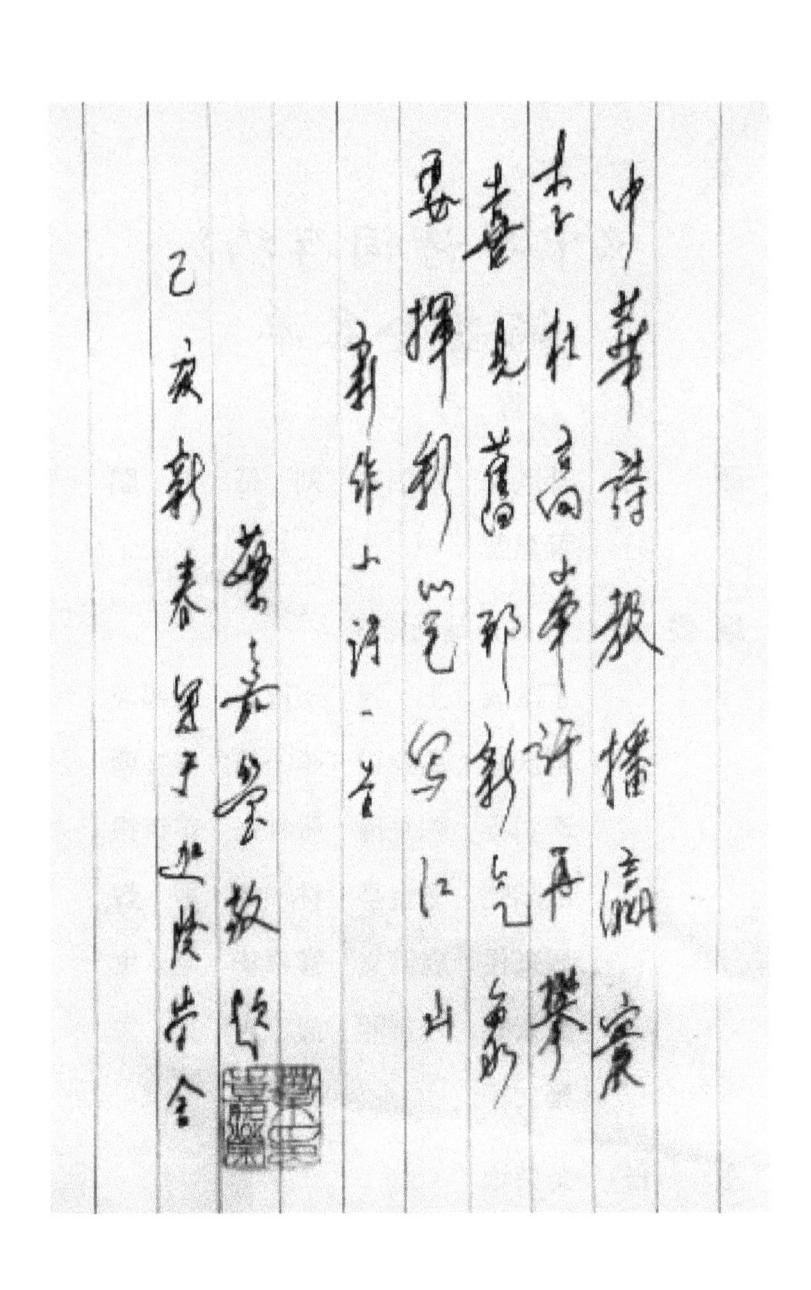

中华诗教播瀛寰，李杜高峰许再攀。
已见旧邦新气象，要挥彩笔写江山。

——叶嘉莹《为中宣部"学习强国"学习平台题诗》

作者简介

　　葉嘉莹教授1924年出生于北京，1945年毕业于北京辅仁大学国文系，自1954年开始，在台湾大学任教15年，其间先后被聘为台湾大学专任教授、台湾淡江大学及辅仁大学兼任教授，1969年迁居加拿大温哥华，任不列颠哥伦比亚大学终身教授，1991年被授予"加拿大皇家学会院士"称号，是加拿大皇家学会有史以来唯一的中国古典文学院士，2002年、2015年分别被香港岭南大学、加拿大阿尔伯塔大学授予荣誉博士学位，现担任南开大学中华古典文化研究所所长，中央文史研究馆馆员。叶嘉莹教授的"迦陵著作集""迦陵说诗""迦陵说词"等系列著述在中国古典文学界及广大诗词爱好者中有很广泛的影响。2014年获得"国学传播奖年度海外影响力大奖"。2015年被评为"2014中华文化人物"。2016年获得"影响世界华人终身成就奖"。2018年当选"改革开放40周年最具影响力外国专家""最美教师""最美善行者""全球华侨华人年度人物"。2019年荣获"中国政府友谊奖"。叶嘉莹教授2016年在南开大学捐设了"迦陵基金"，志在面向海内外弘扬中华诗教。

总　　序

　　我们这个诗歌大国有一个很好的传统,历来注重"采诗"、搜集整理诗歌材料。作为唯一的全国性诗词组织的中华诗词学会,自1987年5月成立以来,就十分重视这项工作。学会每年的学术研讨会和历届"华夏诗词奖",都出版论文集和获奖作品集。纪念学会成立二十年、三十年时,还专门编辑出版了《大事记》《论文选集》《诗词选集》。《中华诗词》创刊以来,每年都制作年度合订本。2007年5月,在北京天识东方文化艺术传播有限公司的资助下,以近代以来诗词创作、诗词理论、诗词运动重要文献汇编,当代名家个人作品专集等为主要内容,出版了《中华诗词文库》。经过十来年的编辑整理,已经出了近百卷。这些诗集、文集的出版,记录了近百年来尤其是改革开放四十多年来,中华诗词从起步、复苏走向复兴的砥砺前行的历程,为近、当代诗歌史的撰写准备了丰富的资料。

　　党的十八大以来,中华民族优秀传统文化重新受到应有的重视。习近平总书记《念奴娇·追思焦裕禄》词和《军民情》七律的相继发表,引领中华大地诗潮滚滚而来。《中共中央关于繁荣发展社会主义文艺的意见》和中办、国办《关于实施中华优秀传统文化传承发展工程的意见》,都明确提出"加强对中华诗词、音乐舞蹈、书法绘画、曲艺杂技和历史文化纪录片、动画片、出版物等的扶持。"国家教育部组织制定由中华诗词学会起草的新中国语言体系中的新韵书《中华通韵》已经通过国家语言文字工作委员会语言文字规范标准审定委员会审定，即将颁布全国试行。这些都使我们真切地感受到，中华诗词的春天真的到来了。诗人们乘着骀荡春风，正以高昂的激情，书写着中华民族伟大复兴的新时代、新史诗，国家富强、民族振兴、人民幸福的中国梦；正以与人民同呼吸、共命运的诗人之心，对人民的欢乐、人民的忧患、人民的情怀给以诗意的表达；正以"美"或"刺"的诗人之笔，对市场经济大潮中人民对幸福生活的期待，对美好未来的希望，对假丑恶的深恶痛绝，或给以方向，或给以赞美，或给以鞭挞。正如习近平总书记所指出的："好的文艺作品就应该像蓝天上的阳光、春季里的清风一样，能够启迪思想、温润心灵、陶冶人生，能够扫除颓废萎靡之风。"

当前，传统诗词创作者和诗词爱好者队伍发展迅速，已超过三百万。每天创作的诗词作品超过唐诗、宋词、元曲的总和。诗词评论研究队伍也成长很快，诗词评论、诗词学、诗词创作理论研究成果丰硕。如何从浩如烟海的诗词作品中"淘"出优秀作品，并使之存下来、传下去，如何使诗词研究理论成果"面世"并发挥应有的指导作用，确实是摆在我们面前的无可回避的一个重要课题。中华诗词学会是一个没有国家编制，没有国家拨款的社会团体，事业的运转主要靠社会赞助和会员费支撑。俊识（北京）文化传媒有限公司总经理吕梁松、北京采薇阁总经理王强，两位一直是对中华传统文化情有独钟的热心人，慷慨解囊，愿意同中华诗词学会一起，搜集整理编辑推出《中华诗词存稿》这套书，共同为中华诗词文化的继承和发展，做成这件十分有意义的事情。

《中华诗词存稿》主要搜集整理出版三部分内容的资料：一是当代诗词名家的个人作品集；二是当代诗词评论家、诗词学者的学术著作集；三是当代诗词作品、诗词理论学术成果阶段性、专题性、地域性的集成类作品集。诗词作品强调精品意识，沙里淘金，把"有筋骨、有道德、有温度"的优秀诗词作品搜集起来。诗词评论、研究类资料强调理论性和创新性，应具有鲜明的个性特点，具有创建性的见解。集成类的资料应有一定的史料保存价值。总之，做成一套具有当代价值和历史意义的好书。在此，我们编委会人员，向提供资料、筛选编辑、版面设计、校对勘误，包括所有为这套资料付出辛勤劳动的同志们，表示真诚的谢意！

郑欣淼
二〇一九年七月于北京

序

　　加拿大籍华裔学者葉嘉莹教授自一九八二年始，每岁夏间来成都，与余共同研究评论唐五代两宋词，竭四年之力，至一九八六年，共撰《灵谿词说》四十二篇，自创体例，发抒所得，既已刊行问世矣。葉君尝出示其旧作诗词，而每有新什，亦必就余商榷利病。数年前，其女弟子某君辑录葉君旧作刊于台湾，曰《迦陵诗词稿》（附有散曲），去取未尽当也。近拟增补重刊，乞序于余。余不敢苟且下笔，故迟迟未有以应命。一九八八年夏，葉君应聘来四川大学，与余合作指导博士研究生。讲课之暇，深论诗词，余拟就所知所感者为君稿撰序以应夙约，乃琐事丛脞，属稿甫半。一九八九年，葉君本拟重来成都，然风云变幻，所愿未遂，信乎人生聚合之难期也。余重读君之所作，弥增怀远之思，遂赓续前稿，撰成此篇焉。

　　吾国诗教，源远流长。女子能诗者，代不乏人。然古代女子，毕生周旋于家庭之内、亲故之间，鲜能出而涉世，更不能预闻国政，自非极少数超群绝伦者之外，所作大抵柔婉有馀而恢宏不足。譬如花树之植于庭园，饰为盆景，虽亦鲜妍可赏，然较诸生于深山大泽，更历风霜者，其气象之大小迥不侔矣。此固时代局限之所构成，不能苛求于前人也。至于兼能深研文史，发为著述，立足于学术之林者，在古代女诗人中尤少概见。葉君少长京华，离居台崎，遭罹家难，生计艰辛，而以坚韧不拔之操，人十己百之力，撰文讲学，才识日显。故于五十年代中期即为台湾大学中文系教授，六十年代中期，应聘至美国密西根大学、哈佛大学为客座教授，后遂任加拿大不列颠哥伦比亚大学亚洲学系终身教授，至今二十年矣。其间曾讲学日本，游历西欧，奇书秘籍，恣其研读，鸿生硕彦，相与切磋。祖国拨乱反正之后，葉君每岁归来，讲学著书，怀京华北斗之心，尽书生报国之力。专著已刊行者十三种，其馀论文不计焉。其中论析陶渊明、杜甫、李商隐诸家诗，唐五代两宋名家词，下逮王国维之文论、创作及其为人，均能考订精审，阐发深微，且采用西方现象学、诠释学、符号学等文学新理论，进行反思与观照，遂能度越前修，独创新解。纵观葉君涉世之深，学养之富，出其馀绪以为诗词，宜其所作实大声宏，厚积薄发，迥异于前代诸女诗人者矣。

　　葉君论诗词，极重感发兴起之功。夫感发兴起之功，由于作品中之真情实感。葉君具有真挚之情思与敏锐之观察力，透视世变，深省人生，感物造端，抒怀寄慨，寓理想之追求，标高寒之远境，称心而言，不假雕饰，自与流俗之作异趣。葉君少承家学，又于辅仁大学受业于顾羡季先生随，蒙其知赏，独得真传。君兼工诗词，而词尤胜，盖要眇宜修之体，幽微绵邈之思，固其才性之所近也。葉君少时为诗，清逸似韩致尧，其后更历世变，内涵既丰，境界开拓，所作大抵英发疏宕，卓然有以自异。至于填词，则商榷前藻，含英咀华，各取其所长以为己用，而因时序之迁移，内涵之歧异，又常有所更新。一九八八年，君尝谓余曰："吾生平作词，风格三变。最初学唐五代宋初小令，以后伤时感事之作又尝受苏、辛影响；近数年中，研读清真、白石、梦窗、碧山诸家词，深有体会，于是所作亦趋于沉郁幽隐，似有近于南宋者矣。"昔周介存选录宋四家词，主张学词者应由南返北，"问途碧山，历梦窗、稼轩以还清真之浑化"。今叶君作词之经历则是由北趋南，从冯、李、欧、秦、苏、辛诸人影响下脱化而出以归于周、姜、吴、王，取径不同，而其深造自得则一也。今选录叶君于不同年代所作词三首，庶可以见其意境风格三次嬗变之迹焉。

蝶恋花

倚竹谁怜衫袖薄。斗草寻春，芳事都闲却。莫问新来哀与乐。眼前何事容斟酌。　　雨重风多花易落。有限年华，无据年时约。待屏相思归少作。背人划地思量着。

（一九五二年春在台南作）

水龙吟·秋日感怀

满林霜叶红时，殊乡又值秋光晚。征鸿过尽，暮烟沉处，凭高怀远。半世天涯，死生离别，蓬飘梗断。念燕都台峤，悲欢旧梦，韶华逝，如驰电。　　一水盈盈清浅。向人间，做成银汉。阋墙兄弟，难缝尺布，古今同叹。血裔千年，亲朋两地，忍教分散。待恩仇泯没，同心共举，把长桥建。

（一九七八年在温哥华作）

瑶 华

戊辰荷月初吉，赵朴初先生于广济寺以素斋折简相邀，此地适为四十馀年前嘉莹听讲《妙法莲华经》之地，而此日又适值贱辰初度之日。以兹巧合，怅触前尘，因赋此阕。

当年此刹，妙法初聆，有梦尘仍记。风铃微动，细听取、花落菩提真谛。相招一简，唤辽鹤、归来前地。回首处红衣凋尽，点检青房馀几。　　因思叶叶生时，有多少田田，绰约临水。犹存翠盖，剩贮得、月夜一盘清泪。西风几度，已换了、微尘人世。忽闻道九品莲开，顿觉痴魂惊起。

（一九八八年在北京作）

【注】

是日座中有一杨姓青年，极具善根，临别为我诵其所作五律一首，有"待到功成日，花开九品莲"之句，故末语及之。

《蝶恋花》词婉约幽秀，承《花间》、南唐、欧、晏遗风；《水龙吟》词，感慨时艰，渴望祖国统一，豪宕激越，笔力遒健，颇受苏、辛之沾溉；至于《瑶华》词，则抚今思昔，感念人生，融合佛家哲理，取境幽美，用笔宕折，层层脱换，潜气内转，而卒归于浑化，则深有得于周、姜、吴、王之妙者。读者寻此嬗变之迹以求之，可见叶君数十年中填词之用力精勤，日进不已也。

　　叶君尝与余纵论词史，谓千年之中，大变有四："唐五代词人所作多为应歌之小令，北宋初欧、晏诸公犹承其馀风，虽蕴藉幽美，而内涵未丰；柳耆卿流连坊曲，采撷新声，大作慢词，开展铺叙之法，使繁复之景物情事能容纳于词中，此一变也。苏东坡具超卓之才华，旷逸之襟抱，以诗法入词，扩展内涵，更新境界，此二变也。周清真才情富艳，精通音律，以辞赋之法作词，安排钩勒，叙写情事，密丽精工，此三变也。王静安读康德、叔本华之书，融会西方哲学、美学思想于词中，以小喻大，思致深邃，开古人未有之境，此四变也。"叶君虽生长中华，而足迹涉及北美、西欧、日本，历览各国政俗文化，既精熟于故土之典籍，又寝馈于西方之著作，取精用宏，庶几能继王静安之后，于词体更开新境乎？此则余所馨香祝祷者矣。

缪　钺

一九八九年十一月，写于四川大学历史系

目　　录

总　序 …………………………………… 郑欣淼　1
序 ………………………………………… 缪　钺　1

诗词编年选

一九三九年 ………………………………………… 3
对窗前秋竹有感 …………………………………… 3

一九四〇年 ………………………………………… 4
咏　莲 ……………………………………………… 4
咏　菊 ……………………………………………… 4

一九四一年 ………………………………………… 5
蝴　蝶 ……………………………………………… 5
挽缪金源先生 ……………………………………… 5
读皖峰夫子诗后三首 ……………………………… 5
哭母诗八首 ………………………………………… 6
母亡后接父书 ……………………………………… 8
悼皖峰夫子 ………………………………………… 8
空　山 ……………………………………………… 9
铜　盘 ……………………………………………… 9
过什刹海偶占 ……………………………………… 9

晚秋偶占	10
秋　兴	10
咏　怀	10
浣溪沙	11
忆萝月·送母殡归来	11
浣溪沙	11
浣溪沙	11

一九四二年　12

思　君	12
杨柳枝八首	12
闻蟋蟀	14
昨　夜	14
寒　蝉	14
冬　柳	14
晚　归	15
折窗前雪竹寄嘉富姊	15
寒假读诗偶得	16
岁暮偶占	16
除夕守岁	16
不接父书已将半载深宵不寐百感丛集灯下泫然赋此	17
故都怀古十咏有序	17
（一）瀛台	17
（二）太液池	18
（三）文丞相祠	18
（四）于少保祠	18
（五）颐和园	18

（六）三忠祠…………………………………… 18
（七）蒯文通坟………………………………… 19
（八）将台……………………………………… 19
（九）黄金台…………………………………… 19
（十）芦沟桥…………………………………… 19

菩萨蛮·母殁半年后作………………………………… 20
荷叶杯…………………………………………………… 20
南乡子…………………………………………………… 20
浣溪沙…………………………………………………… 21
如梦令·残柳…………………………………………… 21
踏莎行…………………………………………………… 21

一九四三年　　　　　　　　　　　　　　　　22

早春杂诗四首…………………………………………… 22
故都春游杂咏…………………………………………… 24
生　涯…………………………………………………… 25
聆羡季师讲唐宋诗有感………………………………… 26
读羡季师载犇诗有感…………………………………… 26
初夏杂咏四绝…………………………………………… 27
拟采莲曲………………………………………………… 28
秋宵听雨二首…………………………………………… 28
浣溪沙四首……………………………………………… 29
浣溪沙…………………………………………………… 30
临江仙·一九四三年春，送李秀蕴学姊毕业………… 30
踏莎行·次羡季师韵…………………………………… 30
踏莎行·用羡季师句试勉学其作风苦未能似………… 31
鹧鸪天·一九四三年秋，广济寺听法后作…………… 31

鹧鸪天 …………………………………………………… 31

一九四四年 …………………………………………… **32**

题羡季师手写诗稿册子 ……………………………… 32
摇　落 …………………………………………………… 33
晚秋杂诗五首 ………………………………………… 33
羡季师和诗六章用晚秋杂诗五首及摇落一首韵辞意深美自
　愧无能奉酬无何既入深冬岁暮天寒载途风雪因再为长
　句六章仍迭前韵 …………………………………… 35
冬至日与在昭等后海踏雪作 ………………………… 37
岁暮杂诗三首 ………………………………………… 37
临江仙·连日不乐夜读秋明集有作 ………………… 38
鹧鸪天 ………………………………………………… 38
南歌子 ………………………………………………… 39
破阵子二首·咏榴花 ………………………………… 39
临江仙·一九四四年秋 ……………………………… 40
鹧鸪天二首 …………………………………………… 40
南歌子 ………………………………………………… 41
醉太平 ………………………………………………… 41
贺新郎·夜读羡季师稼轩词说感赋 ………………… 42
浣溪沙五首用韦庄浣花词韵 ………………………… 42

一九四五年 …………………………………………… **44**

得凤敏学姊书以诗代简 ……………………………… 44
采桑子 ………………………………………………… 44
破阵子 ………………………………………………… 45
采桑子 ………………………………………………… 45

破阵子……………………………………… 45

一九五〇年 ……………………………… 46
转　蓬……………………………………… 46

一九五一年 ……………………………… 47
浣溪沙……………………………………… 47

一九五二年 ……………………………… 48
蝶恋花……………………………………… 48

一九六一年 ……………………………… 49
郊游野柳偶成四绝………………………… 49
海　云……………………………………… 50

一九六四年 ……………………………… 51
读庄子逍遥游偶成二绝 …………………… 51
读义山诗…………………………………… 52
南　溟……………………………………… 52

一九六七年 ……………………………… 53
菩萨蛮·一九六七年哈佛作……………… 53
鹧鸪天·用友人韵………………………… 53

一九六八年 ……………………………… 54
一九六八年春张充和女士应赵如兰女士之邀携其及门高弟
　　李卉来哈佛大学演出昆曲思凡游园二出诸友人相继有

作因亦勉成一章································ 54
一九六八年秋留别哈佛三首····················· 55

一九六九年································ 56
异　国·· 56

一九七〇年································ 57
鹏　飞·· 57

一九七一年································ 58
父　殁·· 58
庭前烟树为雪所压持竿击去树上积雪
　　以救折枝口占绝句二首···················· 58

一九七二年································ 59
许诗英先生挽诗································ 59
梦中得句杂用义山诗足成绝句三首·············· 61
感事二首······································ 62
发留过长剪而短之又病其零乱不整
　　因梳为髻或见而讶之戏赋此诗·············· 62
欧游纪事八律作于途中火车上···················· 63
秋日绝句六首·································· 66
春日绝句四首·································· 68

一九七四年································ 69
祖国行长歌···································· 69

一九七六年 ... **75**

一九七六年三月廿四日长女言言与婿永廷
　　以车祸同时罹难日日哭之陆续成诗十首 ……… 75

一九七七年 ... **77**

天　壤 ……………………………………………… 77
大庆油田行 ………………………………………… 77
旅游开封纪事一首 ………………………………… 80
纪游绝句十一首 …………………………………… 81
采桑子二首 ………………………………………… 84
金缕曲·周总理逝世周年作 ……………………… 85
返加后两月，接武慕姚先生惠寄手书拙著长歌，
　　并辱题诗，赋此奉和 ………………………… 85
　　　附武慕姚先生原作 ………………………… 85

一九七八年 ... **86**

向晚二首 …………………………………………… 86
再吟二绝 …………………………………………… 87
水龙吟·秋日感怀 ………………………………… 88
水调歌头·秋日有怀国内外各地友人 …………… 88
踏莎行 ……………………………………………… 89
西江月 ……………………………………………… 89
临江仙 ……………………………………………… 90
浣溪沙 ……………………………………………… 90
金缕曲·有怀梅子台湾 …………………………… 90
水龙吟 ……………………………………………… 91

鹊踏枝·寄梅子台湾 …………………………………… 91
鹧鸪天·再寄梅子台湾 ………………………………… 91

一九七九年 …………………………………………… 92

绝句三首 ………………………………………………… 92
喜得重谒周祖谟师 ……………………………………… 93
游圆明园绝句四首 ……………………………………… 93
赠北京大学陈贻焮教授及其公子蓟庄绝句三首 ……… 94
观　剧 …………………………………………………… 95
赠南京大学赵瑞蕻教授绝句二首 ……………………… 95
赠南京大学陈得芝教授 ………………………………… 95
赠故都师友绝句十二首 ………………………………… 96
纪事绝句二十四首 ……………………………………… 99
纪游绝句九首旅途口占 ………………………………… 105
八声甘州 ………………………………………………… 107
水龙吟·题屈原图像 …………………………………… 107
水调歌头·题友人梁恩佐先生绘国殇图 ……………… 108
水龙吟·题嵇康鼓琴图 ………………………………… 108
沁园春·题友人赠仕女图 ……………………………… 109
水龙吟·题范曾先生绘孟浩然图像 …………………… 109
水龙吟 …………………………………………………… 110
沁园春·题曹孟德东临碣石图 ………………………… 110

一九八〇年 …………………………………………… 111

雾中有作七绝二首 ……………………………………… 111
五律三章奉酬周汝昌先生 ……………………………… 112
水龙吟 …………………………………………………… 113

踏莎行 …………………………………………… 114

水龙吟·友人来书写黄山之胜 …………………… 114

鹊踏枝 …………………………………………… 115

鹊踏枝 …………………………………………… 115

玉楼春·有怀梅子台湾 …………………………… 116

一九八一年 …………………………………… **117**

一九八一年春自温哥华乘机
  赴草堂参加杜诗学会机上口占 ………… 117

赋呈缪彦威前辈教授七律二章 …………………… 117

  附缪彦威教授赠诗二章 ………………… 118

赠俞平伯教授 …………………………………… 118

律诗一首 ………………………………………… 119

为加拿大邮政罢工作 …………………………… 119

昆明旅游绝句十二首 …………………………… 120

山　泉 …………………………………………… 123

旅游有怀诗圣赋五律六章 ……………………… 123

缪彦威前辈教授以手书汪容甫
  赠黄仲则诗见贻赋此为谢 ………………… 125

梅子寿辰将近，口占二绝为祝 ………………… 125

西江月·阳平关下口占 ………………………… 126

鹊踏枝 …………………………………………… 126

浣溪沙 …………………………………………… 126

点绛唇 …………………………………………… 127

蝶恋花 …………………………………………… 127

减字木兰花 ……………………………………… 127

一九八二年 ······ 128

员峤奉答缪彦威教授《古意》诗 ······ 128
水龙吟·壬戌中秋前夕有怀故人 ······ 128
鹧鸪天 ······ 129

一九八三年 ······ 130

高　枝 ······ 130
满庭芳 ······ 130
蝶恋花 ······ 131
浣溪沙 ······ 131
木兰花慢·咏荷 ······ 132
水调歌头·贺周士心教授八秩寿庆画展 ······ 133

一九八四年 ······ 134

河桥二首寄梅子台湾 ······ 134
生查子 ······ 134
春归有作 ······ 134

一九八五年 ······ 135

秋晚怀故国友人 ······ 135
为茶花作 ······ 135

一九八六年 ······ 136

谢友人赠菊 ······ 136
挽夏承焘先生二绝 ······ 136
论词绝句五十首 ······ 137
陈省身先生七十五岁寿宴中作 ······ 147

一九八七年 ·············· 148
《灵豀词说》书成，口占一绝 ·············· 148
朱　弦 ·············· 148

一九八八年 ·············· 149
瑶　华 ·············· 149
　　附赵朴初先生和作前调 ·············· 150

一九八九年 ·············· 151
七绝三首 ·············· 151
水调歌头（降龙曲）·己巳孟春为友人戏作 ·············· 152
木兰花令 ·············· 152

一九九二年 ·············· 153
西北纪行诗十五首写赠柯杨、林家英、牛龙菲诸先生 ··· 153
月牙泉口占寄梅子台湾 ·············· 156
贺缪彦威先生九旬初度 ·············· 156
纪　梦 ·············· 156
金　晖 ·············· 156
端木留学长挽诗二首 ·············· 157
浣溪沙·连夕月色清佳，口占此阕 ·············· 158

一九九三年 ·············· 159
绝句四首 ·············· 159
癸酉冬日中华诗词学会友人邀宴胡涂楼，
　　楼以葫芦为记，偶占三绝 ·············· 160
浣溪沙 ·············· 161

查理斯河畔有哈佛大学宿舍楼一座，
　　我于多年前曾居住此楼，今年又迁入此楼……………… 161

一九九四年……………………………………………… **162**

虞美人三首……………………………………………… 162
偶见圣诞卡一枚，其图像为佈满朱实
　　之茂密绿叶而题字有"丹书"之言，因占此绝…… 163

一九九五年……………………………………………… **164**

赠别新加坡国大同学七绝一首………………………… 164
缪钺彦威先生挽诗三首………………………………… 164

一九九六年……………………………………………… **166**

一九九六年九月中旬赴乌鲁木齐参加中国社科院文研所与
　　新疆师范大学联合举办之"世纪之交中国古典文学及丝
　　绸之路文明"国际学术研讨会，并赴西北各地作学术考
　　察，沿途口占绝句六首…………………………… 166
至 N. H. 州白山附近访 Robert Frost 故居
　　（英惠奇同行）…………………………………… 168

一九九七年……………………………………………… **169**

温哥华花期将届，而我即将远行，颇以为憾。
　　然此去东部亦应正值花开，因占二绝自解………… 169
一九九七年春明尼苏达州立大学陈教授幼石女士约我至明
　　大短期讲学，并邀至其府上同住，历时三月。别离在即，
　　因赋纪事绝句十二首以为纪念……………………… 170

一九九七年春，在美国明州大学访问，得与廿余年前旧识刘教授君若女士重逢，蒙其相邀至西郊植物园游春赏花，余寒虽厉，而吾二人游兴颇浓，口占绝句六首…… 174

悼念吴大任先生五律三首………………………………… 176

二〇〇〇年 …………………………………………… **178**

七绝一首…………………………………………………… 178
鹧鸪天……………………………………………………… 178
鹧鸪天……………………………………………………… 179

二〇〇一年 …………………………………………… **180**

七绝三首　赠冯其庸先生………………………………… 180
鹧鸪天……………………………………………………… 181
浣溪沙·为南开马蹄湖荷花作…………………………… 181
金缕曲……………………………………………………… 182

二〇〇二年 …………………………………………… **183**

七绝一首…………………………………………………… 183
七绝三首…………………………………………………… 183
浣溪沙·新获莲叶形大花缸，喜赋……………………… 184
浣溪沙……………………………………………………… 184
金缕曲……………………………………………………… 185

二〇〇三年 …………………………………………… **186**

为北京故居旧宅被拆毁而作……………………………… 186
妥芬诺（Tofino）度假纪事绝句十首…………………… 186

陈省身先生悼诗二首
　　葉嘉莹敬悼在甲申孟冬大雪之节………… 189

二〇〇五年……………………………………… 190
随席慕蓉女士至内蒙做原乡之旅口占绝句十首………… 190

二〇〇六年……………………………………… 194
温哥华岛阿莱休闲区登临偶占 ………………………… 194
水调歌头·度假归来戏作录示同游诸友………………… 194
思佳客·贺梁珮、陶永强夫妇银婚……………………… 195
鹧鸪天·赠沈秉和先生…………………………………… 195

二〇〇七年……………………………………… 196
范曾大画师七旬初度之庆………………………………… 196
连日愁烦以诗自解，口占绝句二首，首章用李义山《东下三
　　旬苦于风土马上戏作》诗韵而反其意；次章用旧作《鹧
　　鸪天》词韵而广其情………………………………… 197
梦窗词夙所深爱，尤喜其写晚霞之句，如其《莺啼序》之"蓝
　　霞辽海沉过雁，漫相思弹入哀筝柱"，及《玉楼春》之
　　"海烟沉处倒残霞，一杼鲛绡和泪织"等句，皆所爱赏。
　　近岁既已暮年多病，更困于家事愁烦忙碌之中，读之更
　　增感喟，因占绝句一首………………………………… 198
谢琰先生今年暑期在温哥华举行书法义卖展览，其中有一小
　　条幅，所写为《浮生六记》中芸娘制作荷花茶之事，
　　余性喜荷花，深感芸娘之灵思慧想，
　　因写小诗一首以美之………………………………… 198

二〇〇八年 …… 199

戊子仲夏感事抒怀绝句三首 …… 199
奉酬霍松林教授 …… 200
  附霍松林教授原诗《寄葉嘉莹教授》 …… 200

二〇〇九年 …… 201

月前返回温哥华后风雪时作,气候苦寒。而昨日驱车外出,
  见沿途街树枝头已露红影,因占绝句一首 …… 201
题友人摄荷塘夕照图影 …… 201
陈洪先生近日惠赠绝句三章及荷花摄影三幅,
  高情雅谊,心感无已,因赋二绝为谢 …… 202
  附陈洪先生原作 …… 203

二〇一〇年 …… 204

昨日津门大雪,深宵罢读熄灯后,见窗外雪光莹然,
  因念古有囊萤映雪之故实,成小诗绝句一首 …… 204
病中答友人问行程 …… 204
送　春 …… 204
读《双照楼诗词稿》有感,口占一绝 …… 205
应陈子彬女士之嘱题纳兰《饮水词》绝句三首 …… 205

二〇一一年 …… 206

纪峰先生热爱雕塑,以真朴之心、诚挚之力,对于艺事追求
  不已。其成就乃有日进日新之妙。两年来往返京津两地
  多次晤谈,并亲到讲堂听我讲课,近期塑成我之铜像雕
  塑一座以相馈赠。见者无不称赏,以为其真能得形神之
  妙,因赋七绝二首以致感谢之意 …… 206

蝶恋花 …………………………………………… 207

二〇一二年 …………………………………………… 208
七七级校友将出版毕业三十周年纪念集赋小诗二首 …… 208
淑女自台湾来访话及当年旧事口占绝句一首 ………… 208
水龙吟 …………………………………………… 209

二〇一三年 …………………………………………… 210
连日尘霾，今朝大雪，口占绝句一首 ………………… 210
雪后尘霾不散，再占一绝 ……………………………… 210
悼郝世峰先生七绝二首 ………………………………… 210
  其一 …………………………………………… 210
  其二 …………………………………………… 211
喜闻云高华市《华章》创刊，
  友人以电邮索稿，口占二绝 ………………… 211
金缕曲·为二零一三年西府海棠雅集作 ……………… 212
奉和一首 ………………………………………… 213
  附沈秉和原诗
   《步邹浩韵草成一绝寄本立兄并柬迦陵先生》…… 213
为南开荷花节作 ………………………………… 213
口占诗偈一首 …………………………………… 214
为横山书院五周年作 …………………………… 214
绝句一首 ………………………………………… 214

二〇一四年 …………………………………………… 215
病中偶占 ………………………………………… 215
恭王府海棠雅集绝句四首 ……………………… 215

返抵南开怀云城友人·················· 216
《迦陵学舍题记》将付刻石，
　　因赋短歌一首答谢相关诸友人·········· 217

二〇一五年·························· 218
和沈秉和先生······················ 218
　　附沈秉和原诗···················· 218

二〇一六年·························· 219
奉和沈秉和先生《迎春口号》七绝二首······· 219
　　附沈秉和原诗···················· 220
迎春口号·························· 220
代友人作为谢琰先生祝寿诗·············· 221
雨　后···························· 221
水龙吟···························· 221
木　兰···························· 222

二〇一七年·························· 223
近日为诸生讲说吟诵，偶得小诗一首········· 223
惊闻杨敏如学姊逝世口占小诗一首聊申悼念之情··· 223

二〇一八年·························· 224
诗　教···························· 224
接奉沈先生小诗口占一绝为答············ 224
　　附沈先生原诗《晴沙白鹭》············ 224
友人惠传海滨鸥鸟图，口占一绝············ 225

澳门沈先生近撰《深度之旅》一文，
　　写迦陵讲诗之特色，赋此答谢……………………… 225

二〇一九年……………………………………………… **226**

二零一九年元日之晨接奉沈秉和先生论诗长篇邮件。一时不
　　及拜复，先以短歌奉答……………………………… 226

诗词论文选

谈古典诗歌中兴发感动之特质与吟诵之传统…………… 229
论词学中之困惑与《花间》词之女性叙写及其影响…… 278

散曲骈语选

一、小令（一九四二——一九四四年）

拨不断……………………………………………………… 351

寄生草……………………………………………………… 351

落梅风……………………………………………………… 351

庆东原……………………………………………………… 351

红绣鞋……………………………………………………… 352

叨叨令……………………………………………………… 352

水仙子……………………………………………………… 352

朝天子……………………………………………………… 352

醉高歌……………………………………………………… 353

塞鸿秋……………………………………………………… 353

山坡羊・咏蝉……………………………………………… 353

折桂令……………………………………………………… 354

清江引……………………………………………………… 354

二、套曲

般涉调耍孩儿 …………………………………… 355
    二　煞 …………………………………………… 355
    一　煞 …………………………………………… 355
    尾　声 …………………………………………… 355
大石调六国朝 …………………………………… 356
    归塞北 …………………………………………… 356
    么　篇 …………………………………………… 356
    雁过南楼煞 ……………………………………… 356
正宫端正好·二十初度自述 …………………… 357
    滚绣球 …………………………………………… 357
    倘秀才 …………………………………………… 357
    叨叨令 …………………………………………… 357
    尾　煞 …………………………………………… 358
仙吕点绛唇 ……………………………………… 358
    混江龙 …………………………………………… 358
    寄生草 …………………………………………… 359
    上马娇煞 ………………………………………… 359
仙吕赏花时 ……………………………………… 359
    春　游 …………………………………………… 359
    幺　篇 …………………………………………… 359
    赚　煞 …………………………………………… 360
中吕粉蝶儿 ……………………………………… 360
    醉春风 …………………………………………… 360
    红绣鞋 …………………………………………… 360
    十二月 …………………………………………… 361

尧民歌……………………………………………………… 361
　　耍孩儿……………………………………………………… 361
　　一　煞………………………………………………………… 361
　　尾　声………………………………………………………… 362
越调斗鹌鹑………………………………………………………… 362
　　有书来问以近况谱此寄之…………………………………… 362
　　紫花儿序……………………………………………………… 362
　　小桃红………………………………………………………… 363
　　秃厮儿………………………………………………………… 363
　　圣药王………………………………………………………… 363
　　麻郎儿………………………………………………………… 363
　　么　篇………………………………………………………… 363
　　东原乐………………………………………………………… 364
　　棉搭絮………………………………………………………… 364
　　么　篇………………………………………………………… 364
　　拙鲁速………………………………………………………… 365
　　尾　声………………………………………………………… 365
南仙吕入双调步步娇九日未
　　得与登高之会次卢冀野先生韵……………………………… 365
　　江儿水………………………………………………………… 366
　　清江引………………………………………………………… 366
双调新水令………………………………………………………… 366
　　怀故乡北平…………………………………………………… 366
　　驻马听………………………………………………………… 366
　　得胜令………………………………………………………… 367
　　乔牌令………………………………………………………… 367

甜水令 …………………………………………… 367
折桂令 …………………………………………… 367
锦上花 …………………………………………… 368
碧玉箫 …………………………………………… 368
鸳鸯煞 …………………………………………… 368

三、联语

挽外曾祖母联 …………………………………………… 369
代人贺李宗侗先生夫妇六十双寿 ……………… 369
挽郑因百教授夫人 ……………………………… 370
代父挽郑因百教授夫人 ………………………… 370
代台大中文系挽董作宾先生联 ………………… 370
代台静农先生挽董作宾先生联 ………………… 371
代人挽王平陵联 ………………………………… 371
余又荪先生以车祸丧生代余夫人挽联 ………… 371
代人挽溥心畬先生联 …………………………… 372
又一联 …………………………………………… 372
代人挽台大张贵永教授张教授为史学家，
　　以暴疾殁于西德。……………………… 372
代张目寒夫人挽父联 …………………………… 372
代人挽于右任先生联 …………………………… 373
代人挽秦德纯联 ………………………………… 373
代人拟施氏临濮堂联台湾鹿港施氏新建宗祠，云其先世曾封临濮侯，其族人因以临濮名堂，嘱以堂名嵌字为联 …… 373
代人挽某同学父 ………………………………… 374
代父挽友人联 …………………………………… 374

代人贺某女教师退休联 ………………………………… 374
不列颠哥伦比亚大学亚洲研究中心内
　　中国研究室落成，撰联为贺 ……………………… 374
周士心教授与陆馨如夫人金婚之喜，
　　代谢琰先生撰联为贺 ……………………………… 375
蔡章阁先生获颁荣誉学位，撰联为贺 ………………… 375
《松鹤天地》十二周年报庆，代谢琰先生撰联为贺，
　　中嵌松鹤天地四字 ………………………………… 375
一九七六年周总理逝世时为联合国中国代表团
　　所开追悼会中代撰之挽联 ………………………… 375
为周总理纪念馆拟联 …………………………………… 376
为加拿大温哥华中山公园撰联 ………………………… 376
　　四宜书屋 …………………………………………… 376
　　华枫堂 ……………………………………………… 376
　　涵碧榭 ……………………………………………… 376
通艺堂嵌字联（代中侨互助会作）…………………… 377
赛伟廉博士荣休纪念（Dr. William Saywell）
　　代西门菲沙大学王健教授作 ……………………… 377
壬午夏亚洲看书馆日文部权并恒治先生荣休纪念
　　（代谢琰先生作）………………………………… 377
贺施友忠教授七旬初度之庆 …………………………… 377
代联合国中国代表团撰周总理挽联 …………………… 378
与联合国中国代表团友人合撰毛主席挽联 …………… 378
祝中华诗词学会成立 …………………………………… 378
贺 U.B.C 大学亚洲系蒲立本教授荣退 ……………… 379

舞鹤文物店新张嵌字联……379
尹洁英女士八旬寿庆贺联……379
魏德迈（Wickberg Edgar）教授精研华侨历史，曾在侨乡
　　实地考察，退休后在温哥华创立历史学会，
　　　友人嘱为撰联相贺……380
为王健教授撰联致送加拿大亚太基金会……380
谢琰先生嘱写此联以赠友人……380
题台湾杜维运教授夫人孙雅明女士绘月下黑白双兔图…381
为中华书局百年之庆所作贺联……381
贺全清词雍乾卷出版……381
贺南开大学出版社成立三十周年之庆……382
温哥华摄影学会成立四十周年贺联……382
贺马凯先生忠秀女士结婚四十周年之庆……382
乙未新春迦陵偶题……382
杨敏如学姊百岁寿辰贺联……383
张海涛于家慧二人俱爱诗词
　　喜成佳耦想见唱和之乐书此为贺……383
钱学森诞辰105周年上海交通大学
　　钱学森研究中心嘱题……383
挽冯其庸先生联……384
横山书院成立十年之庆……384
为日本汉文学百家集题辞……384

四、骈文

顾羡季先生五旬晋一寿辰祝寿筹备会通启……385
附歌词一首……386

水云谣 …………………………………………… 386
　附熊佛西原辞 ………………………………… 388

《叶嘉莹诗文选集》（己亥增订版）编后 ……… 尽 心 391

诗词编年选

一九三九年

对窗前秋竹有感

记得年时花满庭,枝梢时见度流萤。
而今花落萤飞尽,忍向西风独自青。

一九四〇年

咏 莲

植本出蓬瀛,淤泥不染清。
如来原是幻,何以渡苍生。

咏 菊

不竞繁华日,秋深放最迟。
群芳凋落尽,独有傲霜枝。

一九四一年

蝴　蝶

常伴残梨舞，临风顾影频。
有怀终缱绻，欲起更逡巡。
漫惜花间蕊，应怜梦里身。
年年寒食尽，犹自恋余春。

挽缪金源先生

山林城市讵非讹，箪尽瓢空志未磨。
又见首阳千古节，春明也唱采薇歌。

读皖峰夫子诗后三首

（一）

低讽如闻落笔声，兴言啼笑自天成。
青山碧水崚嶒气，有客高歌咏不平。

(二)

自古诗人涕泪多，一腔孤愤写悲歌。
每吟舒望遥山句，始信文章挽逝波。

(三)

自是春花富艳妆，东坡五醉不为狂。
林梅陶菊谁堪并，合铸新辞陆海棠。

哭母诗八首

(一)

噩耗传来心乍惊，泪枯无语暗吞声。
早知一别成千古，悔不当初伴母行。

【注】

母入医院时莹欲随往母力阻之不料竟成此毕生恨事。

(二)

瞻依犹是旧容颜，唤母千回总不还。
凄绝临棺无一语，漫将修短破天悭。

（三）

重阳节后欲寒天，送母西行过玉泉。
黄叶满山坟草白，秋风万里感啼鹃。

【注】
予家茔地在玉泉山后。

（四）

叶已随风别故枝，我于凋落更何辞。
窗前雨滴梧桐碎，独对寒灯哭母时。

（五）

飒飒西风冷穗帷，小窗竹影月凄其。
空余旧物思言笑，几度凝眸双泪垂。

（六）

本是明珠掌上身，于今憔悴委泥尘。
凄凉莫怨无人问，剪纸招魂诉母亲。

（七）

年年辛苦为儿忙，刀尺声中夜漏长。
多少春晖游子恨，不堪重展旧衣裳。

（八）

寒屏独倚夜深时，数断更筹恨转痴。
诗句吟成千点泪，重泉何处达亲知。

母亡后接父书

昨夜接父书，开缄长跪读。
上仍书母名，康乐遥相祝。
惟言近日里，魂梦归家促。
入门见妻子，欢言乐不足。
期之数年后，共享团圞福。
何知梦未冷，人朽桐棺木。
母今长已矣，父又隔巴蜀。
对书长叹息，泪陨珠千斛。

悼皖峰夫子

（一）

几回凭吊过嘉兴，俯视新碑感不胜。
遥想孤吟风露下，数丛磷火代青灯。

（二）

列坐春风未匝年，何期化雨遽成烟。
从今桃李无颜色，啼鸟声声叫杜鹃。

空 山

天上云连蔓草荒，芦花白到水中央。
空山秋后浑无梦，一片寒林绾夕阳。

铜 盘

铜盘高共冷云寒，回首咸阳杳霭间。
秋草几曾迷汉阙，酸风真欲射东关。
击残欸乃渔人老，阅尽兴亡白水闲。
一榻青灯眠未稳，潮声新打夜城还。

过什刹海偶占

一抹寒烟笼野塘，四围垂柳带斜阳。
于今柳外西风满，谁忆当年歌舞场。

晚秋偶占

少年何苦学忘机，不待人非己自非。
老尽秋光无一事，坐看黄叶下阶飞。

秋 兴

十载南冠客，金台古易州。
浊醪无可醉，云树只供愁。
离乱那堪说，烟尘何日休。
高楼一夕梦，风雨又惊秋。

咏 怀

高树战西风，秋雨檐前滴。蟋蟀鸣空庭，夜阑犹唧唧。空室阒无人，萱帏何寂寂。自母弃养去，忽忽春秋易。出户如有遗，入室如有觅。斜月照西窗，景物非畴昔。空床竹影多，更深翻历历。稚弟年尚幼，谁为理衣食。我不善家事，尘生屋四壁。昨夜雁南飞，老父天涯隔。前日书再来，开函泪沾臆。上书母氏讳，下祝一家吉。岂知同床人，已以土为宅。他日纵归来，凄凉非旧迹。古称蜀道难，父今头应白。谁怜半百人，六载常做客。我枉为人子，承欢惭绕膝。每欲凌虚飞，恨少鲲鹏翼。苍茫一四顾，遍地皆荆棘。夜夜梦江南，魂迷关塞黑。

浣溪沙

屋脊模糊一角黄。晚晴天气爱斜阳。低飞紫燕入雕梁。　　翠袖单寒人倚竹，碧天沉静月窥墙。此时心绪最茫茫。

忆萝月·送母殡归来

萧萧木叶。秋野山重迭。愁苦最怜坟上月。惟照世人离别。　　平沙一片茫茫。残碑蔓草斜阳。解得人生真意，夜深清呗凄凉。

浣溪沙

忍向长空仔细看。秋星不似夏星繁。任教明灭有谁怜。　　诗思判同秋水瘦，此心宁共夜风寒。雁鸿飞尽莫凭栏。

浣溪沙

坐觉宵寒百感并。长街孤柝报初更。向人惟有一灯青。　　岂是有生皆有恨，果然无福合无情。至今恩怨总难明。

一九四二年

思 君

倚遍阑干几夕阳,秋怀暮景共苍茫。
思君怕过离亭路,春草年年减故芳。

一九四二年仍在沦陷中

杨柳枝八首

(一)

袅娜长条近陌头,闺中少妇怕登楼。
试看一片青青色,不系离人只系愁。

(二)

苏小家临浅水滨,年年春色柳丝新。
莺穿燕剪浑无奈,愿折长条赠远人。

(三)

深掩朱门拂碧塘,织成金缕看鹅黄。
馆娃宫殿凄凉甚,纵有千条总断肠。

（四）

怕听黄鹂度好音，西宫南内柳如金。
玄宗教得杨枝曲，吹向空城响易沉。

（五）

十里平芜欲化烟，移根无复忆西川。
而今大似琅玡木，谁抚长条为泫然。

（六）

最爱黄昏月上时，临风闲袅碧毵枝。
含烟带雨常相忆，莫放杨花掠鬓丝。

（七）

新染曲尘碧似罗，笼烟织就舞裙多。
魏王堤畔东风路，多少春痕付梦婆。

（八）

飞燕娉婷掌上腰，汉王宠幸旧曾邀。
如何也向溪头舞，一例东风拂板桥。

一九四二年春

闻蟋蟀

月满西楼霜满天,故都摇落绝堪怜。
烦君此日频相警,一片商声入四弦。

昨 夜

别来塞草几经秋,昨夜西风雁绕楼。
万里征帆孤枕上,梦随明月到扬州。

寒 蝉

怜君何事苦栖迟,又到羲和西向时。
凉露已收霜欲下,长吟休傍最高枝。

一九四二年秋

冬 柳

记得青溪新涨迟,杨花飞尽晚春时。
谁怜十月隋堤道,剩把空枝两岸垂。

晚 归

婆娑世界何方往，回首归程满落花。
更上溪桥人不识，北风寒透破袈裟。

折窗前雪竹寄嘉富姊

人生相遇本偶然，聚散何殊萍与烟。忆昔遗我双竿竹，与君皆在垂髫年。五度秋深绿阴满，此竹常近人常远。枝枝叶叶四时青，严霜不共芭蕉卷。昨夜西楼月不明，迷离瘦影似含情。三更梦破青灯在，忽听琤琤迸雪声。持灯起向窗前烛，一片冻云白簇簇。折来三叶寄君前，证取冬心耐寒绿。

一九四二年冬

寒假读诗偶得

（一）

每从沉着见空明，一片冰心澈底清。
造极反多平易语，眼前景物世间情。

（二）

剪就轻罗未易缝，深宵独对一灯红。
分明梦到蓬山路，尚隔蓬山几万重。

一九四二年冬

岁暮偶占

写就新词近岁除，半庭残雪夜何如。
青灯映壁人无寐，坐对参差满架书。

除夕守岁

今宵又饯一年终，坐到更深火不红。
明日春来谁信得，纸窗寒透五更风。

不接父书已将半载深宵不寐百感丛集灯下泫然赋此

雏凤应缘失母痴，天涯谁念最娇儿。

遥知今夜成都客，一样青灯两鬓丝。

故都怀古十咏有序

　　幽燕之地，自昔称雄。右拥太行，左环沧海。河济绕其南，居庸障其北。内蹠中原，外控朔漠。盖苏秦所谓天府百二之国，杜牧所谓王者不得不可为王之地。是故历代帝王多都于此，为其草木山川，郁葱佳丽，有霸王之资也。虽然，古今递变，时异境迁。嘉莹幼长是邦，十余年间，足踪所及，则徒见风劲沙飞，土硗水恶，黄尘古道，殿宇丘墟而已。间读古史，又知燕赵古多悲歌之士，未尝不慨然而兴叹也。近以青峰夫子命，至北京图书馆有所检校，徘徊太液东侧，偶一翘首，惟见故国青山，西风黄叶。感怀今古，情有不能已于言者，因刺取城郊胜迹为故都怀古十咏。昔骆宾王在狱咏蝉，取代幽忧，莹何人斯，固不敢比美前人，亦取其意聊用抒怀已尔。

（一）瀛台

台影临波几岁经，秋来摇漾满池萍。

槛龙休问当年事，转眼沧桑尽可惊。

（二）太液池

御柳秋临太液波，残枝向尽尚婆娑。
禁城此日凄凉甚，水到金鳌饮恨多。

（三）文丞相祠

世变沧桑今古同，成仁取义仰孤忠。
茫茫柴市风云护，两宋终收养士功。

（四）于少保祠

丹心自誓矢孤忱，决策平戎卫紫宸。
岂意功高翻见戮，至今风雨泣铜人。

（五）颐和园

飒飒西风苑树寒，颐和景物久阑珊。
当年帝子今何在，父老相传泪未干。

（六）三忠祠

两代英灵聚一堂，中原共有恨茫茫。
遗踪指点归何处，空见祠前蔓草荒。

（七）蒯文通坟

广渠近郭峙高丘，冷雨凄风几度秋。
庄语可教天子动，蒯生终不负韩侯。

（八）将台

往来犹见故台基，貔虎英风渺莫追。
当日翠华临幸处，寒云衰草半迷离。

（九）黄金台

萧萧易水自东来，督亢陂前半草莱。
枉说黄金可招士，登临徒使后人哀。

（十）芦沟桥

黄树青烟入远郊，平川南北枕长桥。
愁看一线桑干水，滚滚尘氛总未消。

菩萨蛮·母殁半年后作

伤春况值清明节,纸灰到处飞蝴蝶。杨柳正如丝,雨斜魂断时。　　人怜花命薄,人也如花落。坟草不关情,年年青又青。

荷叶杯

记得满帘飞絮,春暮,争信有而今。半庭衰柳不成阴,黄叶没阶深。　　从此五更风月,愁绝,情绪几人知,繁华纵有来年期,憔悴已如斯。

南乡子

柳带斜阳,古城风起暮鸦翔。独自归来行又住。何处?南北东西尘满路。

浣溪沙

莫遣佳期更后期，人间桑海已全非。怀人肠断玉溪诗。　　杜宇声悲春去早，落花风定燕归迟。一帘微雨细于丝。

如梦令·残柳

冷落清秋时节，枝上晚蝉声咽。瘦影太伶仃，忍向寒塘自瞥。凄绝，凄绝，肠断晓风残月。

踏莎行

霜叶翻红，远山迭翠。暮霞影落秋江里。渔舟钓艇不归来，朦胧月上风将起。　　鸿雁飞时，芦花开未。故园消息凭谁寄。楼高莫更倚危栏，空城唯有寒潮至。

一九四三年

早春杂诗四首

（一）

惊心岁月逝如斯，饯尽流光暗自悲。
故国远成千里梦，雪窗空负十年期。
眼前哀乐还须遣，身后是非哪可知。
录就驼庵词一卷，案头香尽已多时。

（二）

烬余灯火不盈龛，手把楞严面壁参。
廿载赏心同梦蝶，一生作计愧春蚕。
文章自分无多望，家事于今始半谙。
莫怪东风人欲老，板桥垂柳已毵毵。

(三)

几夜东风送岁除，庭前依约草青初。
日光暖到能消雪，溪水生时隐见鱼。
屋老堆书堪自适，阶闲种竹不妨疏。
吾生拙懒无多事，日展骚经读卜居。

(四)

结习依然嗜苦吟，文章得失亦何心。
茶能破睡人终倦，酒不消愁醉更斟。
小阁栖迟留紫燕，凤城消息待青禽。
花前一溅伤春泪，明日池塘满绿阴。

一九四三年春仍在沦陷中

故都春游杂咏

（一）

三月西堤柳半冥，一篙野水涨浮萍。
长年不踏城郊土，不道西山尔许青。

（二）

停车爱看远山岚，一片天光映水蓝。
两岸人家门半掩，板桥垂柳似江南。

（三）

园名谐趣意何如，曲槛鸣泉大可居。
时听微风一惆怅，落花飞下打红鱼。

（四）

海棠开谢几回春，耶律祠临绿水滨。
欲问明朝兴废事，只今惟有燕泥新。

（五）

裂帛湖边春草青，溪池桥畔水泠泠。
空余碧玉如环句，一代风流忆阮亭。

【注】
王渔洋有"裂帛湖光碧玉环"之句。

（六）

玉泉山水旧知名，的的波光照眼明。
不是青龙桥畔过，谁知泉水在山清。

（七）

灵雨祠前旧酒旗，江山犹是昔人非。
剩有宫墙三数曲，晚来空送夕阳归。

（八）

斜日依山树影长，畏吾村畔柳千行。
吟鞭东指家何处，十载春明等故乡。

一九四三年春

生 涯

日月等双箭，生涯未可知。
甘为夸父死，敢笑鲁阳痴。
眼底空花梦，天边残照词。
前溪有流水，说与定相思。

聆羡季师讲唐宋诗有感

寂寞如来度世心,几回低首费沉吟。
纵教百转莲花舌,空里游丝只自寻。

一九四三年春

读羡季师载挚诗有感

(一)

宫殿槐安原是梦,歌残玉树总成尘。
吟诗忽起铜驼恨,我亦金仙垂涕人。

(二)

我本谈诗重义山,廋辞锦瑟解人难。
神情洽醉醇醪里,笺注难追释道安。

一九四三年春

初夏杂咏四绝

(一)

柳花吹尽更无绵,开到榆花满地钱。
一度春归一惆怅,绿槐阴里噪新蝉。

(二)

一庭榴火太披猖,布谷声中艾叶长。
初夏心情无可说,隔帘惟爱枣花香。

(三)

苏黄李杜漫平章,组绣飞扬各擅场。
谁识放翁诗法在,小楼听雨夜焚香。

【注】

放翁即事诗曰:"组绣纷纷衒女工,诗家于此欲途穷。语君白日飞升法,正在焚香听雨中。"

(四)

四月垂杨老暮烟,更于何处觅啼鹃。
空教夏意浓如许,荷叶青苔两未圆。

一九四三年夏

拟采莲曲

采莲复采莲，莲叶何田田。鼓棹入湖去，微吟自叩舷。湖云自舒卷，湖水自沦涟。相望不相即，相思云汉间。采莲复采莲，莲花何旖旎。艳质易飘零，常恐秋风起。采莲复采莲，莲实盈筐筥。采之欲遗谁，所思云鹤侣。妾貌如莲花，妾心如莲子。持赠结郎心，莫教随逝水。

一九四三年夏

秋宵听雨二首

（一）

四壁吟蛩睡未成，簟纹初簇丝凉生。
隔帘一阵潇潇雨，洒作新秋第几声。

（二）

小院风多叶满廊，沿阶虫语入空堂。
十年往事秋宵梦，细雨青灯伴夜凉。

一九四三年秋

浣溪沙四首

（一）

送尽春归人未归，斜街长日柳花飞。旧欢新怨事全非。　　风紧已催红蕊落，雨多偏觉绿阴肥。满川芳草杜鹃啼。

（二）

岁岁东风塞北沙，离人真个不思家。任教新绿上窗纱。　　破屋檐低微见月，空阶树老不能花。敢言花月作生涯。

（三）

漠漠京华十丈尘，浮生常是感离群。眼前谁是意中人。　　新柳染成江岸绿，燕雏老尽画梁春。等闲情事亦销魂。

（四）

蚕蔟初成四月天，紫藤开遍柳吹绵。一春情绪落花前。　　海燕来时人未老，王孙去后草如烟。忍将哀乐损华年。

浣溪沙

记得南楼柳似金，隔帘依约见青禽。空花梦好酒杯深。　　昨日偶寻黄叶路，西风老尽少年心。恁时争信有而今。

临江仙·一九四三年春，送李秀蕴学姊毕业

开到藤花春色暮，庭前老尽垂杨。等闲离别易神伤。一杯相劝醉，泪湿缕金裳。　　别后烟波何处是，酒醒无限思量。空留佳句咏天香。几回寻往事，肠断旧回廊。

【注】

秀蕴有《咏天香庭院》诗曰："天香绿竹几千竿，昔日朱门今杏坛。绕遍回廊寻往事，斜阳犹在旧栏杆。"

踏莎行·次羡季师韵

草袭春堤，波摇春水。庭前冻柳眠难起。闲行花下问东风，可能吹暖人间世。　　柝响更楼，钟传野寺。几人解得浮生事。竟将韶秀说春山，争知山在斜阳里。

踏莎行·用羡季师句试勉学其作风苦未能似

烛短宵长，月明人悄。梦回何事萦怀抱？撇开烦恼即欢娱，世人偏道欢娱少。　　软语叮咛，阶前细草。落梅花信今年早。耐他风雪耐他寒，纵寒已是春寒了。

鹧鸪天·一九四三年秋，广济寺听法后作

一瓣心香万卷经。茫茫尘梦几时醒？前因未了非求福，风絮飘残总化萍。　　时序晚，露华凝。秋莲摇落果何成？人间是事堪惆怅，帘外风摇塔上铃。

鹧鸪天

叶已惊霜别故枝。垂杨老去尚余丝。一江秋水苹开晚，几片寒云雁过迟。　　愁意绪，酒禁持。万方多难我何之。天高风急宜猿啸，九月文章老杜诗。

一九四四年

题羡季师手写诗稿册子

自得手佳编，吟诵忘朝夕。
吾师重锤炼，辞句诚精密。
想见酝酿时，经营非苟率。
旧瓶入新酒，出语雄且杰。
以此战诗坛，何止黄陈敌。
小楷更工妙，直与晋唐接。
气溢乌丝栏，卓荦见风骨。
人向字中看，诗从心底出。
淡宕风中兰，清严雪中柏。
挥洒既多姿，盘旋尤有力。
小语近人情，端厚如彭泽。
诲人亦谆谆，虽劳无倦色。
弟子愧凡夫，三年面墙壁。
仰此高山高，可瞻不可及。

一九四四年夏

摇 落

高柳鸣蝉怨未休，倏惊摇落动新愁。
云凝墨色仍将雨，树有商声已是秋。
三径草荒元亮宅，十年身寄仲宣楼。
征鸿岁岁无消息，肠断江河日夜流。

一九四四年秋

晚秋杂诗五首

（一）

鸿雁飞来露已寒，长林摇落叶声干。
事非可忏佛休佞，人到工愁酒不欢。
好梦尽随流水去，新诗惟与故人看。
平生多少相思意，谱入秋弦只浪弹。

（二）

西风又入碧梧枝，如此生涯久不支。
情绪已同秋索寞，锦书常与雁参差。
心花开落谁能见，诗句吟成自费辞。
睡起中宵牵绣幌，一庭霜月柳如丝。

（三）

深秋落叶满荒城，四野萧条不可听。
篱下寒花新有约，陇头流水旧关情。
惊涛难化心成石，闭户真堪隐作名。
收拾闲愁应未尽，坐调弦柱到三更。

（四）

年年樽酒负重阳，山水登临敢自伤。
斜日尚能怜败草，高原真悔植空桑。
风来尽扫梧桐叶，燕去空余玳瑁梁。
金缕歌残懒回首，不知身是在他乡。

（五）

花飞无奈水西东，廊静时闻叶转风。
凉月看从霜后白，金天喜有雁来红。
学禅未必堪投老，为赋何能抵送穷。
二十年间惆怅事，半随秋思入寒空。

一九四四年秋

羡季师和诗六章用晚秋杂诗五首及摇落一首韵辞意深美自愧无能奉酬无何既入深冬岁暮天寒载途风雪因再为长句六章仍迭前韵

（一）

一杯薄酒动新寒，短笛吹残泪未干。
楼外斜阳几今昔，眼前风景足悲欢。
生机半向愁中尽，往事都成梦里看。
此世知音太寥落，宝筝瑶瑟为谁弹。

（二）

庭槐叶尽剩空枝，一入穷冬益不支。
日落高楼天寂寞，寒生短榻梦参差。
早更忧患诗难好，每话艰辛酒不辞。
昨日长堤风雪里，两行枯柳尚垂丝。

（三）

尽夜狂风撼大城，悲笳哀角不堪听。
晴明半日寒仍劲，灯火深宵夜有情。
入世已拼愁似海，逃禅不借隐为名。
伐茅盖顶他年事，生计如斯总未更。

（四）

莫漫挥戈忆鲁阳，孤城落日总堪伤。
高丘望断悲无女，沧海波澄好种桑。
人去三春花似锦，堂空十载燕巢梁。
经秋不动思归念，直把他乡作故乡。

（五）

滚滚长河水自东，岁阑动地起悲风。
冢中热血千年碧，炉内残灰一夜红。
寂寞天寒宜酒病，徘徊日暮竟途穷。
谁怜冬夜无人赏，星影摇摇满太空。

（六）

雪冷风狂正未休，严冬凛冽孰销愁。
难凭碧海迎新月，待折黄花送故秋。
极浦雁声惊失侣，斜阳鸦影莫登楼。
禅心天意谁能会，一任寒溪日夜流。

一九四四年冬

冬至日与在昭等后海踏雪作

北地朔风寒，衷怀常郁结。喜逢至日晴，结伴踏积雪。四宇净无尘，平原皓且洁。回首望西山，霁色扑眉睫。浮云一流动，残雪明复灭。近瞰钟鼓楼，宏声何年歇。城郭纵未非，人民已全易。我辈值乱离，感兹空叹息。吁嗟乎银锭桥头车马喧，触战蛮争年复年，君不信此雪晶莹不常保，归来看取檐溜前。

一九四四年冬

岁暮杂诗三首

（一）

举世劳劳误到今，更从何处涤烦襟。
海潮枉说如来法，锦瑟宁传太古音。
一片花飞妨好梦，十年事往负初心。
人间遗杖知多少，不见天涯有邓林。

（二）

清愁寂寞当清欢，参学空依六祖坛。
道力未因人力长，诗情渐与岁情阑。
案头香烬心常懒，帘外风多酒易寒。
说着向来哀乐事，等闲都似梦中看。

（三）

急管繁弦满大都，飘零只合一身孤。
江山有恨花仍发，天地无情眼欲枯。
酒薄难寻欢意味，锦长空费绣工夫。
早知双鬓无堪惜，一任堂堂日月徂。

一九四四年冬

临江仙·连日不乐夜读秋明集有作

早岁不知有恨，逢人艳说多情。而今真个悟人生。恨多情转薄，春老燕飘零。　　剩把虚窗邀月，一编好读秋明。长街何处报更声。夜灯应有意，故故向人青。

鹧鸪天

生计何须费剪裁。当春犹是旧情怀。心同古井波难起，愁似轻阴郁不开。　　花谢去，燕归来。一瓶春酒醉空斋。两当诗句犹能记，会买白杨遍地栽。

一九四四年春

南歌子

垂柳经时老,鸣蝉镇日劳。绿窗掩梦尽无聊。一任榴花结实藕花娇。　　岁月蹉跎过,雄心取次消。隔帘风竹晚萧萧。楼外谁家横笛弄清宵。

一九四四年夏

破阵子二首·咏榴花

(一)

谁道园林寂寞,榴花煞自红肥。多少春芳零落尽,独向骄阳吐艳辉。神情动欲飞。　　一种浓妆最好,十分狂态相宜。好待秋成佳实熟,说与西风尽浪吹。飘零未可悲。

(二)

时序惊心流转,榴花触眼鲜明。芳意千重常似束,坠地依然未有声。有谁知此生。　　不厌花姿秾艳,可怜人世凄清。但愿枝头红不改,伴取筵前樽酒盈。年年岁岁情。

一九四四年夏

临江仙·一九四四年秋

处世原无好计,有生须耐凄凉。秋来天半露为霜。一行征雁去,四野叶初黄。　　万物已悲摇落,菊花还作重阳。谁家薄幸不还乡。赚人明镜里,和泪试严妆。

鹧鸪天二首

(一)

香印烧残心字灰。蝉声初断雁声悲。坐看白日愁依旧,小步秋林懒便回。　　清梦远,晚风微。戏拈螺黛点双眉。阶前种得黄花好,莫问秋情说向谁。

(二)

欲赋秋情尽费辞。秋情只在碧梧枝。枝头新月如眉好,枝下寒蛩彻夜啼。　　蛩不断,月移西。新寒袭遍旧罗衣。中宵独下空庭立,几点流萤绕树飞。

一九四四年秋

南歌子

秋水连天瘦，征鸿取次稀。阶前黄叶久成堆。犹自西风彻夜满林吹。　　酒薄愁偏重，灯阑梦未回。者般生计已全非。细数人天恩怨总堪疑。

一九四四年秋

醉太平

风凉露凉。花黄叶黄。一年容易重阳。总离人断肠。　　眉长鬓长。天长恨长。纵然憔悴何妨。苟余情信芳。

一九四四年秋

贺新郎·夜读羡季师稼轩词说感赋

此意谁能会。向西窗、夜灯挑尽，一编相对。时有神光来纸上，恍见上堂风致。应不愧、稼轩知己。爱极还将小语谑，尽霜毫、挥洒英雄泪。柏树子，西来意。

今宵明月应千里。照长江、一江白水，几多兴废。无数青山遮不住，此水东流未已。想人世、古今同此。把卷空余千载恨，更无心、琐琐论文字。寒漏尽，夜风起。

一九四四年秋

浣溪沙五首用韦庄浣花词韵

一九四四年冬时北平沦陷已七年之久。

（一）

别后魂销塞北天。十年尘满旧金钿。更无清梦到君前。　　手把玉箫吹不断，梧桐凋尽独凭栏。碧云楼外月初残。

（二）

说到人生已自慵。更无尘梦不惺忪。昨宵星月桂堂风。　　弦柱休弹金落索，锦囊深贮玉玲珑。心花验取旧时红。

（三）

清夜双眉入鬓斜。自携灯影障红纱。楼高谁识谢娘家。　　断梦初沉天际月，离情难寄岭头花。寒林珍重护朝霞。

（四）

重拨心灰字已残。思君凭遍旧阑干。有情争信锦盟寒。　　尺素裁成无可寄，双鸳织就与谁看。惟将别泪祝平安。

（五）

杜宇黄莺各自啼。一春肠断魏王堤。绿杨芳草尚萋萋。　　经岁王孙游不返，隔邻骄马更能嘶。空庭零落燕巢泥。

一九四五年

得凤敏学姊书以诗代简

大城成苦住，尘土日纷纭。
得信无堪寄，当歌每忆君。
楼高萦旧梦，天远怅停云。
数尽归鸦影，苍茫立夕曛。

一九四五年秋

采桑子

新春哪有新情绪？依旧风沙，依旧天涯，依旧行人未有家。　　闲中检点闲哀乐，旧梦都差，旧愿仍赊，酒后清愁细细加。

一九四五年春

破阵子

　　理鬓熏衣活计，拈花斗草心情。笑约同窗诸女伴，明日西郊试马行，踏青鞋已成。　　入夜预愁风雨，隔帘细数春星。莫怪新来无梦好，且喜风光到眼明，镜中双鬓青。

一九四五年春

采桑子

　　少年惯做空花梦，篆字香熏。心字香温。坐对轻烟写梦痕。　　而今梦也无从做，世界微尘。事业浮云。飞尽杨花又一春。

一九四五年春

破阵子

五月十五日舆在昭学姊夜话时将近毕业之期。

　　记向深宵夜话，长空皓月晶莹。树杪斜飞萤数点，水底时闻蛙数声，尘心入夜明。　　对酒已拼沉醉，看花直到飘零。便欲乘舟飘大海，肯为浮名误此生，知君同此情。

一九四五年六月二十八日（乙酉五月十九）作

一九五〇年

转 蓬

一九四八年随外子工作调动渡海迁台。一九四九年冬长女生甫三月,外子即以思想问题被捕入狱。次年夏余所任教之彰化女中自校长以下教员六人又皆因思想问题被拘询,余亦在其中。遂携哺乳中未满周岁之女同被拘留。其后余虽幸获释出,而友人咸劝余应辞去彰化女中之教职以防更有他变。时外子既仍在狱中,余已无家可归。天地茫茫,竟不知谋生何往,因赋此诗。

转蓬辞故土,离乱断乡根。
已叹身无托,翻惊祸有门。
覆盆天莫问,落井世谁援。
剩抚怀中女,深宵忍泪吞。

一九五一年

浣溪沙

　　一树猩红艳艳姿，凤凰花发最高枝。惊心节序逝如斯。　　中岁心情忧患后，南台风物夏初时，昨宵明月动乡思。

一九五一年台南作

一九五二年

蝶恋花

倚竹谁怜衫袖薄，斗草寻春，芳事都闲却。莫问新来哀与乐，眼前何事容斟酌。　　雨重风多花易落，有限年华，无据年时约。待屏相思归少作，背人划地思量着。

一九五二年春台南作

一九六一年

郊游野柳偶成四绝

（一）

岂是人间梦觉迟，水痕沙渍尽堪思。
分明海底当前见，变谷生桑信有之。

（二）

挥杯昔爱陶公饮，避地今耽海上云。
病多辞酒非辞醉，坐对烟波意自醺。

（三）

敢学青莲笑孔丘，十年常梦入沧洲。
头巾何日随风掷，散发披裳一弄舟。

（四）

潮音似说菩提法，潮退空余旧梦痕。
自向空滩觅珠贝，一天海气近黄昏。

一九六一年台北作

海 云

眼底青山迥出群,天边白浪雪纷纷。
何当了却人间事,从此余生伴海云。

一九六一年台北作

一九六四年

读庄子逍遥游偶成二绝

（一）

天池旧约誓来归，六月息居短梦非。
野马尘埃吾不惧，云鹏何日果南飞。

（二）

孤池绝海向云开，欲待飞鹏竟不来。
一自庄周寓言后，水天寥落只堪哀。

一九六四年台北作

读义山诗

信有姮娥偏耐冷，休从宋玉觅微辞。
千年沧海遗珠泪，未许人笺锦瑟诗。

一九六四年台北作

南 溟

白云家在南溟水，水逝云飞负此心。
攀藕人归莲已落，载歌船去梦无寻。
难回银汉垂天远，空泣鲛珠向海沉。
香篆能消烛易尽，残灰冷泪怨何深。

一九六四年台北作

一九六七年

菩萨蛮·一九六七年哈佛作

西风何处添萧瑟，层楼影共孤云白。楼外碧天高，秋深客梦遥。　　天涯人欲老，暝色新来早。独踏夕阳归，满街黄叶飞。

鹧鸪天·用友人韵

寒入新霜夜夜华，艳添秋树作春花。眼前节物如相识，梦里乡关路正赊。　　从去国，倍思家，归耕何地植桑麻。廿年我已飘零惯，如此生涯未有涯。

一九六七年哈佛作

一九六八年

一九六八年春张充和女士应赵如兰女士之邀携其及门高弟李卉来哈佛大学演出昆曲思凡游园二出诸友人相继有作因亦勉成一章

白雪歌声美，黄冠舞态新。
梦回燕市远，莺啭剑桥春。
弦诵来身教，宾朋感意亲。
天涯聆古调，失喜见传人。

一九六八年秋留别哈佛三首

（一）

又到人间落叶时，飘飘行色我何之。
曰归枉自悲乡远，命驾真当泣路歧。
早是神州非故土，更留弱女向天涯。
浮生可叹浮家客，却羡浮槎有定期。

（二）

天北天南有断鸿，几年常在别离中。
已看林叶惊霜老，却怪残阳似血红。
一任韶华随逝水，空余生事付雕虫。
将行渐近登高节，惆怅征蓬九月风。

（三）

临分珍重主人心，酒美无多细细斟。
案上好书能忘暑，窗前嘉树任移阴。
吝情忽共伤留去，论学曾同辨古今。
试写长谣抒别意，云天东望海沉沉。

一九六九年

异 国

异国霜红又满枝,飘零今更甚年时。
初心已负原难白,独木危倾强自支。
忍吏为家甘受辱,寄人非故剩堪悲。
行前一卜言真验,留向天涯哭水湄。

一九六九年秋初抵温哥华作

【注】

来加拿大之前,有台湾友人为戏卜流年,卜词有"时地未明时,佳人水边哭"之言,初未之信,而抵加后之处境竟与之巧合,故末二句云云。

一九七〇年

鹏 飞

鹏飞谁与话云程,失所今悲匍匐行。
北海南溟俱往事,一枝聊此托余生。

一九七〇年春

一九七一年

父 殁

老父天涯殁，余生海外悬。
更无根可托，空有泪如泉。
昆弟今虽在，乡书远莫传。
植碑芳草碧，何日是归年。

一九七一年春

庭前烟树为雪所压持竿击去树上积雪以救折枝口占绝句二首

（一）

一竿击碎万琼瑶，色相何当似此消。
便觉禅机来树底，任它拂面雪霜飘。

（二）

年时嘉荫岂能忘，为救折枝斗雪霜。
滕六儿存悲悯意，好留余干莫凋伤。

一九七二年

许诗英先生挽诗

海风萧瑟海气昏，海上客居断客魂，
日日高楼看落照，山南山北白云屯。
故国音书渺天末，平生师友烟波隔，
忽惊噩耗信难真，报道中宵梁木坏。
先生心疾遽不起，叔重绝学今长已，
白日犹曾上讲堂，一夕悲风黯桃李。
我识先生在古燕，卅年往事去如烟，
当时丫角不更事，辜负家居近讲筵。
先生怜才偏不弃，每向人前多奖异，
侥幸题名入上庠，揄扬深愧先生意。
世变悠悠几翻覆，沧海生桑陵变谷，
成家育女到海隅，碌碌衣食早废读。
何期重得见先生，却话前尘百感并，
万劫蝉痴空恋字，三春花落总无成。
旧居犹记城西宅，书声曾动南邻客，
小时了了未必佳，老大伤悲空叹息。
先生不忍任飘蓬，便尔招邀入辟雍，
有惭南郭滥竽吹，勉同诸子共雕虫。
十五年来陪杖履，深仰先生德业美，
目疾讲著未少休，爱士推贤人莫比。
鲤庭家学有心传，浙水宗风一脉延，

遍植兰花开九畹，及门何止士三千。
问字车来踵相接，记得当年堂上别，
谓言后会定非遥，便即归来重展谒。
浮家去国已三秋，天外云山只聚愁，
我本欲归归未得，乡心空付水东流。
年前老父天涯殁，兰死桐枯根断折，
更从海上哭先生，故都残梦凭谁说。
欲觅童真不可寻，死生亲故负恩深，
未能执绋悲何极，更忆乡关感不禁。
前日寄书问身后，闻有诸生陪阿母，
人言师弟父子如，况是先生德爱厚。
小雪节催马帐寒，朔风隔海亦悲酸，
梦魂便欲还乡去，肠断关山行路难。

　　　　　壬子冬月廿七日于加拿大之温哥华

【注】

　　许诗英先生为许寿裳先生之公子，曾在台湾各大学教授文字声韵学等课。

梦中得句杂用义山诗足成绝句三首

（一）

换朱成碧余芳尽，变海为田夙愿休。
总把春山扫眉黛，雨中寥落月中愁①。

（二）

波远难通望海潮，朱砂空护守宫娇。
伶伦吹裂孤生竹，埋骨成灰恨未销②。

（三）

一春梦雨常飘瓦，万古贞魂倚暮霞。
昨夜西池凉露满，独陪明月看荷花③。

【注】

①"春山"句，见义山诗《代赠二首》；"雨中"句，见《端居》。

②"伶伦"句，见义山诗《钧天》；"埋骨"句，见《和韩录事送宫人入道》，原句为"埋骨成灰恨未休"，因押韵故，易"休"为"销"。

③"一春"句，见义山诗《圣女祠》；"万古"句，见《青陵台》；"昨夜"句，见《昨夜》。

感事二首

（一）

长绳难系天边日，堪笑葵花作计痴。
拼向朱明开烂漫，掉头羲御竟何之。

（二）

抱柱尾生缘守信，碎琴俞氏感知音。
古今似此无多子，天下凭谁付此心。

发留过长剪而短之又病其零乱不整因梳为髻或见而讶之戏赋此诗

前日如尾长，昨日如云乱。
今日髻高梳，三日三改变。
游戏在人间，装束如演爨。
岂意相识人，见我多惊叹。
本真在一心，外此皆虚玩。
佛相三十二，一一无非幻。
若向幻中寻，相逢徒觌面。

欧游纪事八律作于途中火车上

其一

匆匆七日小居停，东道殷勤感盛情。
尼院为家林荫广，王朝如梦寺基平。
举杯频劝葡萄酿，把卷深谈阮步兵。
我是穷途劳倦客，偶从游旅慰浮生。

其二

繁华容易逐春空，今古东西本自同。
刘易斯王前狩苑，拿破仑帝旧雄风。
空瞻殿饰余金碧，剩见喷泉弄彩虹。
欲问丰功向何处，一尊雕像夕阳中。

其三

何期四世聚天涯，高会梅林感复嗟。
廿载师生情未改，七旬父执鬓微华。
相逢各话前尘远，离别还悲后会赊。
赠我新诗怀往事，故都察院旧儿家。

其四

稚梦难寻四十年，相逢海外亦奇缘。
因聆旧话思童侣，更味乡厨忆古燕。
往事真如春水逝，客身同是异邦悬。
沧桑多少言难尽，会见孙儿到膝前。

其五

论绘谈诗博奥殚,驱车终日看山峦。
雨中湖水迷千里,地底钟岩幻百观。
生事羡君书卷里,村居示我画图间。
主人款客多风雅,一曲鸣琴着意弹。

其六

颓垣如血自殷红,罗马王城落照中。
一片奔车尘漠漠,数行断柱影幢幢。
千年古史殷谁鉴,百世文明变未穷。
处处钟声僧院老,耶稣十架竟何功。

其七

偶来庞贝故城墟,里巷依稀残烬余。
几蠹断楹前代寺,半椽空宇昔人居。
惊看体骨都成石,纵有瓶罍储亦虚。
一霎劫灾人世改,徒令千载客唏嘘。

其八

行行欧旅近终途,瑞士湖山入画图。
蓝梦波光经雨后,绿森峦霭弄晴初。
早知客寄非长策,归去何方有故庐。
独上游船泛烟水,坐看鸥影起菰蒲。

【注】

其一：旅游巴黎寓居侯思孟（DonaldHolzman）教授之所，其地原为法王路易第九诞生之古堡，后改建为教堂，旁为修女院。今教堂已夷为平地，遍植果木，修女院则分别为人所赁居，侯氏所居即为旧日修女院之一部。

其二：凡尔赛宫。

其三：在巴黎蒙台湾大学及淡江学院诸校友邀宴于中国餐馆梅林，座中得遇父执盛成老伯。四十年前盛老伯曾寓居于故都察院胡同嘉莹旧家之南舍，时嘉莹不过垂髫之龄耳，而座中之罗锺皖女士，于二十年前从我受业时亦不过一垂髫女童而已，今日相见则已结婚有女数岁矣。盛老伯即席赠我五言律诗一首。缅怀旧事，感慨何似。

其四：在德国博洪（Bochum）寓居张禄泽女士之处，偶话旧事，始悉我在北平笃志小学读书时，有高我三班之高文灵学长曾对我爱护备至者，盖张女士之同级学友也。张女士善烹调，两日来得饱尝故都口味。其女于去岁结婚，不日将有弄孙之喜矣。

其五：在博洪张女士处得遇霍福民（Alfred Hoffmann）教授曾驱车载我同游博洪附近之钟乳石岩洞及科隆之艺术馆等地。临行前一晚并为我奏欧洲古琴一曲，风雅好客，盛情可感。

其六：罗马。

其七：庞贝。

其八：瑞士之蓝梦湖（Lake Lémen）及绿森（Lucern）等地。

秋日绝句六首

（一）

樊城景物四时妍，又到枫红九月天。
一夕西风寒雨过，起看白雪满山巅。

【注】

李祁教授诗称温哥华为樊城，爱其古雅，因沿用之。

（二）

一年两度好花开，狗木俗名遍地栽。
曾共春樱争艳冶，更先黄菊报秋来。

【注】

狗木为Dogwood之意译。

（三）

隔邻嘉树不知名，朱实匀圆结子成。
好鸟时来啄复落，闲阶点缀自多情。

（四）

烟树初红菊正黄，小庭花木竞秋妆。
风霜见惯浑闲事，垂老安家到异方。

（五）

谁家芦苇两三枝，摇曳门前别样姿。
记得陶然亭畔路，秋光不似故园时。

（六）

几番霖雨到秋深，落叶飘黄已满林。
试上层楼望萧瑟，海天辽阔见高岑。

一九七一年秋

春日绝句四首

（一）

几日晴和雪便销，已知花信定非遥。
樊城地气应偏暖，历尽严冬草未凋。

（二）

似洗岚光到眼明，偶从广海眺新晴。
微风不动平波远，时听鸥鸣一两声。

（三）

满街桃李绽红霞，百卉迎春竞作花。
冰雪劫余生意在，喜看烟树茁新芽。

（四）

似雪繁花又满枝，故园春好正堪思。
斜晖凝恨他乡老，愁诵当年韦相词。

一九七二年春

一九七四年

祖国行长歌

　　此诗为一九七四年第一次返国探亲旅游时之所作。当时曾由旅行社安排赴各地参观，见闻所及，皆令人兴奋不已。及今思之，其所介绍，虽不免因当时政治背景而有不尽真实之处，但就本人而言，则诗中所写皆为当日自己之真情实感。近有友人拟将此诗重新发表，时代既已改变，因特作此简短之说明如上。

卅年离家几万里，思乡情在无时已。
一朝天外赋归来，眼流涕泪心狂喜。
银翼穿云认旧京，遥看灯火动乡情；
长街多少经游地，此日重回白发生。
家人乍见啼还笑，相对苍颜忆年少，
登车牵拥邀还家，指点都城夸新貌。
天安门外广场开，诸馆新建高崔嵬；
道旁遍植绿荫树，无复当日飞黄埃。
西单西去吾家在，门巷依稀犹未改，
空悲岁月逝骎骎，半世蓬飘向江海。
入门坐我旧时床，骨肉重聚灯烛光；
莫疑此景还如梦，今夕真知返故乡。
夜深细把前尘忆，回首当年泪沾臆，
犹记慈亲弃养时，是岁我年方十七，
长弟十五幼九龄，老父成都断消息，
鹡鸰失恃紧相依，八载艰难陷强敌，

所赖伯父伯母慈，抚我三人各成立。
一经远嫁赋离分，故园从此隔音尘，
天翻地覆歌慷慨，重睹家人感倍亲。
两弟夫妻四教师，侄男侄女多英姿，
喜见吾家佳子弟，辉光仿佛生庭墀。
大侄劳动称模范，二侄先进增生产；
阿权侄女曾下乡，各具豪情笑生脸。
小雪最幼甫七龄，入学今为红小兵；
双垂辫发灯前立，一领红巾入眼明。
所悲老父天涯殁，未得还乡享此儿孙乐，
更悲伯父伯母未见我归来，逝者难回空泪落。
床头犹是旧西窗，记得儿时明月光，
客子光阴弹指过，飘零身世九回肠。
家人问我别来事，话到艰辛自酸鼻，
忆昔婚后甫经年，夫婿突遭囹圄系。
台海当年兴狱烈，覆盆多少冤难雪，
可怜独泣向深宵，怀中幼女才三月。
苦心独力强支撑，阅尽炎凉世上情，
三载夫还虽命在，刑余幽愤总难平。
我依教学谋升斗，终日焦唇复瘏口，
强笑谁知忍泪悲，纵博虚名亦何有。
岁月惊心十五秋，难言心事苦羁留，
偶因异国书来聘，便尔移家海外浮。
自欣视野从今展，祖国书刊恣意览。
欣见中华果自强，辟地开天功不浅。
试寄家书有报章，难禁游子喜如狂，

萦心卅载还乡梦，此际终能夙愿偿。
归来故里多亲友，探望殷勤情意厚，
美味争调饫远人，更伴恣游共携手。
陶然亭畔泛轻舟，昆明湖上柳条柔，
公园北海故宫景色俱无恙，
更有美术馆中工农作品足风流。
郊区厂屋如栉比，处处新猷风景异，
蔽野葱茏黍稷多，公社良田美无际。
长城高处接浮云，定陵墓殿郁轮囷，
千年帝制兴亡史，从此人民做主人。
几日游观浑忘倦，乘车更至昔阳县，
争说红旗天下传，耳闻何似如今见。
车站初逢宋立英，布衣草笠笑相迎，
风霜满面心如火，劳动人民具典型。
昔日荒村穷大寨，七沟八梁惟石块，
经时不雨雨成灾，饥馑流亡年复代。
一从解放喜翻身，永贵英雄出姓陈，
老少同心夺胜利，始知成败本由人。
三冬苦战狼窝掌，凿石锄冰拓田广，
百折难回志竟成，虎头山畔歌声响。
于今瘠土变良畴，岁岁增粮大有秋，
运送频闻缆车疾，渡漕新建到山头。
山间更复植蔬果，桃李初熟红颗颗，
幼儿园内笑声多，个个颜如花绽朵。
革命须将路线分，不因今富忘前贫，
只今教育沟中地，留与青年忆苦辛。

我行所恨程期急，片羽观光足珍惜，
万千访客岂徒来，定有精神蒙洗涤。
重返京城暑渐消，凉风起处觉秋高，
家人小聚终须别，游子空悲去路遥。
长弟多病最伤离，临行不忍送登机，
叮咛惟把归期问，相慰归期定有期。
握别亲朋屡执手，已去都门更回首，
凭窗下望好山河，时见梯田在陵阜。
飞行一霎抵延安，旧居初仰凤凰山，
土窑筹策艰难日，想见成功不等闲。
南泥湾内群峦碧，战士当年辟荆棘，
拓成陕北好江南，弥望秧田不知极。
白首英雄刘宝斋，锄荒往事话蒿莱，
遍山榛莽无人迹，畦径全凭手自开。
丛林为幕地为床，一把镢头一杆枪，
自向山旁凿窑洞，自割藤草自编筐。
日日劳动仍学习，桦皮为纸炭为笔，
寒冬将至苦无衣，更剪羊毛学纺织。
所欣秋获已登场，土豆南瓜野菜香，
生产当年能自给，再耕来岁有余粮。
更生自力精神伟，三五九旅声名美，
从来忧患可兴邦，不忘学习继前轨。
平畴展绿到关中，城市西安有古风，
周秦前汉隋唐地，未改河山气象雄。
遗址来瞻半坡馆，两水之间临灞浐，
石陶留器六千年，缅想先民文化远。

骊山故事说明皇，昔日温泉属帝王，
咫尺荣枯悲杜老，终看鼙鼓动渔阳。
宫殿华清今更丽，辟建都为疗养地，
忆从事变起风云，山间犹有危亭记。
仓促行程不可留，复经上海下杭州，
凌晨一瞥春申市，黄浦江边忆旧游。
跑马前厅改医院，行乞街头不复见，
列强租界早收回，工厂如林皆自建。
市民处处做晨操，可见更新觉悟高，
改尽奢靡当日习，百年国耻一时消。
沪杭线上车行速，风景江南看不足，
采莲人在画图中。菜花黄嫩桑麻绿。
从来西子擅佳名，初睹湖山意已倾，
两岸山鬟如染黛，一夜烟水弄阴晴。
快意波心乘小艇，更坐山亭瀹芳茗，
灵鹫飞来仰翠峰，花港观鱼爱红影。
匆匆一日小登临，动我寻山幽兴深，
行程一夕忙排定，便去杭州赴桂林。
桂林群山拔地起，怪石奇岩世无比，
游神方在碧虚间，盘旋忽入骊宫底。
滴乳千年幻百观，瑶台琼树舞龙鸾，
此中浑忘人间世，出洞方惊日影残。
挂席明朝向阳朔，百里舟行真足乐，
漓江一水曳柔蓝，两岸青山削碧玉。
捕鱼滩上设鱼梁，种竹江干翠影长，
艺果山间垂柿柚，此乡生计好风光。

尽日游观难尽兴，无奈斜阳已西暝，
题诗珍重约重来，祝取斯盟终必证。
归途小住五羊城，破晓来参烈士陵，
更访农民讲习所，燎原难忘火星星。
流花越秀花如绮，海珠桥下珠江水，
可惜游子难久留，辜负名城岭南美。
去国仍随九万风，客身依旧似飘蓬，
所欣长夜艰辛后，终睹东方旭影红。
祖国新生廿五年，比似儿童甫及肩，
已看头角峥嵘出，更祝前程稳着鞭。
腐儒自误而今愧，渐觉新来观点异，
兹游更使见闻开，从此痴愚发聋聩。
早经忧患久飘零，餬口天涯百愧生。
雕虫文字真何用，聊赋长歌记此行。

一九七六年

一九七六年三月廿四日长女言言与婿永廷以车祸同时罹难日日哭之陆续成诗十首

（一）

噩耗惊心午夜闻，呼天肠断信难真。
何期小别才三日，竟尔人天两地分。

（二）

惨事前知恨未能，从来休咎最难明。
只今一事余深悔，未使相随到费城。

（三）

哭母髫年满战尘，哭爷剩作转蓬身。
谁知百劫余生日，更哭明珠掌上珍。

（四）

万盼千期一旦空，殷勤抚养付飘风。
回思襁褓怀中日，二十七年一梦中。

（五）

早经忧患偏怜女，垂老欣看婿似儿。
何意人天劫变起，狂风吹折并头枝。

（六）

结缡犹未经三载，忍见双飞比翼亡。
检点嫁衣随火葬，阿娘空有泪千行。

（七）

重泉不返儿魂远，百悔难赎母恨深。
多少劬劳无可说，一朝长往负初心。

（八）

历劫还家泪满衣，春光依旧事全非。
门前又见樱花发，可信吾儿竟不归。

（九）

平生几度有颜开，风雨逼人一世来。
迟暮天公仍罚我，不令欢笑但余哀。

（十）

从来天壤有深悲，满腹酸辛说向谁。
痛哭吾儿躬自悼，一生劳瘁竟何为。

一九七七年

天 壤

逝尽韶华不可寻，空余天壤蕴悲深。
投炉铁铸终生错，食蓼虫悲一世心。
萧艾欺兰偏共命，鸱鸮贪鼠吓鹓禽。
回头三十年间事，肠断哀弦感不禁。

大庆油田行

今年四月底，回国探亲，正值全国学大庆工业代表在京开会。每见报章所载有关大庆之报道，不免心怀向往，因要求一至大庆参观。其后于六月中得偿此愿，在大庆共留三日，曾先后参观铁人纪念馆、女子钻井队、女子采油队、创业庄、缝补厂、萨尔图仓库、喇嘛甸联合站、大庆化工厂及铁人学校等地，对大庆艰苦创业精神，深怀感动，因试写长歌一首以记其事。惟是在大庆之所见闻，皆为古典诗中所未曾前有之事物，作者虽有意为融新入古之尝试，然而力不从心，固未能表达大庆之精神及个人之感动于十百分之一也。

松花江北嫩江东，草原如海迷苍穹，
空有宝藏蕴万古，老大中华危且穷。
强邻昔日相侵略，国土如瓜任人割，
专政军阀只自肥，弃民弃地同毫末。
一从日月换新天，江山重绘画图妍，

奋发八亿人民力，共辟神州启富源。
当时誓把油田建，海北天南来会战，
荒原冰雪聚雄师，朔风凛冽红旗艳。
总为国贫创业艰，吊车不足运输难，
全凭两手双肩力，共举钻机重似山。
井架巍巍向天起，急欲开钻难觅水，
以盆端取递相传，终送钻头入地底，
屹立钻台队长谁，玉门油工王进喜。
临危抢险气凌云，博得英名号铁人，
钻杆伤腿不离井，身拌泥浆压井喷。
革命雄怀拼性命，草原果见原油迸，
国庆十年肇此田，遂锡嘉名名大庆。
从兹祖国展新猷，一洗贫油往日羞，
工业有油方起步，油工血汗足千秋。
学习两论将家起，何惧黑风同恶诋，
眼明心亮志弥坚，战斗精神拼到底。
屡蒙总理最关心，三度亲曾大庆临，
指示城乡相结合，工农齐进是南针。
我来一十八年后，喜讯欣传除四丑，
抓纲治国共争先，大庆标杆工业首。
油田广阔望无边，大道平直欲接天，
远景遥空红日美，采油树共彩霞妍。
铁人虽逝英风在，虎榜名多夸后辈，
巾帼不肯让须眉，采油钻井同豪迈。
上井能将刹把扶，行文下笔扫千夫，
打靶更看频命中，女郎似此古今无。

不需粉黛同罗绮，铝盔一顶英姿美，
时写新诗谱作歌，豪情伴取歌声起。
油工眷属亦多强，众口争夸薛桂芳，
铁锹五把开荒地，建起今朝创业庄。
庄内居民近千户，遍地农田兼菜圃，
长街饼熟正飘香，幼儿园内方歌舞，
昔年盐碱一荒滩，此日真成安乐土。
不因安乐忘贫穷，勤俭长留大庆风，
废物回收能利用，旧衣拆洗更重缝。
半丝寸缕皆珍惜，一针一扣无轻弃。
布条弹出更生棉，碎革拼为皮护膝，
设厂牛棚历苦辛，此日欣看多业绩。
后勤前线紧相连，仓库原为供应源，
每项料材过万件，管材容易点材难。
自是工人多智慧，攻坚克难全无畏，
五五规格创制新，四号明标分定位。
大方套小方，大五套小五，
或状似梅花，或形如圆柱，
一目了然记在心，管库人成活账簿。
岗位专司各练兵，四严三老记分明，
联合站内增生产，日日输油入上京。
油龙夭矫奔飞急，茫茫平野真无极，
忽看伟筑入云高，大化烟囱林海立。
处处车间轧轧音，来观真似入山阴，
所惭我不知科学，落笔难描感自深。
今富昔贫成对比，筑屋难忘干打垒，

苦干精神代代传，铁人办学留功伟。
幼苗当日手亲栽，课室犹存旧土台。
接棒有人基业永，校名千古仰崔嵬。
吁嗟乎创业艰辛业竟成，飞鹏从此展云程，
中华举国兴工业，大庆红旗是典型。

旅游开封纪事一首

录呈当地书法家武慕姚、庞白虹、张本逊、韩伟业诸先生吟正。

游子还旧邦，行程过古汴。
魏宋渺千年，人间市朝变。
览物阅沧桑，登临浑忘倦。
驱车向龙亭，遗址宋宫殿。
国弱终南迁，繁华如梦幻。
空有石狮存，方墩土中陷。
更瞻铁塔高，玲珑入霄汉。
琉璃佛相砖，曾遭敌寇弹。
兵火劫灰余，今日皆完缮。
父老为客言，此城旧多难。
人祸与天灾，旱涝兼争战。
河道高于城，水决城中灌。
居民不聊生，黄沙扑人面。
自从解放来，百废俱兴建。
新设工厂多，品类千余件。

试种水稻田，计亩七八万。
古迹得保存，文化亦璀璨。
名刹相国寺，展览未曾断。
我来值盛会，书法集群彦。
邂逅赠墨宝，疾书便伏案。
落纸舞龙蛇，烟云生浩瀚。
八旬矍铄翁，隶体尤精擅。
铁画与银钩，意气何遒健。
诵我长歌行，谬蒙多赏赞。
更欲索新诗，愧无珠玉献。

一九七七年夏

纪游绝句十一首

（一）

诗中见惯古长安，万里来游鄠杜间。
弥望川原似相识，千年国土锦江山。

（二）

天涯常感少陵诗，北斗京华有梦思。
今日我来真自喜，还乡值此中兴时。

（三）

灞水桥边杨柳存，阳关旧曲断离魂。
于今四海同声气，早是春风过玉门。

（四）

兴庆湖中泛碧波，沉香亭畔牡丹多。
人民自建名园好，帝子兴亡付梦婆。

（五）

已扫群魔净恶氛，放怀堂上论诗文。
话到南山与秋色，高风想见杜司勋。

（六）

直登古塔上慈恩，千载题名几姓存。
汉祖唐宗俱往事，凭栏指点乐游原。

（七）

春锄一幅兴沉酣，作者贫农李凤兰。
欲问翻身今昔事，绘来家史付君看。

（八）

一中韦曲近樊川，工厂农田校舍边。
小坐堂前听讲课，教师用古有新诠。

（九）

陕北歌传金匾名，新词三叠表深情。
百身难赎斯人殁，一曲台边掩泪听。

（十）

辽鹤归来客子身，半生飘转似微尘。
却经此地偏多恋，古县人情分外亲。

（十一）

难驻游程似箭催，每于别后首重回。
好题诗句留盟证，更约他年我再来。

一九七七年夏

采桑子二首

旅途有闻而作

（一）

　　我生一世多忧患，惆怅啼鹃。长恨无边。逝水东流去不还。　　忽闻西水能东调，移去高山。造出平原。始信人间别有天。

（二）

　　儿时只解吟风月，梦影虽妍。世事难全。茹苦终生笔欲捐。　　而今却悟当初错，梦觉新天。余烬重燃。试谱新声战斗篇。

金缕曲·周总理逝世周年作

万众悲难抑。记当年、大星陨落，漫天风雪。伫立街头相送处，忍共斯人长诀。况遗恨跳梁未灭。多少忧劳匡国意，想临终、滴尽心头血。有江海，为鸣咽。　　而今喜见春风发。扫阴霾、冰渐荡尽，百花红缀。待向忠魂齐献寿，怅望云天寥廓。算只有、姮娥比洁。一世衷怀无私处，仰重霄、万古悬明月。看此际，清光澈。

返加后两月，接武慕姚先生惠寄手书拙著长歌，并辱题诗，赋此奉和

双绝诗书好，开缄意自倾。
天涯感知赏，长忆汴梁城。

一九七七年十月

附武慕姚先生原作

别后诗重把，衔杯屡自倾。
读君珠玉句，花雨满春城。

一九七八年

向晚二首

近日颇有归国之想,傍晚于林中散步成此二绝。

(一)

向晚幽林独自寻,枝头落日隐余金。
渐看飞鸟归巢尽,谁与安排去住心。

(二)

花飞早识春难驻,梦破从无迹可寻。
漫向天涯悲老大,余生何地惜余阴。

一九七八年春

再吟二绝

（一）

却话当年感不禁，曾悲万马一时暗。
如今齐向春郊骋，我亦深怀并辔心。

（二）

海外空能怀故国，人间何处有知音。
他年若遂还乡愿，骥老犹存万里心。

【注】

　　写成前二诗后不久，偶接国内友人来信，提及今日教育界之情势大好，读之极感振奋，因用前二诗韵再吟二绝。

水龙吟·秋日感怀

满林霜叶红时，殊乡又值秋光晚。征鸿过尽，暮烟沉处，凭高怀远。半世天涯，死生离别，蓬飘梗断。念燕都台峤，悲欢旧梦，韶华逝，如驰电。　　一水盈盈清浅，向人间、做成银汉。阋墙兄弟，难缝尺布，古今同叹。血裔千年，亲朋两地，忍教分散。待恩仇泯没，同心共举，把长桥建。

水调歌头·秋日有怀国内外各地友人

天涯常感旧，江海隔西东。月明今夜如水，相忆有谁同。燕市亲交未老，台岛后生可畏，意气各如虹。更念剑桥友，卓荦想高风。　　虽离别，经万里，梦魂通。书生报国心事，吾辈共初衷。天地几回翻覆，终见故园春好，百卉竞芳丛。何幸当斯世，莫放此生空。

踏莎行

　　近写水龙吟及水调歌头诸词,或以为气类苏辛,不似闺阁之作,因仿稼轩之效李易安体,为小词数首。惟是词体虽效古人,词情则仍为作者所自有耳。

　　黄菊凋残,素霜飘降。他乡不尽凄凉况。丹枫落后远山寒,暮烟合处空惆怅。　　雁作人书,云裁罗样。相思试把高楼上。只缘明月在东天,从今惟向天东望。

一九七八年冬

西江月

　　昨夜月轮又满,经时音信无凭。怪他青鸟误云程。日日心期难定。　　已报故园春早,春衫次第将成。莫教风雨弄阴晴。珍重护花幡胜。

临江仙

惆怅当年风雨,花时横被摧残。平生幽怨几多般。从来天壤恨,不肯对人言。　　叶落漫随流水,新词写付谁看。惟余乡梦未全删。故园千里外,休戚总相关。

浣溪沙

摇落西风几夜凉,满林寒叶已惊霜。天涯谁赏菊花黄。　　别后故人存旧约,梦回梁月有余光。雁声迢递碧天长。

金缕曲·有怀梅子台湾

难忘临歧际。赋离歌,短诗数首,盈襟别意。世事茫茫从此去,明日参商万里。叹聚散、匆匆容易。自信平生萧瑟惯,甚新来、岁晚怜知己。沉思处,凭谁会。　　高山流水锺期谊。曾共话、夷齐列传,马迁心事。惆怅胸中家国恨,几度暗伤憔悴。剩迟暮、此心未已。若遂还乡他日愿,约重逢、聚首京华里。然诺在,长相记。

水龙吟

旧游街巷重经，故人此日天涯远。门庭草树，高楼灯火，依前在眼。聚散无凭，几回离别，岁华惊晚。对寒天暮景，追思往事，空相忆，都成幻。　　记得激情狂辩，每怜君、志高量浅。岂知归去，关心乡土，胸襟大展。近日书来，英才作育，壮怀无限。约春风吹放，故园桃李，向花前见。

鹊踏枝·寄梅子台湾

记得当年花烂漫。长日驱车，直欲寻春遍。一自别来时序换。人间几处沧桑变。　　又见东风牵柳线。聚首京华，此约何年践。惆怅花前心莫展。一湾水隔天涯远。

鹧鸪天·再寄梅子台湾

老去相逢更几回。人间别久信堪哀。繁花又向天涯发，明月还从海上来。　　山断续，水萦回。白云天远动离怀。年年断送韶华尽，谁共伤春酒一杯。

一九七九年

绝句三首

（一）

五年三度赋还乡，依旧归来喜欲狂。
榆叶梅红杨柳绿，今番好是值春光。

（二）

古城认取旧游痕，花下徘徊感客魂。
风雨流年三十载，树犹如此我何言。

（三）

登临重上翠微巅，一塔遥天认玉泉。
都是儿时旧游地，人间不返是华年。

一九七九年春

喜得重谒周祖谟师

（一）

绝学赖传尊宿老，佳篇人共仰诗翁。
我是门前旧桃李，当年曾喜沐春风。

（二）

卅年桑海人间变，欣见灵光鲁殿存。
顾我荒疏真自愧，几时更许立程门。

游圆明园绝句四首

（一）

惆怅前朝迹已荒，空余石柱立残阳。
百年几辈英雄出，力挽东流变海桑。

（二）

莫向昆池问劫灰，眼前华屋剩丘莱。
暮云飞鸟空堂址，可有游魂化鹤来。

（三）

九州清晏想升平，高观遗基号远瀛。
不为苍生谋社稷，寿山福海总虚名。

（四）

新知旧雨伴游踪，吊古三来废苑中。
斜日朝晖明月下，一般乡国此情浓。

【注】

新知旧雨谓国内之陈贻焮、史树青二位教授，及北美之梁恩佐、刘元珠二位教授。

赠北京大学陈贻焮教授及其公子蓟庄绝句三首

（一）

新词赠我沁园春，感激相知意气亲。
更咏南行绝句好，同游真拟伴诗人。

（二）

心如赤子笔凌云，结友平生几似君。
但愿常为镜春客，茗茶相对论诗文。

（三）

结蕊为珠展似梅，天然玉质胜琼瑰。
郎君自有传神手，摄取花魂月下来。

观 剧

欲遣巫阳赋大招，冤魂不返恨难销。
纸钱台上飞扬处，如见空中血泪飘。

赠南京大学赵瑞蕻教授绝句二首

（一）

未曾觌面已书来，高谊佳文眼顿开。
青草池塘夸谢句，轩辕妙解释灵台。

（二）

石城小聚太匆匆，后约相期雁荡中。
已去犹蒙珍籍赠，开缄感愧满深衷。

赠南京大学陈得芝教授

我耽词曲君研史，共仰学人王静安。
鱼藻轩前留恨水，斯人斯世总堪叹。

赠故都师友绝句十二首

（一）

八旬夫子喜身强，一曲弹词兴最长。
更咏当年神武句，高风追想大师黄。

（陆颖明师）

（二）

亲摹墨影丁都赛，更赠佳联太白诗。
博学同门精考古，曾传四海姓名知。

（史树青学长）

（三）

同辈多才数二阎，高歌未见鬓华添。
手书律句新诗好，两美欣看此日兼。

（阎振益、阎贵森二学长）

（四）

从来传法似传薪，作育良师赖有人。
卅载前尘如昨日，先鞭君早出群伦。

（郭预衡学长）

（五）

回首光阴似水东，饮酣犹有气如虹。
当筵一曲秋声赋，潇洒情怀想醉翁。

（曹桓武学长）

（六）

归来一事有深悲，重谒吾师此愿违。
手迹珍藏蒙割赠，中郎有女胜须眉。

（顾之惠学姊、顾之京学妹）

（七）

曲中折柳故园情，喜听歌喉似旧清。
更谱新声翻水调，相思千里月华明。

（房凤敏学姊）

（八）

戏传谬誉增吾愧，谁有捷才似子多。
记得芸窗朝夕共，陈侯消息近如何。

（程忠海学姊）

（九）

几回风雨忆联床，卅载思君天一方。
纵改鬓华心未改，平生知己此情长。

（刘在昭学姊）

（十）

左家娇女本书痴，江海归来鬓有丝。
此日故人重聚首，共惊疏放异前时。

（十一）

读书曾值乱离年，学写新词比兴先。
历尽艰辛愁句在，老来思咏中兴篇。

（十二）

构厦多材岂待论，谁知散木有乡根。
书生报国成何计，难忘诗骚李杜魂。

纪事绝句二十四首

（一）

津沽劫后总堪怜，客子初来三月天。
喜见枝头春已到，颓垣缺处好花妍。

（二）

狂尘微浥雨初晴，偶向长街信步行。
却误大沽成大鼓，乡音乍听未分明。

（三）

欲把高标拟古松，几经冰雪与霜风。
平生不改坚贞意，步履犹强未是翁。

（四）

话到当年语有神，未名结社忆前尘。
白头不尽沧桑感，台海云天想故人。

（以上二首赠李霁野先生）

（五）

余勇犹存世屡更，江山百代育豪英。
笑谈六十年前事，五四旗边一小兵。

（赠朱维之先生）

（六）

襟怀伉爽本无俦，为我安排百事周。
还向稗官寻治乱，雄风台上话曹刘。

（赠鲁德才先生）

（七）

绝代风华中晚唐，义山长吉细平章。
月明珠泪南山雨，解会诗心此意长。

（赠郝世峰先生）

（八）

风谣乐府源流远，兰芷骚辞比兴深。
赠我一言消客感，神州处处有知音。

（赠杨成福先生）

（九）

一从相见便推诚，多感南开诸友生。
更喜座中闻快语，新交都有故人情。

（赠宁宗一先生）

（十）

两篇词说蒙亲录，一对石章为我雕。
铁画银钩无倦赏，高情难报海天遥。

（十一）

相逢喜有同门谊，相别还蒙赠好诗。
十二短章无限意，俳谐妙语铸新词。

（以上二首赠王双启先生）

（十二）

便面黑如点漆浓，新词朱笔隶书工。
赠投不肯留名姓，惟向襟前惠好风。

（赠王千女士）

（十三）

课后匆匆乍见时，故人相对认还迟。
称名顿忆当年貌，忽觉光阴去若驰。

（赠陈继揆学长）

（十四）

斜日楼头酒一觞，故人邀宴意偏长。
佳筵已散情难尽，乐事追怀话晚凉。

（十五）

芸窗当日俱年少，垂老相逢鬓已皤。
记得同舟游太液，前尘回首卅年过。

（以上二首记与同班诸学长之聚会）

（十六）

园名水上人如鲫，春到同来赏物华。
最喜相看如旧识，珍丛开徧刺梅花。

（记水上公园之游）

（十七）

盘山地是古无终，抗敌传闻野寺中。
记得陶诗田子泰，果然乡里有雄风。

（十八）

虎踞山头乱石蹲，潺湲一水静中喧。
忽兴碍路当年恨，商隐诗篇细讨论。

（以上二首记盘山之游）

（十九）

蓟城门额古渔阳，惆怅开天事可伤。
犹有唐时明月在，宵深谁与话兴亡。

（记蓟县之游）

（二十）

白昼谈诗夜讲词，诸生与我共成痴。
临歧一课浑难罢，直到深宵夜角吹。

（二十一）

题诗好订他年约，赠画长留此日情。
感激一堂三百士，共挥汗雨送将行。

（以上二首记讲课之事与送别之会）

（二十二）

当时观画频嗟赏，如见骚魂起汨罗。
博得丹青今日赠，此中情事感人多。

（二十三）

我观君画神为夺，君诵吾词赏亦颠。
一面未逢心已识，论交真觉有奇缘。

（以上二首记南开大学范曾先生所绘屈原图像相赠之事）

（二十四）

后约丁宁写壮辞，送行录赠小川诗。
共留祝愿前程远，珍重天涯两地思。

（以上一首记临行前二位女同学录诗相赠之事）

（一九七九年首度南开讲学作）

纪游绝句九首旅途口占

（一）

一世最耽工部句，今朝真到锦江滨。
两字少城才入耳，便思当日百花春。

（二）

早岁爱诗如有癖，老游山水兴偏狂。
平生心愿今朝足，来向成都谒草堂。

（三）

想象缘江当日路，只今宾馆即青郊。
欲知杜老经行处，结伴来寻万里桥。

（四）

少陵曾与鸬鹚约，一日须来一百回。
若使诗人今尚在，此身愿化鸬鹚来。

（五）

接天初睹大江流，何幸余年有壮游。
此去为贪三峡美，不辞终日立船头。

（六）

不见江心滟滪堆，不闻天外暮猿哀。
忽然惆怅还成喜，无复风波惧往来。

（七）

舟入夔门思杜老，独吟秋兴对江风。
巫山不改青青色，屹立诗魂万古雄。

（八）

早年观画惟求美，不喜图中有电杆。
今见电杆绝壁上，江山翻觉美千般。

（九）

空蒙青翠有还无，十二遥峰态万殊。
指点当前雄坝起，会看高峡出平湖。

八声甘州

一九七九年归国讲学，蒙校方以范曾所绘屈原图像相赠，赋此谢之。

想空堂素壁写归来，当年稼轩翁。算人生快事，贵欣所赏，情貌相同。一幅丹青赠我，高谊比云隆。珍重临歧际，可奈匆匆。　试把画图轻展，蓦惊看似识，楚客遗容。带陆离长铗，悲慨对回风。别津门、携将此轴，有灵均、深意动吾衷。今而后、天涯羁旅，长共相从。

水龙吟·题屈原图像

半生想象灵均，今朝真向图中见。飘然素发，翛然独往，依稀泽畔。呵壁深悲，纫兰心事，昆仑途远。哀高丘无女，众芳芜秽，凭谁问，湘累怨。　异代才人相感。写精魂、凛然当面。杖藜孤立，空回白首，愤怀无限。哀乐相关，希文心事，题诗堪念。待重滋九畹，再开百亩，植芳菲徧。

水调歌头·题友人梁恩佐先生绘国殇图

死有泰山重，亦有羽毛轻。开缄对子图画，百感一时并。几笔线条勾勒，绘出英魂毅魄，悲愤透双睛。楚鬼国殇厉，气壮动苍冥。　　挟秦弓，带长剑，意纵横。枪林弹雨经徧，血染战袍腥。自古无人曾免，偏是江淹留赋，写恨暗吞声。何日再相见，重与话平生。

水龙吟·题嵇康鼓琴图

分明纸上琴音，风神千古嵇中散。五弦挥处，也曾目送，飞鸿意远。丰草长林，平生心志，未堪羁绊。想岩岩傲骨，睥睨朝士，柳阴下，当年锻。　　正复斯人不免，画图中、愤怀如见。古今多少，当权典午，肯容狂狷。流水高山，广陵一曲，此情谁展。有刘伶善饮，举杯在手，寄无穷感。

沁园春·题友人赠仕女图

万里相邀，来看画图，豪士如君。记古都当日，未曾觏面，神交便许，惊识灵均。半载暌违，一朝重见，笔底烟霞更有神。飞扬处，听狂言惊座，意兴干云。　　偶然绘做佳人。露半面、愁容写未真。看青松影下，单寒翠袖，手中诗卷，花上啼痕。泼墨张颠，挥毫风雨，幻出云鬟雾鬓身。蒙持赠，向天涯携往，伴我清吟。

水龙吟·题范曾先生绘孟浩然图像

浩然正副斯名，风流想见当年貌。清芬愿挹，谪仙太白，也曾倾倒。河汉微云，梧桐疏雨，佳篇清妙。问先生何事，鹿门竟出，也奔向、长安道。　　可奈家贫亲老。更秋江、北风寒早。岘山登处，羊公碑在，几番凭吊。难问迷津，空悲白发，枉寻芳草。喜千秋能写，颓然醉态，有丹青好。

水龙吟

画家范曾为清代名诗人范伯子之后，家学渊源，善吟诵古典诗词，曾以吟诗录音带一卷相赠，赋此为谢。

一声裂帛长吟，白云舒卷重霄外。寂寥天地，凭君唤起，骚魂千载。渺渺予怀，湘灵欲降，楚歌慷慨。想当年牛渚，泊舟夜咏，明月下，诗人在。　　多少豪情胜概，恍当前、座中相对。杜陵沉挚，东坡超旷，稼轩雄迈。异代萧条，高山流水，几人能会。喜江东范子，能传妙咏，动心头籁。

沁园春·题曹孟德东临碣石图

魏武当年，碣石登临，慷慨作歌。想洪波浩荡，秋风萧瑟，英雄相对，此意如何。凭仗白描，传神妙笔，绘出悲凉万感多。扬鞭指，望天涯尽处，揽辔山河。　　难禁岁月消磨。奈横槊、豪情两鬓皤。叹神龟虽寿，终年有竟，一朝灰土，枉说腾蛇。老骥虽衰，犹存壮志，千里长途有梦过。须珍惜，趁风华正茂，直上嵯峨。

一九八〇年

雾中有作七绝二首

（一）

连日沉阴郁不开，天涯木落亦堪哀。
我生久惯凄凉路，一任茫茫海雾来。

（二）

高处登临我所耽，海天愁入雾中涵。
云端定有晴晖在，望断遥空一抹蓝。

五律三章奉酬周汝昌先生

　　周汝昌先生以新著《恭王府考》见赠。府为昔日在辅仁大学读书时旧游之地，周君来函索诗，因赋五律三章奉酬。

（一）

飘泊吾将老，天涯久寂寥。
诵君新著好，令我客魂销。
展卷追尘迹，披图认石桥。
昔游真似梦，历历复迢迢。

（二）

长忆读书处，朱门旧邸存。
天香题小院，多福榜高轩。
慷慨歌燕市，沧亡有泪痕。
平生哀乐事，今日与谁论。

（三）

四十年前地，嬉游遍曲栏。
春看花万朵，诗咏竹千竿。
所考如堪信，斯园即大观。
红楼竟亲历，百感益无端。

水龙吟

红楼梦研究会纪事大会由周策纵教授主持,在威斯康辛大学召开。

周公吐哺迎宾,红楼盛会明湖畔①。痴人多少,相逢说梦,高谈忘倦。血泪文章,凭谁解会,疑真疑幻。甚苍天未补,奇书未竟,向千古,留长憾。　　聆取座中雄辩,喜天涯、聚兹群彦。论文度曲,题诗作画,长才各展。开卷头回,一番相聚,结缘不浅。向临歧惜别,叮咛后会,约他年见。

【注】

① 周策纵教授即席赋诗,有"明湖一勺测汪洋"之句,有注云:"陌地生二大湖,有日湖、月湖之称,予尝共呼曰明湖。"因沿用之。

踏莎行

一九八〇年春，偶于席上遇一女士云能以姓名为人相命，谓我于五行得水为最多，既可如杯水之含敛静止，亦可如江海之汹涌澎湃，戏为此词，聊以自嘲。

一世多艰，寸心如水。也曾局囿深杯里。炎天流火劫烧余，藐姑初识真仙子。　　谷内青松，苍然若此，历尽冰霜偏未死。一朝鲲化欲鹏飞，天风吹动狂波起。

水龙吟·友人来书写黄山之胜

画师隔海书来，开缄如对烟岚翠。新来消息，凭君细写，山中幽意。始信峰前，飞来石畔，登临未已。想青松万壑，回飙激荡，吟啸处，飞云起。　　铺展长笺巨笔。尽挥洒淋漓元气。苍崖老树，嵚崎傲兀，眼中心底。惆怅吾生，征尘催老，枉悲泥滓。想杜陵诗句，青鞋布袜，待何时始。

鹊踏枝

玉宇琼楼云外影，也识高寒，偏爱高寒境。沧海月明霜露冷，姮娥自古原孤零。　　谁遣焦桐烧未竟。斲作瑶琴，细把朱弦整。莫道无人能解听，恍闻天籁声相应。

鹊踏枝

晚唐诗人李义山与温庭筠同时，温为当时词坛之重要作者，李之诗作虽有意境颇近于词者，然却并无词作，友人有颇以为憾者，因用义山诗句为小词一首。

　　啮锁金蟾销篆印。四壁霜华，重叠相交隐。小院红英飞作阵。芳根中断芳心尽。　　羽客多情相问讯。冉冉风光，疑见娇魂近。云汉长河千古恨，人天只有相思分。

【注】

"啮锁"句，见义山《无题》诗"金蟾啮锁烧香入"。"四壁"句，见义山《燕台》诗"冻壁霜华交隐起"。"小院"句，见义山《落花》诗"小园花乱飞"。"芳根"句，见义山《燕台》诗"芳根中断香心死"，及《落花》诗"芳心向春尽"。"羽客"句，见义山《燕台》诗"蜜房羽客类芳心"。"冉冉"二句，见义山《燕台》诗"风光冉冉东西陌，几日娇魂寻不得"。"云汉"二句，见义山《西溪》诗"人间从到海，天上莫为河"。

玉楼春·有怀梅子台湾

　　天涯聚散真容易。别后惊心时序异。几行征雁去无还,一树霜枫红欲醉。　　高楼向晚成孤倚。远水遥山无限意。天边明月又团圆,人间何日重相会。

一九八〇年九月二十一日

一九八一年

一九八一年春自温哥华乘机赴草堂参加杜诗学会机上口占

平生佳句总相亲，杜老诗篇动鬼神。
作别天涯花万树，归来为看草堂春。

赋呈缪彦威前辈教授七律二章

（一）

早岁曾耽绝妙文，心仪自此慕斯人。
何期瀛海归来日，得沐春风锦水滨。
卅载沧桑人纵老，千年兰芷意常亲。
新辞旧句皆珠玉，惠我都成一世珍。

（二）

稼轩空仰渊明菊，子美徒尊宋玉师。
千古萧条悲异代，几人知赏得同时。
纵然飘泊今将老，但得瞻依总未迟。
为有风人仪范在，天涯此后足怀思。

附缪彦威教授赠诗二章

(一)

相逢倾盖许知音,谈艺清斋意万寻。
锦里草堂朝圣日,京华北斗望乡心。
词方漱玉多英气,志慕班昭托素襟。
一曲骊歌芳草远,凄凉天际又轻阴。

(二)

岂是蓬山有夙因,神交卅载遽相亲。
园中嘉卉忘归日,海上沧波思远人。
敢比南丰期正字,何须后世待扬云。
莫伤流水韶华逝,善保高情日日新。

赠俞平伯教授

白发犹能写妙词,曲园家学仰名师。
人间小劫沧桑变,喜见风仪似旧时。

律诗一首

一九八一年五月下旬，自加拿大西岸之温哥华飞赴东岸之哈利菲克斯（Halifax）参加亚洲学会年会，会后至佩基湾（Peggy's Cave）观海，有怀乡国感赋一律。

久惯飞航作远游，海西头到海东头。
云程寂历常如雁，尘梦飘摇等似沤。
谁遣生涯成旅寄，未甘心事剩槎浮。
竭来地角怀乡国，愁对风涛感不休。

为加拿大邮政罢工作

自叹天涯老，无从解客怀。
每伤知己别，惟冀远书来。
锦鲤沉何处，青禽使竟乖。
祇应明月下，长是立空阶。

昆明旅游绝句十二首

（一）

滇南胜地说春城，北国游人意早倾。
能洗征尘三万斛，翠湖堤畔碧波明。

（翠　湖）

（二）

山川自有锺灵意，斧凿能夺造化工。
下瞰烟波五百里，危崖石刻有雄风。

（龙　门）

（三）

鹏飞九万高风远，水击三千绝世姿。
曾读蒙庄劳想象，几疑滇海即天池。

（滇　池）

（四）

炼石曾传竟补天，衔枝亦信海能填。
如何留此千年憾，断却魁星笔不全。

（魁星像）

（五）

太华山头缥缈楼，云烟都向望中收。
层檐一角斜阳晚，红绽茶花古寺幽。

（缥缈楼）

（六）

早岁曾耽聂耳歌，卅年事往逐流波。
名山留得才人墓，游子低回感自多。

（聂耳墓）

（七）

钟声已自何年歇，远岭空留夕照迟。
惆怅华亭山下路，幽林阒寂起相思。

（华亭寺钟）

（八）

禅心莫漫夸无住，留塑空山亦有情。
五百佛尊穷世相，分明众苦见苍生。

（筇竹寺罗汉）

（九）

老干曾经历冰雪，虬枝真似走龙蛇。
开天往事凭谁说；犹向东风自发花。

（黑龙潭唐梅）

（十）

眼底茫茫烟水宽，披襟高处独凭栏。
长联一百八十字，足配名楼号大观。

（大观楼长联）

（十一）

人生何短世何长，太古茫茫接大荒。
海水纵枯石未烂，两间留此证沧桑。

（石林）

（十二）

黉舍犹存旧讲台，致公堂内忆风雷。
诗人爱国将身殉，诗魄如花带血开。

（云大致公堂，闻一多遇害前曾在此讲演。）

山 泉

涓涓幽谷泻泉清，一路相随伴我行。
细听潺湲千百转，世间无物比深情。

旅游有怀诗圣赋五律六章

（一）

垂老归乡国，逢春作远游。
因耽工部句，来觅兖州楼。
平野真无际，白云自古浮。
千年诗兴在，瞻望意迟留。

（过兖州）

（二）

曾叹儒冠误，当年杜少陵。
致君空有愿，尧舜竟无凭。
毁誉从翻覆，诗书几废兴。
今朝过曲阜，百感自填膺。

（游曲阜）

（三）

髫年吟望岳，久仰岱宗高。
策杖攀千级，乘风上九霄。
众山供远目，万壑听松涛。
绝顶怀诗圣，登临未惮劳。

（登泰山）

（四）

历下名亭古，佳联世共传。
因兹怀杜老，到此诵诗篇。
海右多名士，人间重后贤。
词中辛李在，灵秀郁山川。

（游济南）

（五）

锦里经年别，天涯忆念频。
重来心自喜，又见草堂春。
笼竹看弥翠，鹃花开正新。
盍簪溪畔宅，盛会仰诗人。

（参加成都草堂纪念杜甫大会）

（六）

巩洛中州地，诗人故里存。
千年窑洞古，三架土峰尊。
东泗余流水，南瑶有旧村，
山川一何幸，孕此少陵魂。

（游巩县杜甫故居）

缪彦威前辈教授以手书汪容甫赠黄仲则诗见贻赋此为谢

黄金不铸鄙荣名，容甫孤怀托友生。
感激应知黄仲则，沉忧一样满离情。

梅子寿辰将近，口占二绝为祝

（一）

朔风凛冽见梅枝，又近佳辰初度时。
记否当年明月夜，樊城曾共酒盈卮。

（二）

寒梅几见发南台，可惜嘉名与地乖。
要证严冬冰雪质，做应移植北乡来。

西江月·阳平关下口占

久慕蜀都山水，一朝入蜀成行。中宵坐起待天明，残月一弯秦岭。　　曙色依稀入眼，车声隐隐初停。阳平关下晓风清，天外两三星影。

鹊踏枝

杜甫学会后有怀西蜀友人。樊城即加拿大之温哥华。

樊城花树长街满。岁岁春来，处处花开徧。今岁花开人正远。归来已是韶光换。　　赖有珍丛芳意晚。过了端阳，才放朱英展。却忆繁红西蜀见。风烟万里情何限。

浣溪沙

缪彦威前辈教授以手书《相逢行》长歌见赠，有"凤凰凌风来九天，梧桐高耸龙门巅，百年身世千秋业，莫负相逢人海间"之语，赋此为谢。

尺幅珍悬字字珠，长歌郑重手亲书，相逢深谊定何如。　　云外九天来凤鸟，龙门百尺立高梧，人间真有胜缘殊。

点绛唇

回首生哀，凄凉往事凭谁诉。雨朝风暮。零落无人护。　　一阕新词，绝似招魂赋。甘芳露。心头滴处。留得春长驻。

蝶恋花

盼得春来春又暮。九十韶光，欲尽留难住。百尺游丝空际舞。殷勤此意如何诉。　　几处阴浓楼外树。日日楼头，望断行人路。风雨摧花谁做主。新来陡觉飘零苦。

减字木兰花

天涯秋老。叶落空阶愁未扫。独下中庭。为看长空月影明。　　此心好在。纵隔沧溟终不改。夜夜西风。万里乡魂有路通。

一九八二年

员峤奉答缪彦威教授《古意》诗

员峤神蚕七寸身,风霜万古閟阳春。
灵光一接惊眠起,尽吐冰丝化彩云。

水龙吟·壬戌中秋前夕有怀故人

天涯又睹清光,姮娥伴我飘零久。阴晴历徧,常圆无缺,几时能够。北国春宵,南台秋夜,乱离经后。算他乡迟暮,韶华一往。对明月,空搔首。　　凉露苍苔湿透。立多时、寒生衣袖,长晖万里,愿随流照,故人知否。当日高楼,阑干同倚,此情依旧。愿加餐共勉,千秋志业,向他年就。

鹧鸪天

一九六六年应哈佛大学之聘,自台湾携二女言言及言慧赴康桥,赁居于燕京图书馆附近一小巷内,每日经过威廉詹姆士楼之下,当时曾写《菩萨蛮》小词一首,有"西风何处添萧索,层楼影共孤云白。楼外碧天高,秋深客梦遥"之句。一九八二年,再至哈佛,偶经旧居之地,街巷依然,而长女言言离世已六年之久矣,感慨今昔,因赋此阕。

死别生离久惯谙。艰辛历尽几波澜。挈家去国当年事,沧海沉珠竟不还。　　楼影外,碧云天。康桥景物尚依然。漫夸客子身犹健,谁识心头此夕寒。

一九八三年

高 枝

高枝珍重护芳菲,未信当时作计非。
忍待千年盼终发,忽惊万点竟飘飞。
所期石炼天能补,但使珠圆月岂亏。
祝取重番花事好,故园春梦总依依。

满庭芳

一九七七年友人梅子自加拿大回台任教,临行前曾有他年共游京华之约。去岁余利用休假机会,曾回国居住一年之久,而梅子因身在台湾,不仅不能前来相聚,更因两地不能通邮,音问遂完全断绝。今年春梅子自台来访,小住三周,临行前赋此赠别。

樱蕊初红,柳枝才绿,天涯再度轻分。久经离别,小聚未三旬。回首年时此际,正消息、阻隔音尘。空怀想,君羁台海,惆怅对燕云。　　今春。相见处,依然异域,旧约重论。愿携手京华,有日成真。且向花前水畔,追往事、共觅游痕。难追是,流光不返,白发鬓边新。

一九八三年春写于温哥华

蝶恋花

爱向高楼凝望眼。海阔天遥，一片沧波远。仿佛神山如可见，孤帆便拟追寻徧。　　明月多情来枕畔。九畹滋兰，难忘芳菲愿。消息故园春意晚，花期日日心头算。

浣溪沙

已是苍松惯雪霜，任教风雨葬韶光，卅年回首几沧桑。　　自诩碧云归碧落，未随红粉斗红妆，余年老去付疏狂。

木兰花慢·咏荷

《尔雅》曰："荷，芙渠，其茎茄，其叶蕸，其本蔤，其华菡萏，其实莲，其根藕，其中菂，菂中薏"。盖荷之为物，其花既可赏，根实茎叶皆有可用，百花中殊罕其匹。余生于荷月，双亲每呼之为"荷"，遂为乳字焉。稍长，读义山诗，每诵其"荷叶生时春恨生，荷叶枯时秋恨成"，及"何当百亿莲花上，一一莲花现佛身"之句，辄为之低回不已。曾赋五言绝咏荷小诗一首云："植本出蓬瀛，淤泥不染清，如来原是幻，何以渡苍生"。其后几经忧患，辗转飘零，遂羁居加拿大之温哥华城。此城地近太平洋之暖流，气候宜人，百花繁茂，而独鲜植荷者，盖彼邦人士既未解其花之可赏，亦未识其根实之可食也。年来屡以暑假归国讲学，每睹新荷，辄思往事，而双亲弃养已久。叹年华之不返，感身世之多艰，怅触于心，因赋此阕。（篇内"飘零""月明""星星"诸句，皆藏短韵于句中，盖宋人及清人词律之严者，皆往往如此也。至于"愁听"之"听"字则并非韵字，在此当读去声。）

花前思乳字，更谁与、话生平。怅卅载天涯，梦中常忆，青盖亭亭。飘零自怀羁恨，总芳根、不向异乡生。却喜归来重见，嫣然旧识娉婷。　　月明一片露华凝。珠泪暗中倾。算净植无尘，化身有愿，枉负深情。星星鬓丝欲老，向西风、愁听佩环声。独倚池阑小立，几多心影难凭。

水调歌头·贺周士心教授八秩寿庆画展

云城有高士，三绝擅嘉名。旧学吴门溯往，通悟本天成。细草微虫寄兴，远岫长川写意，神志接沧溟。展纸挥毫处，众类眼中明。　　携书册，万里路，五洲行。开筵设帐，拓开新径有传承。《两岸》峰峦叠翠，《百石》玲珑多致，相对坐移情。八十未云老，琴瑟正和鸣。

【注】

《两岸》及《百石》皆为周教授画册之名。

一九八四年

河桥二首寄梅子台湾

（一）

经年海外一相逢，聚散匆匆似梦中。
重上河桥良久立，天南天北暮霞红。

（二）

漫言投老有心期，又向天涯赋别离。
依旧河桥新月上，与谁同赏复同归。

生查子

飘泊久离居，岁晚欢娱少。连夜北风寒，雪满天涯道。　　今日喜颜开，乍觉新晴好。为有远人书，来报梅花早。

春归有作

月圆月缺寻常事，无改清辉万古同。
来岁花枝应更好，不因春去怨匆匆。

一九八四年六月

一九八五年

秋晚怀故国友人

秋晚伤离索，霜枫染叶酡。
经时音信阻，连夜月明多。
夙约怀知己，流光感逝波。
所期重聚首，休待鬓全皤。

为茶花作

记得花开好，曾经斗雪霜。
坚贞原自诩，剪伐定堪伤。
雨夕风晨里，苔阶石径旁。
未甘憔悴尽，一朵尚留芳。

一九八六年

谢友人赠菊

一九八六年秋在南开任教,蒙吴大任校长及陈㴊夫人惠赠盆菊,因思陶诗"秋菊有佳色"之句,赋诗为谢。

白云难寄怀高士,驿使能传忆岭梅。
千古雅人相赠意,喜看佳色伴秋来。

挽夏承焘先生二绝

(一)

词林大业忆彊村,开继宗风一代尊。
西子湖边留教泽,永嘉山水与招魂。

(二)

先生高弟吾知友,每话师恩感旧深。
一夕大星沉不起,沧波隔海最伤心。

【注】

友人潘琦君女士亦为永嘉人,曾从先生受学,现为台湾著名散文家,写有怀念夏先生之文字多篇。

论词绝句五十首

（一）

风诗雅乐久沉冥，六代歌谣亦寝声。
里巷胡夷新曲出，遂教词体擅嘉名。

（二）

唐人留写在敦煌，想象当年做道场。
怪底佛经杂艳曲，溯源应许到齐梁。

（三）

曾题名字号诗余，叠唱声辞体自殊。
谁谱新歌长短句，南朝乐府肇胎初。

以上三首论词之起源

（四）

何必牵攀拟楚骚，总缘物美觉情高。
玉楼明月怀人句，无限相思此意遥。

（五）

绣阁朝晖掩映金，当春懒起一沉吟。
弄妆仔细匀眉黛，千古佳人寂寞心。

（六）

金缕翠翘娇旖旎，藕丝秋色韵参差。
人天绝色凭谁识，离合神光写妙辞。

以上三首论温庭筠词

（七）

水堂西面相逢处，去岁今朝离别时。
个里有人呼欲出，淡妆帘卷见清姿。

（八）

谁家陌上堪相许，从嫁甘拚一世休。
终古挚情能似此，楚骚九死谊相侔。

（九）

深情曲处偏能直，解会斯言赏最真。
吟到洛阳春好句，斜晖凝恨忆何人。

以上三首论韦庄词

（十）

缠绵伊郁写微辞，日日花前病酒厄。
多少闲愁抛不得，阳春一集耐人思。

（十一）

金荃秾丽浣花清，淡扫严妆各擅名。
难比正中堂庑大，静安于此识豪英。

（十二）

罢相当年向抚州，仕途得失底须忧。
若从词史论勋业，功在江西一派流。

以上三首论冯延巳词

（十三）

丁香细结引愁长，光景流连自可伤。
纵使花间饶旖旎，也应风发属南唐。

（十四）

凋残翠叶意如何，愁见西风起绿波。
便有美人迟暮感，胜人少许不须多。

以上二首论李璟词

（十五）

悲欢一例付歌吟，乐既沉酣痛亦深。
莫道后先风格异，真情无改是词心。

（十六）

林花开谢总伤神，风雨无情葬好春。
悟到人生有长恨，血痕杂入泪痕新。

（十七）

凭栏无限旧江山，叹息东流水不还。
小令能传家国恨，不教词境囿花间。

以上三首论李煜词

（十八）

临川珠玉继阳春，更拓词中意境新。
思致融情传好句，不如怜取眼前人。

（十九）

诗人何必命终穷，节物移人语自工。
细草愁烟花怯露，金风叶叶坠梧桐。

（二十）

词风变处费人猜，疑想浇愁借酒杯。
一曲标题赠歌者，他乡迟暮有深哀。

以上三首论晏殊词

（二十一）

诗文一代仰宗师，偶写幽怀寄小词。
莫怪樽前咏风月，人生自是有情痴。

（二十二）

四时佳景都堪赏，清颖当年乐事多。
十阕新词采桑子，此中豪兴果如何。

（二十三）

西江词笔出南唐，同叔温馨永叔狂。
各有自家真面目，好将流别细参详。

以上三首论欧阳修词

（二十四）

休将俗俚薄屯田，能写悲秋兴象妍。
不减唐人高处在，潇潇暮雨洒江天。

（二十五）

斜阳高柳乱蝉嘶，古道长安怨可知。
受尽世人青白眼，祇缘填有乐工词。

（二十六）

危楼伫倚一沉吟，草色烟光暮霭侵。
解识幽微深秀意，介存千古是知音。

（二十七）

行役驱驱可奈何，光阴冉冉任经过。
平生心事归销黯，谁诵当年煮海歌。

以上四首论柳永词

【注】

其后，撰写《论柳永词》文稿时因篇幅过长，将原诗的第三、四首改写为一首如下：平生心事黯消磨，愁诵当年煮海歌。总被后人称"腻柳"，岂知词境拓东坡？

（二十八）

艳曲争传绝妙词，酒酣狂草付诸儿。
谁知小白长红事，曾向春风感不支。

（二十九）

人间风月本无常，事往繁华尽可伤。
一样纯情兼锐感，叔原何似李重光。

以上二首论晏几道词

（三十）

揽辔登车慕范滂，神人姑射仰蒙庄。
小词余力开新境，千古豪苏擅胜场。

（三十一）

道是无情是有情，钱塘万里看潮生。
可知天海风涛曲，也杂人间怨断声。

（三十二）

捋青捣麨俗偏好，曲港圆荷俪亦工。
莫道先生疏格律，行云流水见高风。

以上三首论苏轼词

（三十三）

花外斜晖柳外楼，宝帘闲挂小银钩。
正缘平淡人难及，一点词心属少游。

（三十四）

曾夸豪隽少年雄，匹马平羌仰令公。
何意一经迁谪后，深愁只解怨飞红。

（三十五）

茫茫迷雾失楼台，不见桃源亦可哀。
郴水郴山断肠句，万人难赎痛斯才。

以上三首论秦观词

（三十六）

顾曲周郎赋笔新，惯于勾勒见清真。
不矜感发矜思力，结北开南是此人。

（三十七）

当年转益亦多师，博大精工世所知。
更喜谋篇能拓境，传奇妙写入新词。

（三十八）

早年州里称疏隽，晚岁人看似木鸡。
多少元丰元祐慨，乌纱潮溅露端倪。

以上三首论周邦彦词

(三十九)

散关秋梦沈园春，词笔诗才各有神。
漫说苏秦能驿骑，放翁原具自家真。

(四十)

渔歌菱唱何须止，绮语花间讵可轻？
怪底未能臻极致，正缘着眼欠分明。

以上二首论陆游词

(四十一)

少年突骑渡江来，老作词人事可哀。
万里倚天长剑在，欲飞还敛慨风雷。

(四十二)

曾夸苏柳与周秦，能造高峰各有人。
何意山东辛老子，更于峰顶拓途新。

(四十三)

幽情曾识陶彭泽，健笔还思太史公。
莫谓粗豪轻学步，从来画虎最难工。

以上三首论辛弃疾词

(四十四)

楼台七宝漫相讥,谁识觉翁寄兴微。
自有神思人莫及,幽云怪雨一腾飞。

(四十五)

断烟离绪事难寻,辽海蓝霞感亦深。
独上秋山看落照,残云剩水最伤心。

(四十六)

酸咸各嗜味原殊,南北分趋亦异途。
欲溯清真沾溉广,好从空实辨姜吴。

以上三首论吴文英词

(四十七)

纷纷毁誉知谁是,一代词传咏物篇。
欲向斯题论得失,须从诗赋溯源沿。

(四十八)

东坡而后更清真,流衍词中物态新。
白石清空人莫及,梦窗丽密亦能神。

（四十九）

餍心切理碧山词，乐府题留故国思。
阶陛能寻思笔在，介存千古足相知。

（五十）

离离柳发掩柴门，犹有归来旧菊存。
多少世人轻诋处，遗民涕泪不堪论。

以上四首论王沂孙及咏物词

陈省身先生七十五岁寿宴中作

百年已过四之三，仁者无忧岁月宽。
待祝期颐他日寿，会当把酒更联欢。

一九八六年十月

一九八七年

《灵谿词说》书成，口占一绝

庄惠濠梁俞氏琴，人间难得是知音。
潺湲一脉灵谿水，要共词心证古今。

朱　弦

天海风涛夜夜寒，梦魂常在玉阑干。
焦桐留得朱弦在，三拂犹能着意弹。

一九八八年

瑶 华

戊辰荷月初吉，赵朴初丈于广济寺以素斋折简相邀，此地适为四十余年前嘉莹听讲《妙法莲华经》之地，而此日又适值贱辰初度之日，以兹巧合，怅触前尘，因赋此阕。

当年此刹，妙法初聆，有梦尘仍记。风铃微动，细听取、花落菩提真谛。相招一简，唤辽鹤、归来前地。回首处，红衣凋尽，点检青房余几。　　因思叶叶生时，有多少田田，绰约临水。犹存翠盖，剩贮得、月夜一盘清泪。西风几度，已换了、微尘人世。忽闻道，九品莲开，顿觉痴魂惊起。

【注】

是日座中有一杨姓青年，极具善根，临别为我诵其所作五律一首，有"待到功成日，花开九品莲"之句，故末语及之。

附赵朴初先生和作前调

光华照眼，慧业因缘，历多生能记。灵山未散，常在耳、妙法莲花真谛。十方严净，喜初度、来登初地。是悲心，参透词心，并世清芬无几。　　灵台偶托"灵谿"，便翼鼓春风，目送秋水。深探细索，收滴滴、千古才人残泪。悲欢离合，重叠演、生生世世。听善财偈颂功成，满座圣凡兴起。

【注】

"灵谿"指所撰《灵谿词说》。

一九八九年

七绝三首

(一)

平生不喜言衰病,偶住山中为养疴。
几日疏风兼细雨,四围山色入烟萝。

(二)

小楼独坐耐高寒,雨态烟容尽可观。
尝遍浮生真意味,余年难得病中闲。

(三)

故人高谊邀山居,出有乘车食有鱼。
解识病中闲处好,小楼听雨亦清娱。

一九八九年在台湾作

水调歌头（降龙曲）·己巳孟春为友人戏作

幽谷有龙孽，利爪更蟠纹。住向恶潭深底，妄念起风云。时复昂然怒啸，惯喜盘蹲作势，桀骜性难驯。佛说如来法，充耳未曾闻。　变虫沙，经劫化，认前身。不须文字，记传衣钵在宵分，听取海潮音发，飞落满天花雨，方识释迦尊。回向莲台下，光景一番新。

木兰花令

人间谁把东流挽。望断云天都是怨。三春方待好花开，一夕高楼风雨乱。　林莺处处惊飞散。满地残红和泪溅。微禽衔木有精魂，会见桑生沧海变。

一九九二年

西北纪行诗十五首写赠柯杨、林家英、牛龙菲诸先生

（一）

西行万里到兰州，自喜身腰老尚遒。
十日甘南复甘北，无边风物望中收。

（二）

主人才美爱风诗，曾上莲花采竹枝。
一睹乡情声画好，我来真悔四年迟。

（三）

喜晤金城咏絮才，佳编赠我胜琼瑰。
贝珠诗海凭君拾，丽句精思有鉴裁。

（四）

曾吟子美秦成作，南陇山川有梦思，
此日陇南来眼底，今诗人说古人诗。

（五）

皋兰山色晚来幽，好共风人结伴游。
指点三台阁上望，万灯如海认兰州。

（六）

平生悔不通音律，却遇才人解乐歌。
鼓笛笙箫亲指说，画图示我获良多。

（七）

西方贝叶有金经，妙法如轮转未停。
来访夏河梵寺古，夏初牧草未全青。

（八）

灵岩幽窟閟千春，暗室深藏不世珍。
满壁诸天飞动意，画工真有艺通神。

（九）

阳关故址早沉埋，三叠空传旧曲哀。
斜日平沙荒漠远，离歌谁劝酒盈杯。

（十）

曾传天马出流沙，艳说名池有渥洼。
千古南湖波水碧，我来特此驻游车。

（十一）

远游喜得学人伴，细说骚经诸品兰。
更向沙山追落日，月牙泉畔试驼鞍。

（十二）

时时钻越复攀援，细雨霏微上五泉。
无害形骸一脱略，任天而动有名言。

（十三）

初惊入口似琼浆，摇漾杯中琥珀光。
爱此纯汁沙棘美，可能无句与传扬。

（十四）

平生万里孤行久，种蕙滋兰愿岂违？
却喜暮年来陇上，更于此地见芳菲。

（十五）

吟诗曾是问归期，许与重来未可知。
更唱南音当静夜，临歧哪得不依依？

月牙泉口占寄梅子台湾

卅年情谊相知久，万里离分岁月多。
寄尔一丸沙漠月，怀人今夜意如何。

贺缪彦威先生九旬初度

当时锦水记相逢，蒙许知音倾盖中。
公赏端临比容甫，我惭无己慕南丰。
词探十载灵谿境，人颂三千绛帐功。
遥祝期颐今日寿，烟波万里意千重。

壬申冬日写于加拿大温哥华

纪　梦

峭壁千帆傍水涯，空堂阒寂见群葩。
不须浇灌偏能活，一朵仙人掌上花。

金　晖

晚霞秋水碧天长，满眼金晖爱夕阳。
不向西风怨摇落，好花原有四时香。

端木留学长挽诗二首

（一）

天降才生世，翻令厄运遭。
一言能贾祸，百劫自难逃。
岁晚身初定，桑榆景尚遥。
如何偏罹疾，二竖不相饶。

（二）

记得津门站，相逢五载前。
行囊蒙提挈，风度远周旋。
检册时劳送，论诗善作诠。
重来人不见，惆怅惜兹贤。

【注】

　　端木学长才华过人，学养俱优，早年毕业于辅仁大学国文系，曾在辅仁中学任教。解放战争时，激于报国热忱，乃决志参加南下工作团。"肃反运动时"，偶因直言，遭到批评。一九五七年被划为"右派"，开除军籍，下放至煤矿劳动学习。备经艰苦，一九六三年劳教期满，返回天津后无人为之安排工作，遂学习为泥瓦工。"文革"后始得机会转入南开大学图书馆工作，一九八六年我由北京至天津南大讲学，有校友多人至天津站迎接。当众人相晤寒暄之际，独有端木学长一人忙于为我提携行李，而沉默少言。相识后我每至图书馆查书，多蒙其热心协助，且往往将我所需之书籍，亲送至专家楼。校友程宗明女士之女撰写论文时，端木学长虽已抱病，经医生诊断为脑瘤，但亦仍亲在图书馆中为之寻检资料。宗明女士每话及此事辄为之泪下。盖端木学长天性宽厚，乐于助人，凡属知者，对其逝世莫不深为悼惜。宗明女士嘱我为端木学长撰写悼诗，因成此五言二律。端木学长能诗，工书法，虽在困厄中不废读书。据其弟端木阳相告云，端木学长曾撰有《成语辞典》及《转注论》二稿，惜皆已散佚不传，身后无闻。惟有南开校友安易女士曾根据其弟端木阳与我之谈话，写有纪念端木留先生之短文一篇，发表于一九九三年之《辅仁校友通讯》，题为《虚负凌云万丈才，一生襟抱未曾开》。此虽为古人之诗句，而实可为端木学长一生之写照。夫天之生才不易，何期天生之才乃竟为世之所厄如斯，可慨也夫。

浣溪沙·连夕月色清佳，口占此阕

无限清辉景最妍，流光如水复如烟。一轮明月自高悬。　　已惯阴晴圆缺事，更堪万古碧霄寒。人天谁与共婵娟。

一九九三年

绝句四首

一九九三年春美国加州万佛圣城邀讲陶诗，小住一周，偶占四绝。

（一）

大千劫刹几微尘，遇合从知有胜因。
圣地同参追往事，谓言一语破迷津。[①]

（二）

陶潜诗借酒为名，绝世无亲慨六经。
却听梵音思礼乐，人天悲愿入苍冥。

（三）

妙音声鸟号迦陵，惭愧平生负此称。
偶住佛庐话陶令，但尊德法未依僧。

（四）

花开莲现落莲成，莲月新荷是小名。
曾向莲华闻妙法，几时因果悟三生。

【注】

① 圣城女尼恒贵法师，旧曾在不列颠哥伦比亚大学亚洲系从我修习古典诗词，自谓其决志落发盖曾受我讲诗时一言之启悟。

癸酉冬日中华诗词学会友人邀宴胡涂楼，楼以葫芦为记，偶占三绝

（一）

炉火无烟灯火明，主人好客聚群英。
尊前细说当年事，认取胡涂是好名。

（二）

我是东西南北人，一生飘泊老风尘。
归来却喜多吟侣，赠我新诗感意亲。

(三)

　　淋漓醉墨写新篇，歌酒诗吟意气妍。
　　共入葫芦欢此夕，壶中信是有壶天。

浣溪沙

　　一任生涯似转蓬。老来游旅兴偏浓。驱车好趁九秋风。　　两岸霜林夹碧水，一弯桥影落长虹。无边景色夕阳中。

查理斯河畔有哈佛大学宿舍楼一座，我于多年前曾居住此楼，今年又迁入此楼

　　如金岁月惜馀年，所欲从心了不愆。
　　依旧河桥堤畔路，前尘淡入夕阳天。

一九九三年八月二日

一九九四年

虞美人三首

初抵新加坡纪事

（一）

我生久作天涯客，无复伤飘泊。新来更喜到狮城，处处南天风物眼中明。　　九重朱葛层楼外，颜色常无改。爱它花好不知愁，一任年光流逝忘春秋。

（二）

新交故雨知多少，总是相逢好。卅年桃李旧时春，此日天涯重见倍情亲。　　学宫肯特冈头上，日日频来往。回廊迢递上层阶，自喜登临腰脚未全衰。

(三)

所居地在盘丹谷，绿树连层屋。高楼帘幕日飞扬，好是惊雷雨过晚风凉。　　楼前车水如潮涌，声撼楼阑动。深宵人静月华开，疑听钱塘江水梦中来。

偶见圣诞卡一枚，其图像为佈满朱实之茂密绿叶而题字有"丹书"之言，因占此绝

谁将朱实拟丹书，妙义微言定有无。
自是高情人莫识，还他一笑任胡卢。

一九九五年

赠别新加坡国大同学七绝一首

栽桃已是古稀人，又向狮城作一春。
莫怨匆匆成聚散，雪泥鸿爪总前因。

一九九五年一月十八日

缪钺彦威先生挽诗三首

（一）

锦城又见杜鹃红，重到情怀百不同。
依旧铮楼书室在，只今何处觅高风。①

（二）

当时两度约重来，事阻偏教此愿乖。
逝者难回悭一面，延陵徐墓有深哀。②

（三）

曾蒙赏契拟端临，词境灵谿许共寻。
每诵瑶琴流水句，寂寥从此断知音。③

【注】

①　先生住处在川大宿舍铮楼之内。我与先生相识于一九八一年四月在成都草堂所举行之杜甫学会第一次大会之中，时正值杜鹃花盛开之际。

②　一九九二年春，先生卧病后，我曾一度订好机票，拟来成都探望，先生以住所正在修缮中，一切诸多不便，函电力阻，遂未成行。一九九四年十二月，先生病重住院，时值我正在北京探亲，亦曾购妥机票，拟往探候，乃因染患重感冒，经在京家人劝阻，由舍侄退去机票，亦未成行。当时曾致电成都，相约四月中返国时，再来探望，岂意先生于一月中逝世，此次虽守约前来，而仅能参加先生葬礼，未获生前之一面，怅憾无似。

③　先生于一九八一年与我相识后，初次来函即曾引清代学者汪容甫致刘端临书，以共同著述相期勉，其后遂商定合撰《灵谿词说》，于一九八七年成书，已由上海古籍出版社出版。继又合撰续集《词学古今谈》，亦已于一九九三年交由湖南岳麓书社出版，先生旧曾赠我《高阳台》词，有"人间万籁俱凡响，为曾听流水瑶琴"之句，知赏极深，此日重诵先生旧句，感愧之馀，弥增悼念之思。

一九九六年

一九九六年九月中旬赴乌鲁木齐参加中国社科院文研所与新疆师范大学联合举办之"世纪之交中国古典文学及丝绸之路文明"国际学术研讨会，并赴西北各地作学术考察，沿途口占绝句六首

（一）

欣逢嘉会值高秋，绝域炎天喜壮游。
满架葡萄开盛宴，共夸美果出西州。

【注】

游吐鲁番葡萄沟，并蒙大会享以葡萄宴。吐鲁番旧属西州。

（二）

曾读高岑出塞诗，关河风物系人思。
谁知万里轮台夜，来说花间绝妙词。

【注】

为新疆诸学子讲授词与词学。

（三）

交河东去接高昌，一片残墟入大荒。
饮马黄昏空想像，汉关秦月古沙场。

【注】

参观交河及高昌故墟，因忆及唐代李颀《古从军行》中"黄昏饮马傍交河"之句。

（四）

难从枯骨想丰容，千载残骸古碛中。
休向人间问荣辱，美人名将总虚空。

【注】

参观阿斯塔那古墓及木乃伊展览，中有张雄将军及所谓楼兰美女之干尸。

（五）

沙中坎井旧知名，千里泠泠地下行。
自是劳人多智慧，最艰辛处拓民生。

【注】

参观坎儿井。

（六）

人间何处有奇葩，独向天山顶上夸。
我是爱莲真有癖，古稀来觅雪中花。

【注】
登天山游天池，见雪莲图片。

至 N.H. 州白山附近访 Robert Frost 故居（英惠奇同行）

烟峦雾锁一重重，尽日驱车细雨中。
来访诗人当日宅，雪林歧路动深衷。

一九九六年七月十九日

一九九七年

温哥华花期将届，而我即将远行，颇以为憾。然此去东部亦应正值花开，因占二绝自解

(一)

居卜樊城是我家，年年远去负芳华。
今春又近花开日，一样行期未许赊。

(二)

久惯生涯似转蓬，去留得失等飘风。
此行喜有春相伴，一路看花到海东。

一九九七年春写于温哥华

一九九七年春明尼苏达州立大学陈教授幼石女士约我至明大短期讲学,并邀至其府上同住,历时三月。别离在即,因赋纪事绝句十二首以为纪念

(一)

人生聚合总前因,惆怅将离谢主人。
小住明州三阅月,到时冰雪别时春。

【注】

我于三月中旬抵明州,当时尚满地冰雪,明州春晚,五月下旬始有春来之迹象。

(二)

剑桥侠女有英名,雄辩能令举座惊。
今日化身东道主,始知玉手善调羹。

【注】

陈幼石女士早在二十世纪六十年代居住剑桥时,即有侠女之名,此次与之同住数月,始知其亦长于烹饪也。

（三）

葱鱼肉嫩炸鸡香，芋软鸭肥耐品尝。
更制杏仁滑豆腐，果鲜酪美自无双。

【注】

此诗所咏之葱烧鲫鱼，五香炸鸡翼，芋头烧鸭及杏仁豆腐等，皆为陈女士之拿手好菜。

（四）

孙吴兵法细参详，巾帼豪情未可当。
披甲冠盔频上阵，又看今日作严妆。

【注】

陈女士富于斗争精神，为提高教学质量，常以作战为喻，平日对服饰虽不大讲求，而每有战事则严妆上阵。

（五）

闲来观影兴皆浓，所见英雄喜略同。
因友邮差余味永，圣城长剧史诗风。

【注】

吾二人皆喜观赏影片，此诗所咏为曾一同观赏之三部影片，计为《The Shaw Shank Redemption》，《Post Man》及《Jerusalem》。

（六）

从来柔顺最为先，千古凄凉话女权。
惠我佳篇欣展读，班昭女诫有新诠。

【注】

陈女士在《通报》发表论文，谓班昭《女诫》并非教女以柔顺为德，而实为一种战争策略也。

（七）

爱把人生比战场，终年劳瘁自奔忙。
偶听欢呼赏球赛，观人胜负亦能狂。

【注】

陈女士每于周末喜观电视球赛，对其所支持之球队每射入一球，辄雀跃欢呼不已。

（八）

绿泉春绿喜嘉名，何惧驱车赴远程。
连日雨风寒料峭，今朝上路喜全晴。

【注】

五月下旬，陈女士开车与我同赴Spring Green旅游，而Spring既有泉水之意，亦有春日之意。

（九）

名居莱特隐林丘，真朴翻从设计求。
能把哲思融建筑，天人合一见新猷。

【注】

Frank Lloyd Wright为美国建筑史上名人，其建筑主张将设计与自然合一，且颇富东方之情致。

（十）

危岩巨屋事难凭，狂想当年志竟成。
一径凌空下无地，浮云来往入苍冥。

【注十】

二十世纪四十年代初Alex Jordan以一介平民身负巨石，建屋于巨大岩石之上，号称The House on the Rock。有一凌空之长廊远出尘表，可以想见其建造时之艰危也。

（十一）

白手能将伟业传，奇人若旦史无先。
定知费尽搜寻力，展出文明二百年。

【注】

Jordan建成岩屋后，更不断建造扩展并搜集各地文物展列其中，依时代先后为次第，俨然重现美国二百年来之一部文明演进史也。

（十二）

威州溪谷地形殊，两岸岩山似画图。
可惜盛名垂钓处，午餐偏叹食无鱼。

【注】

Wisconsin Delle为旅游及垂钓之胜地，吾二人午餐时欲觅一餐馆食鱼竟徧寻不得，为兹游之唯一憾事。

一九九七年春，在美国明州大学访问，得与廿余年前旧识刘教授君若女士重逢，蒙其相邀至西郊植物园游春赏花，余寒虽厉，而吾二人游兴颇浓，口占绝句六首

（一）

已过清明四月天，明州春晚草初妍。
喜遇故人风雅客，寻芳邀我赴西园。

【注】

明大植物园在市之西郊，故称西园。

（二）

春寒料峭兴偏浓，无惧高坡落帽风。
纵使海棠犹未绽，已看文杏弄娇红。

【注】

是日风力颇强，吾二人均着便帽以避风寒。而时有风吹落帽之虞。

（三）

故都曾赏玉兰花，肌骨丰融最可夸。
忽见异邦新品目，伶俜星影太欹斜。

【注】

园中有花曰"Star Magnolia"品种颇近于玉兰，而花瓣极为纤瘦，不似玉兰之轩昂上仰，且每瓣皆欹斜下垂。

（四）

连朝风雨妒春来，花信难凭总费猜。
已是水仙憔悴损，郁金虽好未全开。

【注】

连日风雨，水仙已凋谢，郁金香尚含苞未放。

（五）

游春自诩老能狂，一任风寒气未降。
更向归途试春饼，卷来新菜木樨香。

【注】

归途中君若教授介绍至远东饭店品尝春饼。

（六）

聚散人生似雪鸿，年华廿载逝匆匆。
留取今朝花下影，他时凭此忆相逢。

【注】

君若教授与我相识虽久，而极少合影之机会，此日合摄数影，亦一宝贵之纪念也。

悼念吴大任先生五律三首

（一）

曾羡齐眉偶，黉宫共执鞭。
深研精数理，余兴爱诗篇。
惠我菊花好，感君伉俪贤。
何期重过访，嫠嫠剩孤悬。

【注】

吴大任先生夫妇皆为数学名家，而雅好诗词。十余年前，曾共聆我之诗词课，表示极大之兴趣，并以盆菊相惠赠。

（二）

展读平生传，钦迟仰大才。
三吴夸俊彦，美誉满南开。
佳侣得贤助，谋篇共剪裁。
等身多译著，继往更开来。

【注】

吴先生与胞兄大业及堂兄大猷曾共在南开大学读书，并皆成绩优秀，有"三吴"之美誉。其夫人陈䴔女士亦为数学名家，曾与吴先生合力译著数学之名著多种。

（三）

作育英才久，高风在讲坛。
诲人长不倦，谋校亦精殚。
知友能词赋，交情见肺肝。
遗言嘱为序，敢不竭冥顽。

【注】

吴先生长于讲课，积学在胸，循循善诱。曾任南开大学副校长，对学校贡献良多，其生前知友石声汉先生精研农业，而性好填词，遗著有手书复印本词集一册。吴先生曾嘱石声汉之子石定机教授，携此词集邀我为序。

二〇〇〇年

七绝一首

南开校园马蹄湖内遍植荷花,素所深爱,深秋摇落,偶经湖畔,口占一绝。

萧瑟悲秋今古同,残荷零落向西风。
遥天谁遣羲和驭,来送黄昏一抹红。

鹧鸪天

庚辰九月既望之夜,长河影淡,月华如水,小院闲行,偶成此阕。

似水年光去不停。长河如听逝波声。梧桐已分经霜死,幺凤谁传浴火生。　花谢后,月偏明。夜凉深处露华凝。柔蚕枉自丝难尽,可有天孙织锦成。

鹧鸪天

偶阅黛安·艾克曼（Diane Ackerman）女士所写《鲸背月色》（The moon by Whale Light）一书，谓远古之世海洋未被污染以前蓝鲸可以隔洋传语，因思诗中感发之力，其可以穿越时空之作用盖亦有类乎是，昔杜甫曾有"摇落深知宋玉悲"之言，清人亦有以"沧海遗音"题写词集者，因赋此阕。

广乐钧天世莫知。伶伦吹竹自成痴。郢中白雪无人和，域外蓝鲸有梦思。　　明月下，夜潮迟，微波迢递送微辞。遗音沧海如能会，便是千秋共此时。

二〇〇一年

七绝三首 赠冯其庸先生

（一）

威州高会记相逢，三绝清才始识公。
妙手丹青蒙绘赠，朱藤数笔见高风。①

（二）

研红当代仰宗师，早岁艰辛世莫知。
惠我佳篇时展读，秋风一集耐人思。②

（三）

一编图影取真经，瀚海流沙写性灵。
七上天山奇志伟，定随玄奘史留名。③

【注】

① 宽堂冯其庸先生与余初识于一九七八年美国威斯康辛大学所主办之国际红楼梦会议中。冯公对红学之研究固早为当世所共仰，而在会议期中冯公更曾以其亲笔所绘之紫藤一幅相惠赠，于是始识其诗书画三绝之妙诣。

② 一九九三年冬又得与冯公在北京再度相晤，冯公复以其大著多种相赠。其中《秋风集·往事回忆》一文，曾备叙其早年生活之艰苦，而冯公能有今日多方面之成就，则其资秉之高、用力之勤，固可想见矣。

③ 二〇〇一年返国与冯公又得相晤，冯公又以其近日在上海展出之《冯其庸发现考实玄奘取经路线暨大西部图影集》一册相示，既叹其七上天山之探奇考古精神之卓伟，更赏其摄影取景之艺术境界之高妙，钦赏之余因写为小诗三首相赠。

鹧鸪天

友人寄赠"老油灯"图影集一册，其中一盏与儿时旧家所点燃者极为相似，因忆昔年诵读李商隐《灯》诗，有"皎洁终无倦，煎熬亦自求"及"花时随酒远，雨后背窗休"之句，感赋此词。

皎洁煎熬枉自痴。当年爱诵义山诗。酒边花外曾无分，雨冷窗寒有梦知。　　人老去，愿都迟。蓦看图影起相思。心头一焰凭谁识，的历长明永夜时。

浣溪沙·为南开马蹄湖荷花作

又到长空过雁时，云天字字写相思。荷花凋尽我来迟。　　莲实有心应不死，人生易老梦偏痴。千春犹待发华滋。

金缕曲

辛巳之春，予应邀至哥伦比亚大学客座讲学。抵达纽约后，东亚系主任王德威教授邀宴相聚，座中得见夏志清教授。予与夏公在二十世纪六十年代中期曾于百慕大及贞女岛两次中国文学国际会中相晤，此次再度相逢，夏公告我其八旬寿辰甫过，向我索词为祝，因赋此阕。

八十称眉寿。看筵前、夏公未老，童心依旧。①三十四年都一瞬，岁月惊心驰骤。记当日、文章诗酒。百慕贞娘双岛会，聚群贤、多少屠龙手。②恣笑谑，唯公有。　　古今说部衡量就。论钱张、围城难并，倾城难偶。③一语相褒评说定，举世同瞻马首。更作育、青年才秀。一代学坛师友盛，祝长年、我落他人后。歌金缕，捧金斗。

【注】

① 夏公有"老顽童"之称。

② 当年参加两会之学者有美国之海陶玮、谢迪克、白芝、陈士骧、刘若愚、周策纵诸教授，欧洲之霍克斯、侯思孟二教授，日本之吉川幸次郎教授等，皆为汉学界之名人。

③ 夏公撰小说史曾大力赞扬钱钟书之《围城》及张爱玲之《倾城之恋》两部作品。

二〇〇二年

七绝一首

辛巳季冬应邀赴澳门讲学，蒙当地笔会宴请，席间索句，因得首二句。其后有澳门实业家沈秉禾先生欲以此联邀请友人为春茗联句之会，并于请柬中征引我之旧作《瑶华》一词，说明我之小字为荷，而澳门素有"莲花地"之称，以为我与此地结缘盖有天意。而我之《瑶华》词则曾引友人禅偈，有"待到功成日，花开九品莲"之句，因又占得后二句，足成一绝。

濠江胜地海山隈，处处荷花唤我来。
若使《瑶华》禅偈验，会看九品妙莲开。

七绝三首

岭南大学邝龑子教授既以其近著《默弦诗草》一册相题献，又撰七绝八首为赠，更于上月岭南大学对我颁赠荣誉学位之日亲为推赞之辞，高情盛谊，感铭无已，因占三绝以相答谢。

（一）

春花秋月水云辞，天赋清才独爱诗。
赠我佳篇弥感愧，忘年耄耋许相知。

(二)

一生荣辱底须论，老去空余百劫身。
世有不虞虚誉宠，多情深感岭南人。

(三)

论诗当日仰陶公，琴上无弦有意通。
自写胸中佳趣妙，更从语默见高风。

浣溪沙·新获莲叶形大花缸，喜赋

莲露凝珠聚海深。石根紫藻系初心。红蕖留梦月中寻。　　翠色洁思屈子服，水光清想伯牙琴。寂寥天地有知音。

浣溪沙

近日为诸生讲授白石《暗香》《疏影》诸词，其情思在隐约绵缈之间，因占此阕。

休道襟怀惨不温。小窗横幅有余春。当年枉向梦中寻。　　天外云鸿能作字，水中霞影亦成文。人天云水为招魂。

金缕曲

澳门实业家沈秉禾先生热心中华文化，雅爱诗词，自谓早在二十世纪七十年代初即曾因偶阅拙作有所感发，去岁澳门大学举办国际词学会议，筵前初识，即慨然捐资人民币百万予南开大学我所创设之中华古典文化研究所，为推广诗词教学之用。近日沈君又计划更创新业，其意愿固仍在以营利所得为从事文化事业之用也。沈君才质敏慧，经常撰写文稿在港澳报刊发表，间亦写作小诗，其文笔诗情皆有可观，性嗜饮茶，一杯在手，神游物外，虽经营世务而有出世之高情，其资秉志意皆有过人之处，因为此词以美之。

记得初相识。正濠江、词坛高会，嘉宾云集。多谢主人安排定，坐我与君同席。承相告、卅年前日。偶阅拙篇兴感发，似云开、光影窥明月。百年遇，一朝夕。　　陶朱事业能行德。况端木、论诗慧解，清才文笔。倾盖千金蒙一诺，大雅扶轮借力。看天海、飞鹏展翼。偏有高情尘世外，伴明灯、嗜读茶香侧。多少意，言难说。

二〇〇三年

为北京故居旧宅被拆毁而作

故宅难全毁已平，馀年老去更心惊。
天偏怜我教身健，江海犹能自在行。

二〇〇四年二月二十二日

妥芬诺（Tofino）度假纪事绝句十首

（一）

曾吟诗句仰陶公，穆穆良朝此意同。
悠想清沂当日乐，故应千载溯遗风。[①]

（二）

清晓驱车豁远眸，樊城景色望中收。
天蓝水碧山青翠，积雪如银岭上头。[②]

（三）

弥天黛色仰千寻，小径幽行入雨林。
自是罡风摧不尽，龙颠虎倒亦惊心。[③]

（四）

娇花色美不知名，细鼠无忧自在行。
更喜新枝生腐干，还从幽境悟枯荣。④

（五）

穿林过栈觅长滩，登降千阶力欲殚。
蓦听潮音遥入耳，白沙一片涌微澜。⑤

（六）

雨后春阳入眼明，山行步步看潮生。
微波如诉蓝鲸语，远水遥天俱有情。⑥

（七）

不废三余用力勤，同游乐学更耽文。
论诗于我尤成癖，设帐今宵到海滨。⑦

（八）

逝水流年四十春，空滩觅贝忆前尘。
依然未脱尘羁在，枉说余生伴海云。⑧

（九）

赁得幽居近小丘，松林遥隔见沙洲。
坐看明月中宵上，一夜涛声挽客留。

（十）

灵台妙悟许谁知，色相空花总是痴。
翻喜相机通此意，不教留影但留诗。⑨

二〇〇四年五月

【注】

① 渊明《时运》诗有"穆穆良朝"及"悠想清沂"之句。

② 海湾所见实景如此。

③ 雨林曾遭飓风，巨干摧拔，纵横遍地。

④ 娇花细鼠及腐干新枝皆为雨林中之所见。

⑤ 林涧中多架栈道，可通长滩。

⑥ "蓝鲸"见旧作《鹧鸪天》词："广乐钧天世莫知。伶伦吹竹自成痴。郢中白雪无人和，域外蓝鲸有梦思。明月下，夜潮迟，微波迢递送微词。遗音沧海如能会，便是千秋共此时。"

⑦ 诸友连夜邀我谈诗。

⑧ 四十年前在台游野柳，有"觅贝""伴云"之句。"觅贝"见《郊游野柳偶成四绝之四》："潮音似说菩提法，潮退空余旧梦痕。自向空滩觅珠贝，一天海气近黄昏。""伴云"见《海云》："眼底青山迥出群，天边白浪雪纷纷。何当了却人间事，从此余生伴海云。"

⑨ 予之相机安装胶卷有误，整卷报废。

陈省身先生悼诗二首

葉嘉莹敬悼在甲申孟冬大雪之节

（一）

噩耗惊传痛我心，津门忽报巨星沉。
犹记月前蒙厚贶，华堂锦瑟动高吟。①

（二）

先生长我十三龄，曾许论诗获眼青。
此去精魂通宇宙，一星遥认耀苍冥。②

【注】

① 十月廿一日南开大学文学院为我举办八十寿庆暨词与词学会议，陈先生曾亲临祝贺，并亲笔书写赠诗一首，有"锦瑟无端八十弦"之句。

② 先生虽为数学家，而雅好诗文。二十世纪八十年代中，曾与夫人共临中文系教室听我讲授诗词。近日，天文界曾以先生之名为一小行星命名。

二〇〇五年

随席慕蓉女士至内蒙做原乡之旅口占绝句十首

（一）

海拉尔市草原城，弥望通衢入野平。
矗立广场神物在，仰天翅展海东青。①

（二）

余年老去始能狂，一世飘零敢自伤。
已是故家平毁后，却来万里觅原乡。②

（三）

松叶青青桦叶黄，满山树色竞秋光。
采来野果红如玉，味杂酸甜细品尝。③

（四）

身腰犹喜未全衰，能到兴安岭上来。
壁刻幽寻嘎仙洞，千年古史几欢哀。④

（五）

右瞻皓月左朝阳，一片秋原入莽苍。
伫立中区还四望，天穹低处尽吾乡。⑤

（六）

皇天后土本非遥，封禅从来礼数高。
谁似牧民心意朴，金秋时节拜敖包。⑥

（七）

休言古史总无凭，历历传言众口腾。
此是大汗驰骋地，隰原遥认马蹄坑。⑦

（八）

黑山头上旧王宫，砖础犹存伟业空。
酹酒临风一回首，古今都付野云中。⑧

（九）

高原之子本情多，写出心中一曲歌。
可爱诗人席连勃，万人争唱母亲河。⑨

（十）

原乡儿女性情真，对酒歌吟意气亲。
护我更如佳子弟，还乡从此往来频。⑩

二〇〇五年九月

【注】

① 海拉尔市建于草原之上，街道宽广坦平，一望无际，其市中心之成吉思汗广场立有蒙古图腾海东青之巨大石雕。

② 我家本姓叶赫纳兰，先世原为蒙古土默特族，清初入关，曾祖父在咸、同间曾任佐领，祖父在光绪间任工部员外郎，在西单以西察院胡同原有祖居一所。在二〇〇二年的一份北京市规划委员会的公文中，曾提出要加强保护四合院的工作，我家祖居原在被保护的名单内，但终被拆迁公司所拆毁。

③ 野果之味盖亦有如世味之杂酸甜也。

④ 嘎仙洞壁间有北魏太武帝太平真君四年（公元四四三年）刻文，记有中书侍郎李敞等人来此探访拓跋鲜卑先祖发祥地石室之事。"嘎仙"之名或传为追溯祖先之意，或传为游牧民保护神之意。

⑤ 中秋后二日经过广袤之草原，地势平广，空气清新，西天皓月犹悬，东天朝阳已上，蓝空白云一望无垠，实为难得之景观。

⑥ 蒙古草原地势较高之处多建有所谓敖包者，为当地人祭拜天地之所。其源久远，含有先民最初之信仰，被学者称为"宗教上的活化石"。

⑦ 额尔古纳有原隰一片，高处下望，多处有水流回绕其中，一处形似马蹄，据传乃成吉思汗驰马经过时马蹄奔踏所留遗迹。

⑧ 在额尔古纳地区有一座较高之丘陵,人称之为黑山头,其上有古城遗址,今尚可见其础石遗基及零砖断瓦,为成吉思可汗赐封其弟合撒儿之地。

⑨ 席慕蓉女士之蒙古族姓为"席连勃",曾写有《父亲的草原母亲的河》歌辞一首,其最后一段中有句为"高原的孩子啊心里有一首歌",传唱众口。

⑩ 在内蒙旅游一周,负责接待之友人诸君,如孙国强及乔伟光二位,皆极为热诚,在沿途给予不少照拂护持,孙君且曾写有长诗一首相赠,令人心感无已。

二〇〇六年

温哥华岛阿莱休闲区登临偶占

一湾碧水几重山，飞鸟冲波意自闲。
不向余生说劳倦，更来高处一凭栏。

二〇〇六年五月七日

水调歌头·度假归来戏作录示同游诸友

风物云城美，首夏气清和。良辰争忍轻负，游兴本来多。况有卅年诗友，屋宇相望居近，平日屡相过。结伴登游艇，同唱舞雩歌。　赛提斯，盐泉岛，尽婆娑。屋前绿树，屋后潮汐水成波。今夜谈诗已晚，明日趁墟须早，嘉会意如何。极目海天远，霞影织云罗。

二〇〇六年五月八日

思佳客·贺梁珮、陶永强夫妇银婚

好合今逢廿五春。百年佳耦爱常新。孟光旧谊称桃李，得配伯鸾译笔新。　　烹美食，诵诗文。人间乐事正无垠。我生何幸得交识，屋宇相望更喜邻。

二〇〇六年七月十日

鹧鸪天·赠沈秉和先生

记得濠江识面时。千金一诺许相知。陶朱重友能行德，端木多才善解诗。　　新志业，旧心期。每从文笔显风仪。扶轮大雅平生愿，一盏茶香有所思。

【注】
澳门企业家沈秉和先生雅爱诗词，自谓早在七十年代初曾因偶读拙作而有所感发。去岁澳门初识，乃慷慨以人民币百万捐助我在南开大学创设之中华古典文化研究所，专为推广诗词教学之用。近日沈君又在珠海更创新业，其意愿固仍在以营利所得为从事文化事业之用也。沈君才质敏慧，常撰写文稿发表于港澳报刊，读书有得，每多妙解。性嗜饮茶，一杯在手，灵感骏发，虽经营世务而有出世之高情，曾以巨资赞助南开大学，校方嘱为此以表谢忱。

二〇〇七年

范曾大画师七旬初度之庆

高才豪兴迥无伦,廿八年前喜遇君。
家学传诗称伯子,画图令我识灵均。
研经十翼为名号,论道南华似主宾。
所欲从心冲抱远,会看绝顶上昆仑。

【注】

此诗全属纪实之言,但求一气流转,偶有借用邻韵之处,此在前代诗人亦往往有之。范先生诗画大家,重气韵而不拘小节,谅不我怪也。

八三老人叶嘉莹俚句遥贺于温哥华

连日愁烦以诗自解，口占绝句二首，首章用李义山《东下三旬苦于风土马上戏作》诗韵而反其意；次章用旧作《鹧鸪天》词韵而广其情

（一）

一任流年似水东，莲华凋处孕莲蓬。
天池若有人相待，何惧扶摇九万风。

（二）

不向人间怨不平，相期浴火凤凰生。
柔蚕老去应无憾，要见天孙织锦成。

二〇〇七年六月

> 梦窗词夙所深爱，尤喜其写晚霞之句，如其《莺啼序》之"蓝霞辽海沉过雁，漫相思弹入哀筝柱"，及《玉楼春》之"海烟沉处倒残霞，一杼鲛绡和泪织"等句，皆所爱赏。近岁既已暮年多病，更因于家事愁烦忙碌之中，读之更增感喟，因占绝句一首

已是桑榆日影斜，敢言辽海作蓝霞。
暮烟沉处凭谁识，一杼鲛绡满泪花。

二〇〇七年七月

> 谢琰先生今年暑期在温哥华举行书法义卖展览，其中有一小条幅，所写为《浮生六记》中芸娘制作荷花茶之事，余性喜荷花，深感芸娘之灵思慧想，因写小诗一首以美之

荷爱濂溪说，茶耽陆羽情。
人天有奇遇，云水证双清。

二〇〇八年

戊子仲夏感事抒怀绝句三首

（一）

回首流年六十秋，他生休结此生休。
桑榆暮景无多日，漫说人间有白头。

（二）

每诵风诗动我思，有无黾勉忆当时。
蓼辛荼苦都尝遍，阻德为仇信有之。

（三）

剩将书卷解沉哀，弱德持身往不回。
一握临歧恩怨泯，海天明月净尘埃。

二〇〇八年六月

奉酬霍松林教授

霍松林教授荣获终身成就奖，余亦忝列其后，获赠其诗词集一册，喜读其中赠我之五律一章，因忆六十年前往事，口占此绝奉酬。

未曾觌面已知名，六十年前白下城。
此日燕京重聚首，唐音又喜诵新声。

二〇〇八年十二月二十一日

附霍松林教授原诗

寄叶嘉莹教授

白下悲摇落，登高忆旧词。
漫嗟如隔世，终喜遇明时。
四海飘蓬久，三春会面迟。
曲江风日丽，题咏待新诗。

【注】

1948年秋嘉莹先生与余同在南京，重九登高，卢冀野师作套曲，余二人各有和章，同在《泱泱》发表，其后卢师俱刻入《饮虹乐府》。

一九八四年四月

二〇〇九年

月前返回温哥华后风雪时作，气候苦寒。而昨日驱车外出，见沿途街树枝头已露红影，因占绝句一首

载途风雪何须惧，芳讯天涯总不乖。
我是归来今岁早，要看次第好花开。

二〇〇九年四月

题友人摄荷塘夕照图影

潋滟波光似酒红，暮霞如火正烧空。
摄取精魂向何处，定教长住水晶宫。

己丑荷月

陈洪先生近日惠赠绝句三章及荷花摄影三幅，高情雅谊，心感无已，因赋二绝为谢

（一）

《津沽》大赋仰佳篇，论史说禅喜《结缘》。
曾为行人理行李，高情长忆卅年前。

【注】

1979年来南开讲学，临行前陈洪先生曾亲自为我收拾行李。

（二）

《谈诗忆往》记前尘，留梦红蕖写未真。
摄取马蹄湖上影，荷花生日喜同辰。

【注】

我护照上之出生月日与陈先生身份证上之出生月日全同，我的是阴历，家人以为此日为荷花生日。

二〇〇九年

附陈洪先生原作

夜半，掩卷《谈诗忆往》，久久不能释然有作

才命相妨今信然，心惊历历复斑斑。
易安绝唱南迁后，菡萏凉生秋水寒。

【注】
《谈诗忆往》为叶嘉莹先生回忆录，稿成余得先睹。

读《谈诗忆往》重有感二首

（一）

北斗京华望欲穿，诗心史笔两相兼。
七篇同谷初歌罢，万籁无声夜欲阑。

（二）

锦瑟朦胧款款弹，天花乱坠寸心间。
月明日暖庄生意，逝水滔滔许共看。

二〇一〇年

昨日津门大雪，深宵罢读熄灯后，见窗外雪光莹然，因念古有囊萤映雪之故实，成小诗绝句一首

人间千古有深知，屈宋秋情子美诗。
想见今宵读书客，囊萤映雪总相思。

二〇一〇年一月四日

病中答友人问行程

敢问花期与雪期，衰年孤旅剩堪悲。
我生久是无家客，羞说行程归不归。

二〇一〇年三月十五日

送 春

归来岁岁送春归，眼见繁英逐日稀。
万紫千红留不住，可能心志不相违。

二〇一〇年四月十日

读《双照楼诗词稿》有感，口占一绝

曾将薪釜喻初襟，举世凭谁证此心？
未择高原桑枉植，怜他千古做冤禽。

二〇一〇年六月十八日

应陈子彬女士之嘱题纳兰《饮水词》绝句三首

（一）

喜同族裔仰先贤，束发曾耽绝妙篇。
一种情怀年少日，吹花嚼蕊弄冰弦。

（二）

混同江水旧知名，独对斜阳感覆枰。
莫向平生问哀乐，从来心事总难明。

（三）

经解曾传通志堂，英年早折讵堪伤。
词心独具无人及，一卷长留万古芳。

二〇一〇年十月

二〇一一年

纪峰先生热爱雕塑，以真朴之心、诚挚之力，对于艺事追求不已。其成就乃有日进日新之妙。两年来往返京津两地多次晤谈，并亲到讲堂听我讲课，近期塑成我之铜像雕塑一座以相馈赠。见者无不称赏，以为其真能得形神之妙，因赋七绝二首以致感谢之意

其一

我是耄年老教师，谈诗论古久成痴。
蒙君妙手传心事，塑出升堂欲语时。

其二

万幻凭谁问果因，馀年老去付微尘。
欲将修短争天地，惠我人间不朽身。

二〇一一年九月于温哥华

蝶恋花

早岁忧患之中读静安先生《苕华词》曾深受感动并由此引发而写有《几首咏花的诗》一文对《诗·苕之华》一篇"知我如此，不如无生"及"民可以食，鲜可以饱"诸句，深有戚戚之感，今日重读《苕华词》，适值天象有流星雨之出现，机缘凑泊偶成此词。

记得苕华当日句。细马香车，梦里曾相遇。谁遣叶生花谢去。人天终古无凭据。　孤磬遥空如欲语。试上高峰，偏向红尘觑。岂有星辰能摘取。凄凉一夜西楼雨。

二〇一一年十一月

二〇一二年

七七级校友将出版毕业三十周年纪念集赋小诗二首

（一）

春风往事忆南开，客子初从海上来。
喜见劫馀生意在，满园桃李正新栽。

（二）

依依难别夜沉沉，一课临岐感最深。
卅载光阴弹指过，未应磨染是初心。

壬辰年八月初三八九老人叶嘉莹写于南开大学

淑女自台湾来访话及当年旧事口占绝句一首

日月留难驻，悲欢不可名。
半生江海客，一世海桑情。

二〇一二年十一月二十八日

水龙吟

己未春余曾为北京碧云寺所展之"屈子行吟图"赋《水龙吟》长调,后因偶然机缘由该词而得识该图之作者范曾先生,至今已三十又三年矣。壬辰春,加拿大阿尔伯塔大学拟赠范先生荣誉博士学位,余再赋《水龙吟》一阕为贺。

洛基山畔名庠,百年留得斯文在。临流枕碧,潺湲似诉,真诠千载。正学宏开,东西互鉴,兼收同采。引江东奇士,能搏十翼,扶摇起,来天外。　　犹记京华初识,为骚魂,共鸣心籁。嵩高天阔,纫兰香远。沧桑无改,情通今古,原无疆界。待如椽大笔,长虹写就,架茫茫海。

二〇一三年

连日尘霾，今朝大雪，口占绝句一首

连日寒云郁不开，楼居终日锁尘霾。
岂知一夜狂风后，天舞飞花瑞雪来。

二〇一三年一月二十日

雪后尘霾不散，再占一绝

依旧寒云冻不开，楼居仍是锁尘霾。
相思一夜归何处，梦到莲花碧水涯。

二〇一三年一月二十二日

悼郝世峰先生七绝二首

其一

卅年前事记相逢，耿介清严见古风。
曾向课堂聆讲说，义山长吉意相通。

二〇一三年二月一日

【注】

一九七九年春我初来南开讲学，因想观摩国内古典诗歌之教学方式，曾在郝世峰、杨成福、王双启诸先生课堂上旁听，当时郝先生正在讲授中晚唐诗，对李贺及李商隐二家诗颇有深入之体会。

其二

穷通时遇不由人，才命相妨惜此身。
垂死病床留一语，春蚕馀绪未全申。

【注】

郝先生早岁值"文革"之乱，晚岁有"六四"之累，一生抑郁，曾有欲写回忆录之言，安易等诸及门曾允愿协助整理，此次生病住院，诸生前往探视，郝先生对未能达成此意愿深感遗憾。

喜闻云高华市《华章》创刊，友人以电邮索稿，口占二绝

其一

谁言久客不思乡，一片乡心总未忘。
同是飘零江海客，云城今喜见华章。

其二

当年联副有前缘，世副乡情海外牵。
更喜华章今日好，云城相聚谱新篇。

二〇一三年二月四日

金缕曲·为二零一三年西府海棠雅集作

嘉莹幼长于北京，于一九四一年考入辅仁大学，在女院恭王府旧址读书，府邸之后花园内有海棠极茂，号称西府海棠。每年清明前后，自校长陈援庵先生以下，与文史各系教师往往聚会其中，各题诗咏。而当时正值卢沟桥事变之后，北京处于沦陷区内，是以诸师之作常有"伤时例托伤春"之句。于今回思，历时盖已有七十二年之久矣。嘉莹一生飘泊海外，近日接获恭王府管理中心之函件联系，获知在去岁壬辰之春，恭王府中曾有西府海棠之会，嘱为题咏。值兹盛世，与七十二年前相较，中心感慨，欣幸不能自已。爰题金缕一曲，以志其盛。

　　事往如流水。忆昔年、黉宫初入，青春年纪。学舍正当西海侧，草树波光明媚。有小院、天香题记。艳说红楼留梦影，觅遗踪、原是前王邸。府院内，园林美。　　古城当日烟尘里。每花开、诗人题咏，因花寄意。把酒行吟游赏处，多少沧桑涕泪。都写入、伤春文字。七十二年弹指过，我虽衰、国运今兴起。恣宴赏，海棠底。

二〇一三年三月十一日

奉和一首

依然来往在天涯，无住行云亦自佳。
况有伴人诗句好，会当吟赏更分茶。

二〇一三年四月

附沈秉和原诗

步邹浩韵草成一绝寄本立兄并柬迦陵先生

蓝霞光影在天涯，暮色难忘曙亦佳。
岂得长风双迅翼，为衔紫笋半分茶。

为南开荷花节作

时校方已接受海外友人赞助，将在南开园中为我筑学舍以为安居教学之所，感而赋此

结缘卅载在南开，为有荷花唤我来。
修到马蹄湖畔住，托身从此永无乖。

二〇一三年六月十五日

口占诗偈一首

天外从知别有天，人生虽短愿无边。
枝头秋老蝉遗蜕，水上歌传火内莲。

二〇一三年七月十八日

为横山书院五周年作

七月四日我自温哥华返北京，适湛如法师自日本返国，巧于机场相遇。七月八日法师邀我于法源寺相聚，适值贱辰初度之日，因忆廿五年前赵朴初丈于广济寺邀聚，亦适值贱辰初度之日，真乃殊胜之因缘也。

横山建书院，讲席聚群贤。
桃李庭前植，声名宇内传。
我来真巧合，相遇有奇缘。
古寺逢初度，回头廿五年。

二〇一三年七月

绝句一首

逝尽年华似水流，飘蓬早已断离愁。
我是如今真解脱，独陪明月过中秋。

二〇一三年九月四日

二〇一四年

病中偶占

我生早已断闲愁，唯有疾来不自由。
幸得及门同照顾，余年此外更何求。

二〇一四年二月一日

恭王府海棠雅集绝句四首

其一

春风又到海棠时，西府名花别样姿。
记得东坡诗句好，朱唇翠袖总相思。

其二

青衿往事忆从前，黉舍曾夸府第连。
当日花开战尘满，今来真喜太平年。

其三

花前小立意如何，回首春风感慨多。
师友已伤零落尽，我来今亦鬓全皤。

其四

一世飘零感不禁，重来花底自沉吟。
纵教精力逐年减，未减归来老骥心。

二〇一四年四月

返抵南开怀云城友人

书报平安字，心怀万里情。
明春花事好，相约聚云城。

二〇一四年九月十四日

《迦陵学舍题记》将付刻石，因赋短歌一首答谢相关诸友人

序曰：嘉莹一世飘零，四方讲学，迟暮之年，有好友怜其老无所依，乃提倡募之说。斯言一出，立即得到温哥华刘女士、澳门沈先生之热心赞助，又得南开大学校方之大力支持，乃于校园中为之建构一居所，号曰"迦陵学舍"。既有汪生梦川为撰《题记》，更得温哥华书法名家谢琰先生以工楷为之写定，又得求是山人之弟子陈维廉先生为刻方印一枚，使全幅为之增色。感谢之馀，因赋短歌一首藉表谢忱。歌曰：

谢公书法妙，陈子篆刻精。
汪生写题记，三美一时并。
迦陵从此得所栖，读书讲学两相宜。
学舍主人心感激，喜题短歌乐无极。

录呈诸友人藉表感激之忱。

乙未仲夏葉嘉莹写于加拿大之温哥华

【注】

"求是山人"者，温哥华篆刻名家陈风子先生之别号也。陈维廉君为山人之关门弟子，为时所称。

二〇一五年

和沈秉和先生

喜见嫣红入眼来。华筵席上一枝开。
荧屏幕面谁题字,唤取花魂水面回。

迦陵乙未仲夏初吉于云城

二〇一五年七月十六日

附沈秉和原诗

六月初吉前夕,文友雅聚,不意得荷花甜食一款,因摄下奉寄葉嘉莹先生,兼题一绝以贺先生华诞。

随意嫣红到眼来,风铃早着一声开。
明窗来日几篇字,依旧青青水叶回。

二〇一六年

奉和沈秉和先生《迎春口号》七绝二首

其一

天行常健老何妨，花落为泥土亦香。
感激故人相勉意，还将初曙拟微阳。

【注】
李商隐《燕台四首·春》："醉起微阳若初曙"。

其二

茶香午梦醒还疑，莲实千春此意痴。
待向何方赋归去，依然尼父是吾师。

二〇一六年一月二十二日

附沈秉和原诗

迎春口号

岁暮访得贵州高原绿宝石茶，喜奉葉嘉莹先生，兼呈二绝。

其一

茶新人老未相妨，与物为春自在香。
杯茗浮来双鬓绿，北窗犹自待初阳。

其二

是形是影尽堪疑，负手看云赋得痴。
乎也焉哉皆骨驭，少师拜了是吾师。

【注】

柳公权曾任太子少师，后人因号柳少师。唐宣宗珍爱柳公权的墨宝，曾召柳公权到殿前作书，柳公权用真书在一张纸上写了"卫夫人传笔法于王右军"十字；用行书在一张纸上写了"永禅寺真草千字文得家法"十一字；用草书在一张纸上写了"谓语助者焉哉乎也"八字。

代友人作为谢琰先生祝寿诗

门前桃李早成行，架上常飘翰墨香。
朗日流晖光满地，人天同愿颂康强。

二〇一六年

雨　后

暮天遥碧剩残虹，风雨都如一梦中。
客子身强当日事，老怀孤绝更谁同。

二〇一六年

水龙吟

　　二〇一五年秋，南开大学迦陵学舍落成，北京恭王府友人移植府中瞻霁楼前之海棠二株相赠。瞻霁楼者，我昔年在辅大女校读书时女生宿舍之所在也。怅触前尘，感赋此词，并向恭王府友人致感谢之意。

　　迦陵学舍初成，迎来王府双姝媚。长车远送，良辰共咏，桃夭归妹。沽水萦回，燕云绵渺，意牵情系。想古城旧邸，南开新寓，身总在，簧宫里。　　老我飘零一世。喜馀年、此身得寄。乡根散木注，只今仍是，当年心志。师弟承传，诗书相伴，归来活计。待海棠开后，月明清夜，瞻楼头霁。

二〇一六年三月

【注】

乡根散木，一九七九年作《赠故都师友绝句十二首》其十二曾云："构厦多材岂待论，谁知散木有乡根。书生报国成何计，难忘诗骚李杜魂。"

木 兰

加拿大BC大学受业弟子赠我木兰一株，因题小诗以记之。木兰亦名辛夷，花似荷花，王维诗所谓"木末芙蓉花"者也。

杏坛植嘉树，花开似芙蓉。
化雨春常在，诗心一脉通。

二〇一六年七月

二〇一七年

近日为诸生讲说吟诵，偶得小诗一首

来日难知更几多。剩将馀力付吟哦。
遥天如有蓝鲸在，好送馀音入远波。

二〇一七年六月十一日

惊闻杨敏如学姊逝世口占小诗一首聊申悼念之情

追念同门友，凄凉无一存。
健谈吾姊最，今后与谁论。

二〇一七年十二月十八日

二〇一八年

诗 教

中华诗教播瀛寰,李杜高峰许再攀。
已见旧邦新气象,要挥彩笔写江山。

二〇一八年十一月三日

接奉沈先生小诗口占一绝为答

廿载光阴容易逝,濠江一晤许相知。
暮年难定他时约,珍重当前一首诗。

二〇一八年十一月十五日

附 沈先生原诗

晴沙白鹭

翩翩敛翼认南枝,晓步晴沙又别兹。
尔我相存念一刹,后身容肯共裁诗。

友人惠传海滨鸥鸟图，口占一绝

此身老去已龙钟，日日高楼闭锁中。
忽见画图心振起，便随鸥鸟入晴空。

二〇一八年十一月二十五日

澳门沈先生近撰《深度之旅》一文，写迦陵讲诗之特色，赋此答谢

大千森万象，深旅入空明。
远海焉能隔，微波送语声。

二〇一八年十二月十六日

二〇一九年

二零一九年元日之晨接奉沈秉和先生论诗长篇邮件。一时不及拜复,先以短歌奉答

接奉来书引我妒。晨兴无事好书读。
我今久困尘劳中,琐事缠身真莫赎。
何当展翅一飞去,相对谈诗同剪烛。

诗词论文选

谈古典诗歌中兴发感动之特质与吟诵之传统

关于中国古典诗歌之以兴发感动为其主要之特质,我在以前所写的一些文稿中,已曾多次论及。早在1975年所发表的《钟嵘〈诗品〉评诗之理论标准及其实践》一文中,我就曾根据《诗品·序》开端所提出的"气之动物,物之感人,故摇荡性情,形诸舞咏"一段话,来说明过钟嵘所认识的诗歌"其本质原来乃是心物相感应之下的,发自性情的产物"。并根据其所提出的"春风春鸟,秋月秋蝉……斯四候之感诸诗者也"一段话,以及其"嘉会寄诗以亲,离群托诗以怨……凡斯种种,感荡心灵"一段话,来归结出钟氏所体会到的,使内心与外物相感应之因素"实在乃是兼有外界之时节景物与人世之生活遭际二者而言的"[1]。至于谈到诗歌之表达的方式,则我在该文中也曾根据钟氏之序文归纳出他的意旨,以为乃是"主张比、兴,与赋体兼用;而且除了'丹采'的润饰以外,还需要具一种'风力',也就是由心灵中感发而出的力量,以支持振起诗歌之表达效果"[2]。其后,我于1976年又发表了《论〈人间词话〉境界说与中国传统诗说之关系》一篇文

---

1 叶嘉莹:《迦陵论诗丛稿》,中华书局1984年版,第310及311页。
2 叶嘉莹:《迦陵论诗丛稿》,中华书局1984年版,第311及313页。

稿，透过严羽的"兴趣"说，王士祯的"神韵"说，以及王国维的"境界"说，对中国古典诗歌之重视兴发感动之作用的评诗传统，也曾做过一次整体的追溯。以为"兴趣"说所重视者是"感发作用本身之活动"；"神韵"说所重视者是"由感发作用所引起的言外之情趣"；而"境界"说所重视者则是"感受作用在作品中具体之呈现"。而且做出结论说："在中国诗论中，除了重视声律、格调、用字、用典等偏重形式之艺术美一派的各家主张外，其他凡是从内容本质着眼的，盖无不曾对此种兴发感动之力量有所体会和重视。只是因为不同之时代各有不同之思想背景，因此各家诗论当然也就不免各有其偏重之点"[1]。于是在该文中，我乃又曾对周秦两汉之际儒家思想笼罩下的诗说，魏晋之际文学有了自觉性以后的诗说，以及唐宋以后受了佛教禅宗思想影响以后之诗说，以迄于晚清之际受了西学影响以后的王国维之诗说，都做了简单之综述，以证明历代论诗之说表面虽有不同，但就其主旨言，却莫不对诗歌中之兴发感动的作用有所体会和重视。其后于1981年我又写了《中国古典诗歌中形象与情意之关系例说》一篇文稿，对诗歌中兴发感动之作用的问题，做了更进一步的探讨。

继续着前两篇文稿对中国古典诗歌以兴发感动为主要之本质的探讨，以及对历代诗说之重视此种兴发感动之作用的探讨，更从形象与情意之关系方面，对于形象在诗歌之孕育与形成以及其传达之效果中的作用，运用实例进行了探讨。在该文中，我曾举引中国最早的一部诗歌总集

---

[1] 葉嘉莹：《迦陵论词丛稿》，上海古籍出版社1980年版，第305及309页。

《诗经》中的一些诗例，分别说明了在中国古典诗歌之表达中，最基本的以"赋""比""兴"为主的三种表达方式。以为这三种表达方式，其"所表示的实在并不仅是表达情意的一种普通的技巧，而更是对于情意之感发的由来和性质的一种基本的区分"。"赋"的作品是"以直接对情事的陈述来引起读者之感发的"，"比"的作品是"借用物象来引起读者之感发的"，"兴"的作品则是"作者之感发既由物象所引起，便也同时以此种感发来唤起读者之感发的。"[1]这三种表达方式，除去"赋"的一类乃是以直接对事象之叙述以引起读者之感发以外，其他"比"和"兴"两类则都是重在借用物象以引起读者之感发的。而如果以"比"和"兴"相比较，则我在该文中也曾提出了二者的两点主要差别："首先就'心'与'物'之间相互作用之孰先孰后的差别而言，一般说来，'兴'的作用大多是'物'的触引在先，而'心'的情意之感发在后；而'比'的作用则大多是已有'心'的情意在先，而借比为'物'来表达则在后，这是'比'与'兴'的第一点不同之处。""其次就其相互间感发作用之性质而言，则'兴'的感发大多由于感性的直觉的触引，而不必有理性的思索安排，而'比'的感发则大多含有理性的思索安排。前者的感发多是自然的、无意的，后者的感发则多是人为的、有意的。这是'比'和'兴'的第二点不同之处。"[2]而如果就中国古典诗歌之以兴发感动为其主要之特质的一点而言，则私意以为"兴"字所代表的直接感发作用，较之"比"的经过思索的感发作用，实更能体现中

---

[1] 叶嘉莹：《迦陵论诗丛稿》，中华书局1984年版，第348页。

[2] 叶嘉莹：《迦陵论诗丛稿》，中华书局1984年版，第335页。

国诗歌之特质。而为了要突显出中国诗歌中的此种特质，所以在该文的结尾之处，我遂又加了一节《馀论》，把西方诗论中对形象之使用的几种基本模式，用中国诗论中的"赋、比、兴"之说做了一番比较。在此一节《馀论》中，我曾列举了西方诗论中有关"形象"之作用的八种重要模式，如"明喻"（simile）、"隐喻"（metaphor）、"转喻"（metonymy）、"象征"（symbol）、"拟人"（personification）、"举隅"（synecdoche）、"寓托"（allegory）、"外应物象"（objective correlative）等，各以中国古典诗为例证做了依次的说明[1]。以为如果就中国传统诗论中的"赋、比、兴"三种表达方式而言，则以上所举引的西方诗论中的这些模式，"可以说都仅是属于'比'的范畴"。而就"心"与"物"的关系而言，"则所有这些术语所代表的，实在都仅只是由'心'及'物'的经过思索安排的关系而已"，"至于'兴'之一词，则在英文的批评术语中根本就找不到一个相当的字可以翻译"。这种情形实在也就正显示了"西方所重视的是对于意象之模式如何安排制作的技巧，因此他们才会为这种安排制作的模式，定立了这么多不同的名目"。而他们却没有一个相当于中国的"兴"字的术语，这也就说明了他们对于诗歌中这种以直接感发为主的特质，和以直接感发为主的写作方式并未予以足够的重视[2]。

以上是我对自己十年前所写的几篇文稿中，有关中国古典诗歌中兴发感动之特质的一些看法的简单追述。而

1　叶嘉莹：《迦陵论诗丛稿》，中华书局1984年版，第354页。
2　叶嘉莹：《迦陵论诗丛稿》，中华书局1984年版，第357页。

自1982年以后，我因与四川大学缪钺教授开始了对《灵谿词说》的合作撰写计划，遂致近年之所写者多属论词之文稿，而久久未再撰写论诗之作。去岁应邀赴台教书，有几位三十年前听过我"诗选"课的友人，屡次提出要我再写一些论诗之文稿的要求。适巧我最近才完成了一篇《论词学中之困惑与〈花间〉词之女性叙写及其影响》的文稿，对词之特质曾做了较系统和较深入的探讨[1]。缪钺教授也以为《灵谿词说》及其续编的撰写，至此已可宣布告一段落。因此我遂决定将论词之文笔暂时搁置，而又重新提起了论诗之文笔。而我首先要提出来一加讨论的，就是最值得关注的目前已日益消亡了的中国古典诗歌的吟诵之传统。我以为中国古典诗歌之生命，原是伴随着吟诵之传统而成长起来的。古典诗歌中的兴发感动之特质，也是与吟诵之传统密切结合在一起的。而且重视吟诵的这种古老的传统，并非如一般人观念中所认为的保守和落伍，而是即使就今日西方最新的文学理论来看，也仍是有其重要性的。下面我们就将对中国古典诗歌的吟诵之传统，及其与兴发感动之作用的关系和在理论方面的重要性，分别略加讨论。

先谈中国古典诗歌的吟诵传统。如众所周知，中国诗歌的吟诵传统原是与中国最古老的一部诗歌总集《诗经》一同开始的。当然，《诗经》本来也是可以合乐而歌的。司马迁在《史记·孔子世家》中，就曾有"三百五篇，孔子皆弦歌

---

[1] 《中外文学》第28卷8期，第4-31页，及第29卷9期，第4—30页，台北《中外文学》月刊社1992年1月及2月号。

之，以求合韶、武、雅、颂之音"的记述[1]。而且当时《诗经》中的诗歌还可以伴舞，《墨子·公孟》就也曾有"弦诗三百，歌诗三百，舞诗三百"的记述[2]。不过，合乐而歌或甚至合乐而舞，至少需要有乐师、乐器，甚至舞者等种种配备的条件，这当然不是任何场合中都能具备的。所以一般而言，在诗歌的教学方面所重视的，实在乃是背读和吟诵的基本训练，这在古书中也早有记述。《周礼·春官·宗伯》下篇，就曾有"大司乐……以乐语教国子，兴、道、讽、诵、言、语"的记述。郑玄《注》云："兴者，以善物喻善事；道读曰导，导者言古以剀今也；倍文曰讽；以声节之曰诵；发端曰言；答述曰语。"[3] 关于这六种"乐语"的内容，朱自清以为"现在还不能详知"[4]，但私意以为我们或可以就此种教学训练之目的来略做探求。原来在当时的诸侯国间每逢宴飨聘问等外交之聚会，常有一种"赋诗言志"的传统，关于这种"赋诗言志"的传统，《左传》中曾有不少记述。雷海宗在其《古代中国的外交》一文中，就曾举出《左传》文公三年所载郑伯要向鲁侯求得外交方面的援助，因而互相"赋诗言志"的故事，来证明"赋诗"在当日外交中具有"重大的具体作用"[5]。所以孔子在《论语》中就

1　《史记·孔子世家》册四，卷四七，第1936页，中华书局1973年版。

2　《墨子间诂》见《新编诸子集成》第一辑，册下，第418页，中华书局1986年版。

3　《周礼注疏》，上海古籍出版社1990年版，第336页。

4　朱自清：《诗言志辨》，见《朱自清古典文学论文集》上，第198页，上海古籍出版社1981年版。

5　雷海宗：《古代中国的外交》，见清华大学《社会科学》第三卷第一期，第2—3页，1941年4月清华大学三十周年纪念专号。

曾说过"不学诗，无以言"的话，又曾说过"诵诗三百，授之以政，不达；使于四方，不能专对，虽多亦奚以为"的话[1]，足可见学诗的重要目的之一，乃是为了外交场合中的言语应对之用的。而这种外交场合的"赋诗"有时是出之以合乐而歌的形式，这应该也就正是何以在《周礼·春官》中有着"以乐语教国子"的教学训练的缘故。

不过，在外交场合中"赋诗言志"时，也不一定都要合乐而歌，有时也可以用朗读和吟诵的方式。即如《左传》襄公十四年就曾记载有一段故事，说卫国的孙文子因为不满意卫献公的无礼，而回到了自己的采地戚，却又叫他的儿子孙蒯去探看卫献公的态度如何。《左传》记载卫献公与孙蒯的会见，说"孙蒯入使，公饮之酒，使大师歌《巧言》之卒章。大师辞，师曹请为之。初，公有嬖妾，使师曹诲之琴。师曹鞭之。公怒，鞭师曹三百。故师曹欲歌以怒孙子，以报公。公使歌之，遂诵之。"[2] 这是一段非常有趣的记载，明显地表现了"歌"与"诵"的不同。原来《巧言》乃是一篇嫉谗致乱之诗，其卒章四句为"彼何人斯，居河之麋。无拳无勇，职为乱阶"。卫献公令乐师歌之，意思是说孙文子算个什么人，跑回到黄河边的戚这个地方，既没有足够的武力，难道还想发动叛乱吗？大师恐怕歌唱了这一章诗，激怒了孙文子，会真的造成卫国发生叛乱，所以推辞不肯歌唱。可是师曹却因以前教卫

1　《论语·季氏》及《论语·子路》，见朱熹《四书集注》第768页及576页，台北中华丛书1958年版。

2　《左传会笺》册下，卷一五，第50—51页，台北广文书局1961年版。

献公的爱妾学琴时，以鞭子责罚过这一位爱妾，为此而被卫献公打了三百鞭，心中怀怨，所以乃想正好藉此激怒孙子使之叛乱，来报复卫献公。因此卫献公本是教乐师歌唱这章诗，师曹却还恐怕用歌唱的方式不能使孙蒯完全明白诗意，所以就用诵读的方式诵了这一章诗。由此自可见出"赋诗言志"之时，除了"歌"的方式，原来也还可以有"诵"的方式。而无论是"歌"也好，"诵"也好，都必须先要使学子们对于所学的诗能够理解和能够背诵才行。所以《周礼·春官》才有所谓"兴、道、讽、诵、言、语"的教学训练。

以上我们既然对于以"兴、道、讽、诵、言、语"来"教国子"的教学目的，做了简单的探讨，现在我们就可以对此种教学的内容也略加探索和说明了。关于这种教学训练，虽然已因年代久远而难以确知其真相究竟如何，不过当我们对其教学目的有了理解以后，则根据前人之注疏，我们也不难推知一些大概的情况。先从《周礼·春官》所提出的"兴"字说起，郑注以为"兴"是"以善物喻善事"，其后贾公彦为之作疏，则更增广其义以为"兴"同时也有"以恶物喻恶事"之意，并且以为郑注之说乃是"举一边可知"[1]，也就是举其一边可以推知其另一边的意思。贾氏之说我认为是可取的。因为同样在《周礼·春官》谈及"大师""教六诗"的时候，郑注对于"兴"和"比"就曾经有过"见今之美"与"见今之失"的喻劝美刺的说法[2]。不过此处教学训练第一项目既只是"兴"，所以郑注就只提到了"善物喻善事"，而其兼含

---

[1] 《周礼注疏》，上海古籍出版社1990年版，第336页。

[2] 《周礼注疏》，上海古籍出版社1990年版，第335页。

有"恶物喻恶事"之意，则是极有可能的。而且事实上无论"比"或"兴"，其本质上原来都是指的一种心物交感的作用，也就是说都是属于发自内心的一种兴发感动的联想作用。虽然诗之"六义"中的"比"和"兴"主要乃是就作者方面而言的，不过我在前面引用我自己多年前所写的《形象与情意之关系》一文时，就也已经说明过"赋、比、兴"所指的"并不仅是"作者方面的"表达情意的一种技巧"而已，同时也是兼指如何"引起读者之感发"的一种方式[1]。

如今既是在诗歌的教学训练中首先就提出了"兴"的作用，则其不仅指作者而言，同时更指教读的方面而言，应该乃是可以肯定的。何况我们从《论语》中所记述的孔子教诗的态度，也可以得到有力的证明。即如在《泰伯》篇中，孔子就曾说过"兴于诗"的话；在《阳货》篇中，又曾说过"诗可以兴"[2]的话。则其所谓"兴"乃是指学诗读诗时所可能引起的一种兴发感动之作用自然可知。所以诗的教学第一当然应该先培养出一种善于感发的能力，我想这很可能是何以《周礼·春官》记载"以乐语教国子"时，要把"兴"列在第一位的缘故，而这种训练对于国子们将来一旦"使于四方"要随时随地"赋诗言志"时，当然会有莫大的帮助。至于所谓"道"的训练，郑注以为"道"字应读为"导"，又加以解释说："导者，言古以剀今也。"贾疏以为"导"有"导引"之义，又解释"言古以剀今"的意思说："谓若诗陈古以刺幽王、厉王

---

1 《迦陵论诗丛稿》，中华书局1984年版，第348页。
2 《论语·阳货》，见朱熹《四书集注》，台北中华丛书1958年版，第787页。

之辈，皆是。"关于这种读诗的训练，与前面所提出的"兴"字也有着莫大的关系。"兴"字指读诗时应具有一种感发的能力，而"道"字的意思则是指对于感发之指向的一种导引，其重点则是要从古人之诗义能够为今人所用，而且贵在能藉之以反映出对时代政教之善恶的一种美刺的作用。这种以政教为主的联想，在"赋诗言志"的场合中，当然也有莫大的帮助。而为了要达到这种对于诗歌可以有随时随地的感发，并且可以灵活自如的运用之目的，因此在对于"国子"的训练中，遂又提出了"讽"与"诵"的要求。郑注以为"倍文曰讽，以声节之曰诵"。贾疏以为"'倍文曰讽'者，谓不开读之"。至于"以声节之曰诵"则是"亦皆背文"。不过"讽"之背读"无吟咏"，"诵则非直背文，又为吟咏，以声节之为异。"[2]可见"讽"与"诵"的训练乃是既要国子们把诗歌背读下来，而且要学会诗歌的吟诵之声调。当国子们有了这种背读吟诵的训练以后，于是就可以有所谓"言"和"语"的练习了。郑注以为："发端曰言，答述曰语。"贾疏引《毛诗·公刘》传云："直言曰言，答述曰语。"[3]总之"言"和"语"应该乃是引用诗句以为酬应对答的一种练习。透过以上的论述，我们已可清楚地见到，在中国古典诗歌的教学训练中吟诵所占有的重要位置，以及其源流之久远悠长。虽然周代的诗歌教学之重视吟诵之训练，原有其为了以后可以"赋诗言志"的实用之目的，但这种对吟诵的重视，事实上却是在其脱离了"赋诗言志"之实用目

---

1 《周礼注疏》，上海古籍出版社1990年版，第336页。

2 《周礼注疏》，上海古籍出版社1990年版，第336页。

3 《周礼注疏》，上海古籍出版社1990年版，第336页。

的以后，才更显示出它对中国古典诗歌在形式方面所形成的重视顿挫韵律之特色，以及在本质方面所形成的重视兴发感动之作用的特色，所造成的极为重大的影响。而且在形式之特色与本质之特色两者间，更有着互相牵连互相作用的极密切之关系。下面我就将对中国古典诗歌由于吟诵之传统所造成的形式与本质两方面的特色及其相互间的关系，略做简单之论述。

先谈吟诵在诗歌形式方面所造成的特色。要想讨论此一问题，我们首先就要对中国语文的特色先有一些基本的认识。中国语文是独体单音的，不像西方的拼音语言，可以因字母的拼合而有音节多少和轻音与重音的许多变化。在这种情况下，以一种独体单音的语文而要寻求一种诗歌之语言的节奏感，因此中国的诗歌遂自然就形成了一种对于诗句吟诵时之顿挫的重视。而中国古典诗歌之节奏感的形成，也就主要依赖于诗句中词字的组合在吟诵时所造成的一种顿挫的律动。关于这方面，早在三十年前我所写的《中国诗体之演进》一文中，也已曾有所讨论。约而言之，则四言诗之节奏以二、二的顿挫为主；五言诗之节奏以二、三之顿挫为主；七言诗之节奏以四、三之顿挫为主。中国最早的一部诗歌总集之所以会形成以四言句为主的体式，主要就因为以单音独体为特色的中国语文要想形成一种节奏感，其最简短的、最原始的一种可能的句式，必然是四言的体式。所以挚虞在其《文章流别论》中就曾经说："雅音之韵，四言为善"，以为其可以"成声为节"[1]。这主要就指的是四言之句在吟诵的声调中可以形

1　挚虞：《挚太常集》，见《汉魏六朝百三家集》（第六函，第三二册），光绪乙卯信述堂重刻本，第38页。

成一种节奏感。至于五言诗句之二、三的顿挫，则应是诗歌与散文在句式上分途划境的开始。因为一般而言散文的五字句往往是三、二的顿挫，而诗歌中的五言句则决不允许有三、二的顿挫。说到这里，我还想补充一点说明，那就是在词和曲的五字句中，也可以有三、二或甚至是一、四的顿挫，而惟有诗之五字句却必须是二、三的顿挫。这种现象就恰好帮助我们说明了诗歌之体式，其既不同于朗读为主的散文，也不同于歌唱为主的词曲，而是以吟诵为主的一种特殊的性质。至于七言诗句之以四、三之顿挫为主，则基本上乃是五言诗句的二、三之顿挫的延伸，所以七言诗句之四、三的顿挫，有时也可以再细分为二、二、三之顿挫，却决然不可以有三、四之顿挫。并且即使当文法上之结构与此种顿挫之结构发生了矛盾时，讲解时虽可依文法之结构，但在吟诵时却仍必须依顿挫之结构。

除去在顿挫方面诗歌体式之形成及演变与吟诵之习惯有着密切的关系以外，在押韵的方面，诗歌之体式的形成也同样曾受有吟诵之习惯的影响。最明显的一点值得注意之处，就是词曲中往往有可以平仄通押的现象，《诗经》中亦有此现象，但《诗经》之时代，尚无所谓四声之分别，自可置而不论。可是在五、七言诗中的押韵的韵脚，却必须是同一个声调的韵字，即使可以换韵，却决不可平仄通押。清朝的著名声韵学家江永，在其《古韵标准例言》中，就曾对此提出讨论说："如后人诗馀歌曲，正以杂用四声为节奏，诗歌何独不然？"[1]郭绍虞先生在其《永明声病说》一文中，就曾据江永之讨论提出解释说："四

---

[1] 江永：《古韵标准例言》，见《百部丛书集成》所收《贷园丛书》第二函，第一册，第5页。

声之应用于文词韵脚的方面，实在另有其特殊的需要。这特殊的需要，即是由于吟诵的关系。"又说："吟诵则与歌的音节显有不同。……自诗不歌而诵之后，即逐渐离开了歌的音节，而偏向到诵的音节。"又说："歌的韵可随曲谐适，故无方易转。"而"吟的韵须分析得严，故一定难移"[1]。这当然也就证明了中国诗歌在押韵方面之所以不同于词曲之四声可以通押，实在也是因为受了吟诵习惯之影响的缘故。

以上我们所讨论的有关中国古典诗歌在顿挫和押韵之形式方面所受到的吟诵习惯之影响，可以说乃是全出于吟诵时口吻声气的自然需要而造成的结果。但除此之外，中国古典诗歌在形式方面却还有一项特色，则是由于把吟诵时声吻的自然需求加以人工化了的结果，那就是近体诗之平仄的声律方面的特色。本来，以中国语文之独体单音的性质，要想在形式方面造成一种抑扬高低的美感效果，则声调之讲求必然是一项重要的要求。虽然古代的作者还并没有对四声的认知，但这却并未妨害他们对于声调之抑扬长短的体会。即如汉代的司马相如，在其《答盛览问作赋》一文中，便曾提出过"一经一律，一宫一商"之说[2]。其后陆机在《文赋》一篇作品中，也曾提出过"暨音声之迭代，若五色之相宣"的说法[3]。可见早在四声之说出现以前，前代的作者也早曾注意到了声调的问题。而更

---

[1] 郭绍虞：《永明声病说》，见《照隅室古典文学论集》（上编），第224页，上海古籍出版社1983年版。

[2] 司马相如：《答盛览问作赋》引自《西京杂记》，见《历代小史》第59页，广陵古籍据明刊本影印。

[3] 陆机：《文赋》，见《文选》第226页，上海世界书局1935年版。

值得注意的，则是司马相如与陆机两个人都是长于写赋的作者，而且司马相如更是在答人问作赋时，提出来的"一宫一商"之说，可见这种对声调之觉醒，实在与"赋"这种文体之写作有着密切的关系。而赋这种文体之特色则在其具有一种"不歌而诵"的特色，也就是说赋与诗之最大的区别，乃在于古代的诗是可以合乐而歌的，而赋则是只供朗诵的。而当诗不再合乐歌唱而也只用诵读的方式来吟诵时，当然便与赋之不歌而诵的读诵有了相似之处。虽然诗之吟诵因为韵律节奏的关系，较之赋之朗诵更多抑扬宛转之致，但二者在不依傍音乐的乐谱而要寻求一种纯然出之口吻声气间的声调之美的一点则是相同的。而这种寻求的结果，遂使得如司马相如和陆机等赋家，发现到了"一宫一商"和"音声迭代"的妙用。等到齐梁以后的诗人对于平仄四声有了明白的反应和认知以后，于是遂不仅在诗体方面有了律体的诗，在赋体方面便也有了律体的赋。这种格律的完成，虽然与以前出于口吻声气之自然的声调之美，已有了很大的不同，但格律之完成之并非为了配乐歌唱的需要，而是为了吟咏诵读的需要，这种关系乃是明白可见的。

  以上我们既然从顿挫、押韵与声律各方面说明了吟诵对诗歌之形式方面所造成的影响，现在我们就将再从诗歌之兴发感动作用之本质方面，也谈一谈吟诵的影响。首先我们该注意到的就是当一个人内心有了某种激动之感情时，常不免会有一种想要用声音来加以宣泄的生理上之本能的需要。而当人类的文明进化到有了诗歌以后，于是这种内心之情志的兴发感动，遂不仅只表现为单纯的发声，还有了与声音相配合的文字，然后才逐渐更进一步地有了配诗之乐与合乐之舞，《毛诗·大序》中所说的"诗者，志之所之也，在心为志，发言为诗。情动于中而形于言，言之不足故嗟叹之，嗟叹之不足故永歌之，永歌之不足，不知手之舞之，足之蹈之也。"[1]这当然乃是在诗歌可以合乐而歌舞的《诗经》时代的现象。而当诗歌脱离了合乐而歌之时代，而进入到吟诵之时代的时候，中国的诗文论著中对于诗文与吟诵之音声的关系，遂有了更进一步的认识。即如我们在前文所曾提到的文论家陆机，在其《文赋》中就曾注意到在创作的感发中声音的重要性说："若夫应感之会……思风发于胸臆，言泉流于唇齿。……文徽徽以溢目，音泠泠而盈耳。"[2]另外齐梁之间的一位著名的文论家刘勰，也曾在其《文心雕龙》的《神思》篇中论及创作的感发与联想时，注意到吟咏之声调的重要性说："文之思也，其神远矣。故寂然凝虑，思接千载；悄焉动容，视通万里；吟咏之间，吐纳珠玉之声；眉睫之前，卷舒风云之色。"又说："然后使玄解之宰，寻声律而定墨；独照之匠，窥意象而运斤；此盖驭文之首术，谋篇之大端。"[3]可见无论是陆机或刘勰，这两位对文学深有体会的文论家，都同样注意到了"唇齿"之"言泉"和"吟咏"之"声"调，乃是伴随着"应感"和"神思"一同流溢和运行的一种创作活动。以上所引陆氏与刘氏之说，还不过只是对于<u>诗文创作与声吻吟诵之关系</u>的泛论而已；此外刘氏更曾在

---

[1] 《毛诗·大序》，见《十三经注疏》，册二，第13页，台湾艺文印书馆1965年版。

[2] 陆机：《文赋》，见《文选》第226页，上海世界书局1935年版。

[3] 刘勰：《文心雕龙·神思》第493页，台北明伦书局1970年版。

其《声律》篇中论及诗歌之声律与人之自然声吻的密切关系，谓："故言语者，文章神明枢机，吐纳律吕，唇吻而已。"又论及音声在创作中与辞字之关系，说："声转于吻，玲玲如振玉；辞靡于耳，累累如贯珠矣。"更论及吟咏之重要性，云："是以声画妍蚩，寄在吟咏，吟咏滋味，流于字句。"[1]所以中国古代诗人作诗总说"吟诗"或"咏诗"，这并不是随便泛言之辞，而是古人作诗时是确实常伴随着吟咏出之的。而且古代的诗人不仅伴随着吟咏来作诗，还更伴随着吟咏来改诗。所以唐诗中有两句为后人所熟知的描写苦吟的诗，说是"吟安一个字，捻断数茎髭。"[2]杜甫在《解闷十二首》的诗中也曾提到他的一种"解闷"之法，说"陶冶性灵存底物，新诗改罢自长吟"[3]。

此外，杜甫与友人相聚时，也经常以吟诗为乐，他在《题郑十八著作丈故居》一诗中，怀念天宝乱后被远贬到台州的好友郑虔时，就曾经写有"酒酣懒舞谁相拽，诗罢能吟不复听"[4]的句子。而且当时不仅是成年的诗人们可以相聚吟诗为乐，就是稚年的童子也一样会吟诗，杜甫在《陪郑广文游何将军山林》一组诗中，就曾写到在何将军家里听小孩子们吟诗的事，说"将军不好武，稚子总能文。醒酒微风入，听诗静夜分。"[5]诗而可"听"，则其吟诵时

---

[1] 刘勰：《文心雕龙·声律》，台北明伦书局1970年版，第542—543页。

[2] 卢延让：《苦吟》，见《全唐诗》（卷七一五），中华书局1979年版，第8212页。

[3] 《杜诗镜诠》卷一七，第613页，台北新兴书局1970年版。

[4] 《杜诗镜诠》卷四，第204页，台北新兴书局1970年版。

[5] 《杜诗镜诠》卷二，第122页，台北新兴书局1970年版。

之富于声调之美,自可想见。所以后来宋朝赵蕃所写的一首《学诗》诗,就曾有"学诗浑似学参禅,要保心传与耳传"[1]之句。因此口头的吟诵,实在应该是学习写作诗歌和欣赏诗歌的一项重要训练。杜甫的诗之所以特别富于感发力量,就应该是与他的长于吟诵分不开的。

至于唐代的另一位与杜甫并称的大诗人李白,虽然不像杜甫之以工于诗律见称,但李白却实在也是一位长于吟咏而且以此自负的诗人。李白应该也是从童少年时代就学会了吟诗的,有两首相传是李白少作的诗,一首题为《初月》,另一首题为《雨后望月》,前一诗中曾有"临风一咏诗"之句,后一诗中则曾有"长吟到五更"[2]之句,则其从童少年时代便已养成吟诗之习惯,从而可想。所以后来李白在其《夜泊牛渚怀古》一首名诗中,才会写出了"余亦能高咏,斯人不可闻"[3]的句子,表现了他自己对"能高咏"的自负。把自己和晋朝的因吟诗而得到谢尚之赏拔的袁宏相比,而慨叹自己之无人知赏。所以李白虽不是一个喜欢拘守声律的诗人,但却决不是一个不熟于声律的人,唯其他能够熟于声律却又不拘于声律,所以才能写出像《蜀道难》《梦游天姥吟留别》和《鸣皋歌送岑征君》等,如沈德潜所赞美的"大江无风,涛浪自涌,白云卷舒,从风变灭"[4]的伟大的诗篇,突破了死板的声律而却在格律以外之抑扬长短和顿挫押韵的变化无方之中,自然形

---

1 赵蕃(号章泉先生)《学诗》诗见《诗人玉屑》卷一,第8页,中华书局1961年版。

2 《李白全集编年注释》第1及2页,巴蜀书社1990年版。

3 《新评唐诗三百首》第159页,广东人民出版社1982年版。

4 沈德潜:《说诗晬语》,见《清诗话》第484页,台北西南书局1979年版。

成了一种声情相生的"笔落惊风雨,诗成泣鬼神"[1]的感发的力量,而他的"能高咏",就正与这种感发的效果有着密切的关系。所谓"声情相生",使作者内心的情意伴随着声音一起涌出,然后才落纸成为文字,这正是中国古典诗歌何以特别富于直接的兴发感动之力量的一个主要的原因。清代的曾国藩在写给他儿子曾纪泽的家信中,就曾提出过作诗要伴随着吟咏才能富于感发之力的说法,谓"凡作诗最宜讲究声调",因此要学作诗,乃必须"先之以高声朗诵以昌其气,继之以密咏恬吟以玩其味,二者并进,使古人之声调拂拂然若与我之喉舌相习"。如此作出诗来才会"自觉琅琅可诵,引出一种兴会来"。曾氏之说确实乃是学诗之人的最佳入门途径。而且曾氏对于辞字与声调的配合,还曾提出过一段绝妙的理论说:"盖有字句之诗,人籁也。无字句之诗,天籁也。解此者,能使天籁人籁凑泊而成,则于诗之道思过半矣。"[2] 私意以为曾氏所说的"天籁",其实就是刘勰在《文心雕龙·音律》篇中所提出的"神明枢机,吐纳律吕"的一种声吻间所自然形成的节奏感;而所谓"天籁人籁凑泊而成"则正是本文在前面所提到的"声情"相生,使文字伴随着声音和情意一起涌出的一种作诗的方法,而这正是一定要熟读方能达到的作诗的最高境界。

二十世纪六十年代中,美国的高友工和梅祖麟两位教授,曾经合写过一篇论文,题为《杜甫〈秋兴〉析论——一个语言学之文学批评的尝试》("Tu Fu's 'Autumn

---

[1] 杜甫:《赠李十二白》,见《杜诗镜诠》卷六,第262页,台北新兴书局1970年版。

[2] 曾国藩:《曾文正公全集》,见《近代中国史料丛刊续辑》(第九种第三册),台湾文海1974年版,第20368—20369页。

Meditation': An Exercise in Linguistic Criticism"），发表于1968年的《哈佛大学亚洲研究学报》(Harvard Journal of Asiatic Studies)第28期中，引用了西方批评理论中的李查兹（I. A. Richards）、恩普逊(William Empson)、傅莱（Northrope Frye）及卡姆斯基(Chomsky)诸家的理论与方法，从语音之模式(phonic patterns)、节奏之变化(Variation in rhythm)、语法之类似(Syntactic mimesis)、文法之模棱(Gramatical ambiguity)、形象之繁复(Complex imagery)及语汇之不谐调(Dissonance in diction)各方面，对杜甫《秋兴》八诗做了细致的分析。而归结出一个结论，以为中国传统批评之赞美杜甫者往往都是从他的忠爱缠绵等内容之情意方面来加以称述，但这种称述实在乃是属于诗歌以外的评论，而诗歌本身则是一种精美的语言的加工品。[1]所以高、梅二位教授的这篇论文就是对杜诗之精美的语言艺术所作的论析。梅、高二位的论述自然极为有见，不过杜诗之语言的精美如其《秋兴》八首之语音、节奏、语法、文法、形象和语汇各方面的变化运用之妙，却实在并非出于头脑的理性的思索安排，而是出于杜甫内心之感发与其吟诵中的声调之感发相结合，形成的一种出自直感的选择之能力。这正是吟诵在古典诗歌之创作中的一种妙用。

以上我们既讨论了吟诵在诗歌的创作方面可能形成的一种直接感发之妙用。现在我们就将再谈一谈吟诵在读者或听者方面所可能形成的感发之妙用。关于这方面的妙用，中国前代的读书人当然也早曾注意及之。俗语说"熟读唐诗三百首，不会吟诗也会吟"，又说"书读百遍，其

---

[1] Harvard Journal of Asiatic Studies Vol. 28, 1968, pp. 44—73.

义自见"，则吟诵对于读者学习古代诗文之妙用已可概知。清代的曾国藩也曾经把这种妙用传授给他的儿子，在《家训·字谕纪泽》中谈到朗诵和吟咏对于学习诗文的重要性时说："如四书、《诗》、《书》、《易经》、《左传》、《昭明文选》，李、杜、韩、苏之诗，韩、欧、曾、王之文，非高声朗诵则不能得其雄伟之概，非密咏恬吟则不能探其深远之趣"。[1] 曾氏所提出的"高声朗诵"和"密咏恬吟"两种读诵法实在非常重要，大抵一般而言，高声朗诵之时声音占主要之地位，因此读者所得的主要是声音方面所呈现的气势气概，而在密咏恬吟之时则声音之比重较轻，因此读者遂得伴随着声音更用沉思来体会作品中深远之意味。可见吟诵乃是引发读者对作品有直觉之感受和深入之了解的一种重要方式。历史上也曾记载有不少关于吟诵带给人强烈之感动的记载，即如《晋书·王敦传》就曾记载说："敦欲专制朝廷，有问鼎之心。每酒后，辄咏魏武帝乐府歌曰：'老骥伏枥，志在千里。烈士暮年，壮心不已'。以如意打唾壶为节，壶边尽缺。"[2] 则王敦在吟诵此四句诗时，其内心之感动可知。所以后世形容对诗文之欣赏还常说"唾壶击缺"，此一成语就足以说明吟诵在诗文之欣赏中所形成的感发力量之强大了。而且吟诵还不只是能使吟诵者自己感发而已，有时还可以对聆听吟诵的人也同样造成一种感发。李商隐的《柳枝诗·序》就曾记载了一段因听人吟诗而对诗之作者产生了

---

[1] 《曾文正公全集》，见《近代中国史料丛刊续辑》第九种第三册，台湾文海1974年版，第20363页。

[2] 《晋书·王敦传》卷九八，列传六八，上海大光书局1936年版，第497页。

爱情的动人故事。原来柳枝是一个不同于一般的女子，喜欢"吹叶嚼蕊，调丝撅管"，能够"作天海风涛之曲，幽忆怨断之音"。有一天李商隐的从兄弟让山在柳枝家的附近吟诵李商隐的《燕台》诗，柳枝听到后，立即"惊问'谁人有此？谁人为是？'"而且"手断长带"，请让山代邀李商隐相见，表现得极为动情。可惜后来柳枝被"东诸侯取去"[1]，而李商隐则只留下了一些缠绵悱恻的诗篇。透过李商隐的诗和序文中对柳枝的描述来看，这可以说是中国诗史中极为美丽动人的一则爱情故事，那主要就因为柳枝与李商隐的互相赏爱，乃是透过诗歌的吟诵而结识的，因此其间便自然有了一种属于心灵之相通而不仅只是色相之倾慕的深心的知赏。所以后来蒲松龄在《聊斋志异》中写人鬼异类相恋的故事如《连琐》《白秋练》等，就甚至也都以诗歌之吟诵，作为了相感通之情节的媒介[2]，则吟诵之具含一种可以感发的妙用，也就从而可知了。

　　以上我们对于吟诵在诗歌本质方面所可能形成的兴发感动之作用，虽然已经从作者与读者及听者各方面都做了相当的论述；但事实上在中国古典诗歌之传统中，却还有另外一项更为微妙的感发作用，甚至比前面所提的几种感发作用，更为值得注意。那就是孔子与弟子论诗时，以实例所显示出来的，一种可以由读诗人自由发挥联想的感发作用。即如《论语》的第一篇《学而》，就曾记述有一段孔子与子贡的谈话："子贡曰：'贫而无谄，富而无骄，

1　李商隐：《柳枝诗·序》，见《李商隐诗集疏注》，人民文学出版社1985年版，第565页。

2　蒲松龄：《聊斋志异》上册，第331页及下册，第1482页，上海中华书局1962年版。

何如'？子曰：'可也。未若贫而乐、富而好礼者也。'子贡曰：'《诗》云："如切如磋，如琢如磨"，其斯之谓与？'子曰'赐也，始可与言诗已矣，告诸往而知来者。'"[1]另外在第三篇《八佾》中又记载有一段孔子与子夏的谈话："子夏问曰：'巧笑倩兮，美目盼兮，素以为绚兮，何谓也？'子曰：'绘事后素。'曰：'礼后乎？'子曰：'起予者商也，始可与言诗已矣'。"[2]从这两段孔子赞美其弟子"可与言诗"的记叙来看，我们已可清楚地见到，孔子教弟子学诗时所重视的，原来乃是贵在从诗句中得到一种兴发感动的作用。虽然在这两段记叙中都未曾提到过"吟诵"的字样，但我们从他们师生间之问答如流、衷心相契的情况来看，则这些弟子们之曾受有"兴、道、讽、诵、言、语"一类的训练，乃是从而可想的。虽然《周礼·春官》所记载的这种训练，原有其为了以后"使于四方"在聘问交接中"赋诗言志"的实用之目的，但值得注意的则是孔子与弟子之回答中，所显示的兴发感动之重点，则主要乃在于进德修身方面的修养，而这也就形成了中国所谓"诗教"的一个重要的传统。谈到"诗教"，若依其广义者而言，私意以为本该是指由诗歌的兴发感动之本质，对读者所产生的一种兴发感动之作用。这种兴发感动之本质与作用，就作者而言，乃是产生于其对自然界及人事界之宇宙万物万事的一种"情动于中"的

---

[1] 《论语·学而》，《论语·季氏》及《论语·子路》，见朱熹《四书集注》第27—29页，台北中华丛书1958年版。

[2] 《论语·八佾》，《论语·季氏》及《论语·子路》，见朱熹《四书集注》第93—95页，台北中华丛书1958年版。

关怀之情；而就读者而言，则正是透过诗歌的感发，要使这种"情动于中"的关怀之情，得到一种生生不已的延续。所以马一浮在其《复性书院讲录》中，就曾认为这种兴发感动乃是一种"仁心"本质的苏醒，说"所谓感而遂通"，"须是如迷忽觉，如梦忽醒，如仆者之起，如病者之苏，方是兴也"。又说："兴便有仁的意思，是天理发动处，其机不容已，诗教从此流出，即仁心从此现。"[1]我认为这是对于广义之"诗教"而言的一种极能掌握其重点的体认和说法。因此在教学中，每当同学们问起"读诗有什么用"的问题时，我总常回答说："诗之为用乃得要使读诗者有一种生生不已的富于感发的不死的心灵。"而且这种感发还不仅只是一对一的感动而已，而是一可以生二，二可以生三，以至于无穷之衍生的延续。我们在前文所举引的《论语》中孔子与弟子论诗的话，可以说就是孔门诗教注重感发之联想的一个很好的证明。而且从孔子与弟子论诗的例证来看，这种联想实极为自由，甚至不必受诗歌本义之拘限，可是又因为其感发之本质乃是出于一种"仁心"的苏醒，所以在自由之联想中，乃又能不失其可以进德修业的效果。如果以近人为例证，则王国维之以"成大事业、大学问之三种境界"来评说晏、欧之小词[2]，无疑的应该乃是属于孔门诗教之同一类型的，注重感发与联想之作用的读诗与说诗之方式的一脉真传的延续。

而更值得注意的则是，这种古老的孔门诗教之观念，乃正与西方近代的接受美学中的某些理论，有着不少暗合

---

[1] 马一浮：《复性书院讲录》（卷二），台北广文书局1979年版，，第36页。

[2] 王国维：《人间词话》，见《词话丛编》（册五），第4245页。

之处。其一是接受美学同样也承认读者在阅读时可以有一种背离作品原意的自由的联想;其二是接受美学也承认阅读的过程就是一个再创造的过程,也就是读者自身改变的过程。关于这些暗合之处,我以前在《迦陵随笔》和《唐宋词十七讲》及最近出版的《诗馨篇》序言中,曾分别引用过意大利的接受美学家弗兰哥·墨尔加利(Franco Meregalli)及德国接受美学家沃夫岗·伊塞尔(Wolfgang Iser)的论点做过说明。[1]总之中国传统诗论之认为诗歌可以有一种兴发感动的作用,甚至可以对读者产生一种变化气质的结果,并不是古老落伍的空言,而是在今日西方细密的文学理论中也可得到印证的一种在阅读之体验的过程中,所必然会获致的一种结果。只不过就诗歌而言,则熟读吟诵实在乃是使这种兴发感动之作用达到更好之发挥的一种必要之训练,这种重要性乃是学诗和教诗之人所决然不可不知的。只可惜所谓"诗教"者,既自汉儒之说诗便使之蒙受了美刺之说的拘限,而失去了其原有的自由感发之活泼的生命,而只成了一种迂腐的陈言,再加之自"五四"以来对于以背诵为主的古典教学方式之盲目的反对,遂使得我国古典诗歌中这一宝贵的兴发感动之传统,竟落到了今日之没落消亡的地步,这种现象实在是深可为之浩叹的。

关于熟读朗诵在诗歌教学中的重要性,这在西方也是对之极为重视的。即如在美国英诗课中所常用的一本教材,肯奈迪(X. J. kennedy)所编著的《诗歌概论》(An Introduction to Poetry)一书中,开端第一章首先提出的就是诗歌的读诵,以为读诗不能"只用眼睛去阅读"(Just let

---

[1] 葉嘉莹:《迦陵随笔》,见《中国词学的现代观》第107页,及《唐宋词十七讲》第509—515页,及《诗馨篇·序》,第8—9页。

your eye light on it)[1]，虽然用眼睛阅读一首诗，也可体会出一些意味来，但却决不会有深入的全部的体会。读诗要反复多读细心吟味，不能像读散文一样，明白意思就算了，更不能像读报纸一样"匆匆阅过"(galloped over)。愈是好诗，愈要多读熟诵，"甚至数十百遍以后，仍能感到尚有不尽之余味"(after ten, twenty or a hundred readings——still go on yielding)[2]，肯氏还曾引一位名叫吉拉德·曼雷·霍浦金斯(Gerard Manley Hopkins)的诗人的话说："聆听诗歌的诵读，其所得更胜过意义的了解"(even over and above its interest of meaning)[3]。又说读诗最好是大声朗诵，或聆听别人的朗诵，如此一定能体会出只凭眼睛阅读所不能感受到的更多的意味。[4]此外，在该书的第八章中，肯氏还曾提出诗歌中声音的重要性，以为大多数好诗都有富于意义的声音和音乐性的声音(meaningful sound as Well as musical sound)[5]。肯氏更曾提出说高声朗诵是增强对诗歌了解的一种方法，因此要"学习赋予诗歌以你自己的声音的这种艺术"(practice the

---

[1] X. J. Kennedy, An Introduction to Poetry(Harper Collins Publishers, 1990, 7th ed.) p.1

[2] X. J. Kennedy, An Introduction to Poetry(Harper Collins Publishers, 1990, 7th ed.) p.1

[3] X. J. Kennedy, An Introduction to Poetry(Harper Collins Publishers, 1990, 7th ed.) p.1-2

[4] X. J. Kennedy, An Introduction to Poetry(Harper Collins Publishers, 1990, 7th ed.) p.2

[5] X. J. Kennedy, An Introduction to Poetry(Harper Collins Publishers, 1990, 7th ed.) p.125

art of lending poetry your voice)[1]。

以上肯氏之说主要乃是对诵读在诗歌之教学方面之重要性而言的。至于再就声音之感发在诗歌之创作方面的重要性而言,则私意以为当代法国一位才华横溢的女学者朱丽亚·克利斯特娃(Julia Kristeva)在其《诗歌语言的革命》(Revolution in Poetic Language)及其《语言之意欲》(Desire in Language)二书中所提出的一些说法,实在极可注意。克氏对于诗歌创作的原动力有她自己的一套理论,她曾借用希腊文中的'Chora'一词来指称这种原始的动力,她以为'Chora'是一种最基本的动能(an essentially mobile),是由瞬息变异的发音律动所组成的(extremely provisional articulation constituted by movements and their ephemeral stases)[2]。又以为"chora"乃是不成为符示而先于符示的一种作用,它是类似于发声或动态的一种律动(is analogous only to vocal or kinetic rhythm)[3]。克氏又曾举引苏联诗人马雅可夫斯基(Vldimir Mayakovsky)在其《诗是怎样作成的》(How Are Verses Made)一书中的一段话,说"当我一个人摆着双臂行走时,口中发出不成文字的喃喃之声(Waving my arms and mumbling almost wordlessly),于是而形成为一种韵律(rhythm is trimmed and takes shape),而韵律则是一切诗歌作品的基础(rhythm is the

---

1 X. J. Kennedy, An Introduction to Poetry(Harper Collins Publishers, 1990, 7th ed.) p.141

2 Julia Kristeva, Revolution in Poetic Language, (New York, Columbia University Press, 1984), p.25.

3 Julia Kristeva, Revolution in Poetic Language, (New York, Columbia University Press, 1984), p.26.

basis of any poetic work)"。[1]克氏所提出的"chora"一词,虽看似十分新异,但事实上她对声音之感发在诗歌创作中之重要性的体认,却实在与中国古典诗论中"兴"的观念,以及中国古典诗歌在吟诵与写作之实践中的体认,有着不少暗合之处。

关于"兴"之为义,如果就汉代经师的说法而言,自然有所谓美刺政教的许多意义。但这些说法却往往只是一种牵强比附之词,而事实上就"兴"之最基本、最原始的意思而言,则私意以为原该只是指一种兴发感动之作用。如我在前文所言,"兴"的作品一般本是指"由物象所引起"的一种感发,不过这种感发却实在还有一点值得注意之处,那就是这种引起感发的"物象",有时与后面所叙写的诗意却似乎并无意义上的关联。因此我在《中国古典诗歌中形象与情意之关系例说》一文中,乃又曾补充说:"这种感发关系,也许并非理性可以解说,然而却必然有着某种感性的关联,既可能为情意之相通,也可能为音声之相应。"[2]而如果就"兴"之直接感发的特色而言,则"音声之相应"实在应该乃是较之"情意之相通"还更为基本的一种引起感发之动力。关于这种情况,前人也曾经注意及之。即如宋代的郑樵在《昆虫草木略》中,就曾经说过"夫诗之本在声,而声之本在兴;鸟兽草木乃发兴之本"[3]的话。郑樵又曾批评汉儒,说"汉儒之言诗者,既不

---

[1] Julia Kristeva, Desire in Language, (New York, Columbia University Press, 1980), p.28.

[2] 叶嘉莹:《迦陵论诗丛稿》,中华书局1984年版,第339页。

[3] 郑樵:《通志略·昆虫草木略第一·序》,上海世界书局1935年版,第785页。

论声，又不知兴，故鸟兽草木之学废矣"[1]。近人朱自清在其《关于兴诗的意见》一文中，对此种感觉作用曾有更明白的说法，谓"由近及远是一个重要的原则。所歌咏的情事往往非当前所见所闻，这在初民许是不容易骤然领受的；于是乎从当前习见习闻的事指指点点地说起，这便是'起兴'。又因为初民心理简单，不重思想的联系而重感觉的联系，所以'起兴'的句子与下文常是意义不相属，即是没有论理的联系，却在音韵上（韵脚上）相关连着。"[2]写到这里，我又联想到前文所曾引用过的肯奈迪之《诗歌概论》中的一则记述。肯氏在该书论及声音(sound)一章中，曾经举引伊萨克·丁尼森(Isak Dinesen)在其《走出非洲》(Out of Africa)一书中所记载的一段故事。丁氏自谓东非一些土著对于韵律有强烈的感受，有一天傍晚，在一片玉蜀黍田里，大家正忙着收获的工作，丁氏开始高声朗诵一些韵句(verses)，这些土著虽不明白那些韵句的意义，但却很快就掌握了其中的韵律。他们热切地等待着韵字的出现，每当这些韵字出现时，他们就发出欢快的笑声。而且不断要求丁氏"再说一遍，说得像落雨一样"(speak again, speak like rain)。丁氏以为这应该是赞美的意思。因为在非洲，人们总是期盼着"雨"，"雨"是被欢迎的[3]。这一则故事，当然足以证明本文在前面所说的"音声之相应"乃是引起感发的一种最原始的动力，这应该是

---

[1] 郑樵：《通志略·昆虫草木略第一·序》，上海世界书局1935年版，第785页。

[2] 朱自清：《关于兴诗的意见》，引自顾颉刚《古史辨》第684页，上海古籍出版社1982年版。

[3] 葉嘉莹：《迦陵随笔》，见《中国词学的现代观》第124页。

古今中外所同然的一种共同现象。克利斯特娃氏之所谓"chora",以及中国之所谓"兴",虽然义界并不相同,但就其对诗歌之创作的一种原始动力之与音声密切相关这一方面之体认而言则是颇有可以相通之处的。因此对诗歌的高声诵读,实在应该是使得人们内心中可以引生出一种兴发感动之生命的最基本也最重要的培养训练之方式。

说到对诗歌之诵读的培养和训练,又使我联想到了流行在日本中小学之间的一种竞赛游戏。这种游戏的名称叫做"小仓百人一首",简称"百人一首"。大约早在七百五十年前,日本藤原定家选了自天智天皇至顺德天皇之五百七十多年间的一百位著名歌人的作品。每人选一首,共计一百首和歌,将之书写在京都嵯峨小仓山别墅的屏风上,因称"小仓百人一首"。到了江户时代初期,这百首和歌遂被制成纸牌,供人们在新年期间作为一种室内的游戏。至元禄时代已极为盛行。直至现代,日本的中小学校仍训练学生们利用暑假期间将这百首和歌背诵熟记,到了新年期间就举行盛大的"百人一首"的竞赛游戏。这种纸牌共二百张,一百张写诗之上半首由吟诵者吟唱,另一百张为和牌,写诗之下半首,并绘有图画。游戏时分两组,每组各分五十张和牌,比赛时,各把五十张和牌摊放在面前,然后仔细聆听唱牌人的吟诵,听到所吟诵的上句后,要尽快将面前所摊放的写有下句的和牌找到取出。如果下句的和牌是摊放在对手面前的,则将对手和牌取出后,可将自己面前的一张和牌移放到对手面前,直到比赛之一方面前的和牌先取净者为胜。这种游戏到目前在日本仍很流行。我曾经询问过好几位日本友人,她们都说在学生时代曾参加过此种背诵和歌的游戏,而且那时背诵过的歌往往终生不忘。在与日本的对比之下，我实在为我们这个曾经以诗自豪的古老的中国感到惭愧。我们在过年的节日中所流行的室内游戏，乃是麻将、扑克、掷骰子，也许现在还该加上电子游戏，但却没有一项如日本之"百人一首"的寓文化教育于娱乐的，足以培养青少年对祖国诗歌传统之学习兴趣的游戏项目。其实如果与日本相比较，中国的诗歌不仅历史更悠久，数量更丰富，而且以内容言，中国诗歌"言志"之传统所引发出来的情意，也较之日本和歌之一般只吟咏景物山川与离别今昔之即兴式的短歌要深广得多。更何况中国诗歌具有明显之韵脚，也较之无韵脚的日本诗歌更易于背读和吟诵。况且中国诗歌透过韵律所传达出来的感发力量，也较之日本诗歌更为丰美；可是，我们乃竟然没有一种重视诗歌之宝贵传统的教学和普及的办法，这实在是极值得我们深思反省的一个重大的问题。

关于重振中国诗歌的吟诵之传统，就今日社会之情况而言，当然仍有着不少困难，首先是因为曾接受过此种训练的人已经不多，能真正体会吟诵之作用与效果的人日少，因此先不用说师资难觅，即使只就意识观念而言，很多人也会因自己对此一传统之无所体悟和了解，而在心理上先就对之存有了一种轻视和反对的心态。其次就教学方面而言，也先不说今日大学中文系的诗歌教学，已不重视背读吟诵的训练；即使有人要学生强记硬背，以考试默写来督促学生们背诵，也将因为方法不当及为时已晚而决不会收到良好的效果。我这样说，是从我数十年来从事诗歌之读诵写作与教学之经验中所体会出来的一点认识。先就我个人学诗的经历而言，我之学诗就是从童年时代的吟诵开始的。关于这一段经历，我在三十多年前所写的题为

《从李义山〈嫦娥〉诗谈起》一文中，曾经有所叙述[1]。我当时对古诗中的深意妙解实在并无所知，只是像唱儿歌一样的吟诵而已。我想我那时大概也正像前引丁尼森氏在《走出非洲》一书中所写的土人一样，由于对诗歌的韵律有一种美感的直觉，因此在吟诵中乃自然感到一种欣喜。也就正是在这种并不经意的随口吟诵中，却自然熟悉了诗歌中平仄韵律的配合和变化。所以在我十一岁时，伯父要我写一首诗试试看，我也就随口诌出了一首七言绝句来。这使我又联想到了我的一个侄孙女的故事。当她不过只有一岁多的时候，我弟弟就常教她吟诵一些小诗，两年后有一次我回北京老家，我弟弟就要她背几首诗给我听。她背了好几首诗都背得音调铿锵，颇能掌握诗歌的韵律美，我正在夸奖她时，她却出了一个错误，那是李商隐的一首题为《乐游原》的五言绝句。诗的末两句本是"夕阳无限好，只是近黄昏"[2]，她在背诵时竟把这首诗的末一句与她所背诵的另一首贺知章的《还乡偶书》中的"乡音无改鬓毛衰"[3]的诗句弄混了，因此把李商隐这诗的末两句，背成了"夕阳无限好，只是鬓毛衰"，我弟弟当然立刻就警告她说"背错了"。而我却由她的错误中见到了一种可喜的现象，那还不只是"鬓毛衰"三个字与上一句"夕阳无限好"在情意上也可以相承而已，而是"鬓毛衰"三个字与原诗的"近黄昏"三个字的平仄四声竟然完全相合。

---

[1] 叶嘉莹：《从义山〈嫦娥〉诗谈起》，见《迦陵论诗丛稿》，中华书局1984年版，第65页。

[2] 李商隐：《乐游原》，见《李商隐诗集疏注》，人民文学出版社1985年版，第31页。

[3] 贺知章：《还乡偶书》，见《唐诗三百首》，上海古籍出版社1980年版，第325页。

我以为这种情形就恰好说明了她在背诵中已经自然养成了一种对声调之掌握的能力。而据前面我所引的克利斯特娃之说，则声音的律动正该是诗歌之创作的一种最原始的动力。事实证明，我的小侄孙女在熟于吟诵之后，果然在五岁多的时候自己就萌生了一种作诗的冲动。那是一个中秋的夜晚，她自己忽然说要作一首诗，她母亲就按照她所念的句子写了下来寄给我看，她的诗是"天边树玉月，菊花开满枝。人间过佳节，牛郎织女在天边"。这首诗当然不完美，句子既不整齐，也不押韵，而且在开端与结尾重复了"天边"两个字。但我以为其中也仍有一些可喜的现象，那就是无论五字或七字之句，句中的平仄声律都没有违拗之处，而且从"人间"到"天上"也表现了一种自然感发的意趣，确属"孺子可教"之才。那时她背诗的兴趣极高，每天要求他父亲"再教我背一首诗，再教我背一首诗"。后来去报考一所小学，要在报名表上填写特长，她就要求她母亲为她填写"背诗"。可是这次我再回到老家，却发现情形完全改变了，她再也不热心于背诗了。当学校又要求学生们填写特长时，她也不再填写背诗了，我问她为什么不再填背诗了，她说因为同学们没有人填背诗为特长，她恐怕老师不会承认这是一种特长。她父亲已经去了日本，没有再教她背诗了，而且也有人以为功课多了没时间再背诗了。于是她对诗歌方面的由吟诵而引生的感发和创作的才能，遂被荒废了下来。这种情形与日本之以竞赛游戏鼓励中小学生背诗的情形相对比，实在极可感慨。以上是关于我自己学诗以及我的侄孙女学诗的一些情况。

再就我个人教诗的体验而言，自从我到海外教书以后，因为特殊的环境关系，对于外国的学生们当然难以强迫他们去背诵中国古典的旧诗，此种特殊情况，姑置不论。至于多年前我在台湾各大学任"诗选及习作"之课程时，则确实曾根据课程的要求，为了教学生们习作而强迫他们去背诵所教过的诗歌。因为诗歌乃是不同于口语和散文的另一种语言，如果只靠着所学的平仄韵脚等格律方面的知识去强拼硬凑，而不从吟诵下手去熟悉其声气口吻，那是很不容易作出像样子的好诗的。这种情况，就如同想要学英语的人，如果只学习死板的文法方面的知识，而不肯开口去练习，是决然不会讲出流利的英语一样。不过，我强迫学生们去背诗，却实在并没有收到我所预期的效果。这就正因为我自己乃恰如前文之所言在教学生们背诗的时候，误犯了方法不当的错误。我只是以考试默写的要求来勉强同学们背诵，然而却未曾用吟咏的方式带领同学们养成吟诵的兴趣和习惯。何况到了读大学或研究所的年龄再来学诗歌的吟诵，似嫌为时已晚，因为正如我在前文所言，学习诗歌的语言乃是如同学习另一门外语一样，实地的练习当然重要，而学习的年龄越早，则直感的能力越强。学出来的发音也就越加正确，说出来的话语也就越加流利自然，若等到年龄老大以后再学，则不免事倍功半，要显得困难多了。何况我又根本未曾带领学生们从事过实地的吟诵练习，则我勉强学生背诵之不能收预期之功效，自是可想而知的了。

可是就另一方面而言，则我自己却是从自幼吟诵所培养出来的一个说诗人，因此我在讲课时乃特别重视如孔门诗教所说的"诗可以兴"的活泼丰富的感发和联想。以前我曾自我解嘲地说我这种讲课的方式是喜欢"跑野马",而近来我却为我这种说诗的方式找到了一个西方文论中的批评术语,那就是由瑞士语言学家索绪尔(Ferdinand de Saussure)所提出的"内在文本"(intratextuality)及"外在文本"(extratextuality)发展出来,经过法国解析符号学的女学者克利斯特娃之引申而提出的互为文本(intertextuality)之说。现在此一批评术语已被西方文论所广泛使用,而且已达成了一种共识,那就是任何一种符示作用中,都隐含有多种不同符示系统的换置作用。关于这种换置(transposition),克氏以为其由前一符号系统移换到另一符号系统的作用,乃是透过两种符号系统所共通的一个本能的中介而完成的(the passage to a second via an instinctual intermediary common to the two systems)[1],虽然这种所谓"本能的中介"实在极难加以理性的具体的说明。不过其并不允许加以谬说妄指,而必然含有某些可以相通的基本质素,则是可以断言的。

至于就中国的古典旧诗而言,如何养成这种微妙的感发和辨析的能力,我在二十年前所写的《关于评说中国旧诗的几个问题》一文中,也早已有所讨论,我认为要想在评说旧诗时,既有丰富之感发与联想的自由,而又不致流入于谬论妄说的错误,则"熟读吟诵实在是最直接有效的一种方法"。"因为任何一种语言在被使用时,都必然各有其不同的综合妙用,此种随时随地的变化,决非死板的法则之所能尽。而况诗人落笔为诗之际,其内心之情意与形式之音律交感相生,其间之错综变化,当然较之日常口

---

[1] "Intertextuality"见The Kristev Reader ed. by Toril Moi, (repinted . 1987, Basil Black-well Ltd. Oxford, UK.)p. 112

语有着更多精微的妙用。凡此种种,都非仅凭一些死板的法则所能传授,而唯有熟读吟诵才是学习深入了解旧诗语言的唯一方法。"[1]可是我在当年担任"诗选及习作"之课程时,却并未曾用吟诵的实践训练,来培养出同学们吟诵的兴趣和习惯。因此既未能在习作方面收到预期的效果,而且在诗歌之诠释和评说方面,也未能使学生们透过吟诵来养成如前所言的在感发和联想中辨析精微的能力。当然我的学生们中也不乏才智之士,无论在创作方面,研究方面,或评说方面,都曾有人做出了很好的成绩。这是因为一则有些同学原曾在家庭中从小就养成了吟诵的习惯;再则也有些同学虽未曾养成吟诵的习惯,但却生而具有敏锐的感受之能力;更有些同学则精于思辨的理论之分析,因此在大学中虽不传授吟诵,而只要有足够的知识与理论的学习,一般都可培养出不错的学者型的人物。但我仍不得不承认,我当年在教学时未曾提出吟诵的重要性,是对于诗歌之生命的传承失落了一个重要的环节。这是及今思之也仍然使我深怀愧疚之感的。不过尽管如此,当我近年来返回大陆及台湾去讲授中国旧诗时,却也依然未曾对同学们做过任何吟诵实践的训练。其所以然者,主要盖由于目前无论在大陆或台湾,一般人对于吟诵的传统都已经非常陌生,而我回去教书的期限又为时甚短,如果把教学的重点放在吟诵方面,则一方面对于已不熟悉吟诵之效用与传统的同学们来说,他们必将难以蓦然接受这样一种陌生的训练,再则就另一方面来说,则在极短的时期内也必然不会收到什么良好的效果。何况目前在大学或研究所中的学生,他们所主要考虑的,乃是如何以速成的效率学到一种

---

[1] 葉嘉莹:《迦陵谈诗二集》,台北东大书局1985年版,第69页。

研究的方法，写出一篇像样的论文的问题，而并不是如何去感受和掌握诗歌中之生命的问题。本文之所以提出吟诵的重要性，我的目的也并不在于训练研究生，而是想透过诗歌的吟诵，而使国民能自青少年时代就养成一种富于联想与直感的心灵的品质和能力。下面我就将简单谈一谈自己对这方面的一些粗浅的意见。

首先，我想要提出来一谈的，乃是吟诵之训练应自童幼之年龄开始的问题。因为童幼年之时的记忆力好，而且直感力强，这两点优势当然是人所共知的常识，但一般教育者却似乎并未能对此两点优势善加掌握和利用，当然更未能了解到如何掌握此两点优势来训练儿童们养成吟诵之习惯和兴趣的重要性，现在我就将把自己个人对这方面的一点看法略加陈述。先从记忆力好的一点优势来说，当儿童们自己还没有养成正确的判断力以前，如何引导他们把自己可宝贵的记忆力用在一门可以终身受用的学习上，这实在应是父母师长们的一项重要责任。

不过，记忆力与理解力的发展之间，却存在有一个先后的矛盾，也就是说记忆力好的童幼年时代，其理解力方面却往往有所不足，因此一般人遂经常有一个错误的观念，认为童年时代只能学一些浅近明白的口语化的课文，就如当年我的女儿在台湾初上小学时，她每天所背诵的乃是"来、来、来，来上学，去、去、去，去游戏"以及"见了老师问声早，见了同学问声好"之类的课文，我认为这对儿童们的优势的记忆力实在是一种浪费。一般人总主张应该使儿童先理解，然后才可以要求他们背诵，殊不知这种观念原来并不完全正确，儿童们有时是并不要求理解而就能够背诵的，这对于韵文的背诵更是如此。即如小朋友们在玩橡皮筋时所唱的"小皮球，香蕉梨，满地开花二十一，二五六，二五七，二八二九三十一"之类，他们并不要求理解其中的意义，而却都能郎朗上口地歌诵。如果在这时能教他们背诵一些他们虽不理解而却具含深远之意蕴且能郎朗上口的诗歌，这对他们实在并无困难，而这种背诵却是将使他们终身受用不尽的。最近我偶然读到一册华裔第一位诺贝尔奖得主、著名物理学家杨振宁先生的演讲集，他在一篇标题为《谈谈我的读书经验》的访谈录中，就曾经提出了一种不必先求理解的所谓"渗透性"的学习法，他说："渗透性学习方法就是在学习的时候对学习的内容还不太清楚，但就在这不太清楚的过程中，已经一点一滴地学到了许多东西。"并且说："这种在还不完全懂的情况下，以体会的方法进行学习，是非常重要的学习方法。"[1]我认为杨先生的话实在是极具智慧的对学习方面的深入有得之言。而这也就牵涉到了我在前面说的童幼年时代"直感力强"的问题。一般人对儿童的教学，往往总是偏重于智性的知识的教育，而忽视感性的直觉的教育，再加之现代的急功近利的观念，当然就更认为以感性的直觉来训练儿童们吟诵并不十分理解的旧诗，乃是全然无用的了。殊不知透过诗歌吟诵所可能训练出来的直感和联想的能力，不仅对于学文学的人是一种可贵的能力和资质，即使对于学科学的人而言，也同样是一种可贵的能力和资质。早在1987年，我在沈阳化工学院对一些科学家们的一次谈话中，就曾经谈起过第一流的具有创造性的科学家往往都是具有一种直感与联想之能力的人物，而自童幼

---

[1] 杨振宁：《谈谈我的读书经验》，见《杨振宁演讲集》，南开大学出版社1992年版，第1430页。

年学习诗歌吟诵，无疑是养成此种直感与联想之能力的最好的方式。因为诗歌的感发所可能引生的乃是一种联想的能力，而诗歌的吟诵所可能引生的则是一种直感的能力，如果这种训练能自童幼年的时代开始，则这种联想和直感的能力就能随着学习者的年龄与他的生命之成长密切地结合在一起[1]，因而得到终生受用不尽的好处，这无论对以后从事于文学或科学之研究的人都是有益的。何况在童幼年时代训练他们像唱歌一样的吟诵诗歌，实在乃是并不困难费力的一件事，如果等到年龄已经长大，记忆力和直感力都已减退了以后才开始学习，则纵然付上几倍的努力也难以收到预期的效果了。

其次，我想要提出来一谈的，则是不可以使诗歌之吟诵流为乐曲之歌唱的问题。关于这一点，西方论及诗歌读诵时也有类似的看法。即如我们在前面所曾引用过的肯奈迪之《诗歌概论》一书，在论及"诗歌之朗声诵读与聆听"（Reading and Hearing Poems Aloud）一节中，就也曾提出过诗歌之诵读"不可落入为歌唱"（don't lapse into singsong）的话。肯氏以为诗歌可能有一种固定的音律节奏（a definite swing），但却决不可以因过分夸张这种节奏而忽略了读诵的感受（but swing should never be exaggerated

---

[1] 今春访问兰州大学，牛龙菲先生以其《有关"音乐神童"和"儿童早期音乐教育"的初步理论探索》一文之手稿见示，其中曾论及音乐之教化作用，以为"在儿童各阶段的心理发育过程中，'文而化之，或者'乐而化之'的刺激信息，还将作用于儿童的生理教育（不仅作用于心理教育），并内化于儿童的生理结构之中。"私意以为"吟诵"当亦属于"文而化之"与"乐而化之"的范围之内。

at the cost of sense)[1]。我认为肯氏的话极有道理,因为吟诵实在应该乃是读诵者以自己的感受用声音对诗歌所做出的一种诠释,每个人的感受不同,所做出的诠释自然也应该有所不同,如果将之制定为一个固定的曲调,则势必形成为对个人之感受的一种限制和扼杀,所以诗歌吟诵之决不可流为唱歌,可以说乃是诗歌吟诵中的一项极为重要的基本原则。而且我以为此一原则对中国古典诗歌之吟诵而言,似较之对西洋诗歌之吟诵尤为重要。因为一般说来西洋诗歌之读诵往往有一种表演之性质,即如李查波顿及劳伦斯奥立佛之朗诵莎翁的剧本,就是这种诵读方式的一个很好的例证。而中国古典诗歌之吟诵则不仅不可流为歌唱,并且也不应成为一种表演。西方诗歌的诵读似乎本来就含有一种读给听众聆听的目的(中国白话诗的朗诵会便应属于此种诵读的方式),可是中国古典诗歌的吟诵则似乎只是为了传达一种自我的体味,和享受一种自我的愉悦。虽然如果有知己的友人在身旁也可以互相聆听和欣赏,但却决不可含有任何表演之性质,因此中国古典诗歌之吟诵实在应该乃是一种更重视个人直感的心灵活动的外观,其所重视的乃是人之体会。吟诵之目的不是为了吟给别人听,而是为了使自己的心灵与作品中诗人的心灵能借着吟诵的音声达到一种更为深微密切的交流和感应。《文心雕龙》的《声律》篇就曾经写有"声画妍蚩,寄在吟咏。吟咏滋味,流于字句"的话[2],可见"吟咏"乃是传达诗中"滋

---

[1] X. J. Kennedy, An Introduction to Poetry(Harper Collins Publishers, 1990, 7th ed.)p. 141
[2] 刘勰:《文心雕龙·声律》,第542—543页,台北明伦书局1970年版。

味"的一个重要媒介。而且也正因为吟咏具含此种作用，所以在中国文化传统中乃衍生出了一系列包含有"吟"或"咏"之字样的语汇，用以指说对一切事物的欣赏和品味。即如《宣和画谱》就曾记载说，画师乐士宣晚年工于水墨画，"士大夫见之，莫不赏咏"[1]。姜夔的《清波引》词序也曾说"沧浪之烟雨，鹦鹉之草树……胜友二三，极意吟赏"[2]。乐士宣的画并非文字，当然不可能发为吟咏之声，姜夔所写的"烟雨""草树"更非文字，当然也不能供人吟咏，然而他们却用了"赏咏"和"吟赏"等字样来写他们对于图画和景物的玩味和欣赏，这种字汇的衍生，就足以说明"吟咏"的主要作用，原在于表达一种心灵中的体悟和感受。而这种体悟和感受则是极为个人化的一件事，不仅此人之体悟感受与彼人之体悟感受一定有所不同，即使是同一个人此一时之体悟感受与彼一时之体悟感受，也并不可能完全相同。在前文中我曾提出过吟诵乃是"以自己的感受用声音来对诗歌所做出的一种诠释"之说，而如果按照诠释学之理论来看，则不仅每个人的诠释都是出于自我仍复归于自我的一种诠释的循环(hermeneutic circle)，而且每个人阅读诠释的水平(reading horizon)也时刻在变化之中。一个人此一时的吟诵与另一时的吟诵并不可能完全相同，纵然基本的平仄声律之音调不变，但每个字在吟诵时的高低缓急的掌握，却实在并不能也不必如唱歌时之遵守乐谱的一成不变。因此不应把诗歌的吟咏落入到固定的乐谱之中，这种道理也就从而可知了。

---

[1] 《宣和画谱》卷一九，上海人民美术出版社1962年版，第243页。
[2] 姜夔：《清波引·序》，见《姜白石词编年笺校》，上海古籍出版社1981年版，第11页。

以上，我们对于吟诵教学的具体实践，既已提出了应自童幼年开始及不可流为歌唱的两点建议，那么我们究竟应该如何实践训练呢?关于此一问题，我的意思是最好从幼儿园的中班开始，就增入一个寓教学于游戏的诗歌唱诵的教学项目，在此一教学项目中教师可以选择一些篇幅短小文字易解的作品如李白的《静夜思》（床前明月光），孟浩然的《春晓》（春眠不觉晓）等众所习见的诗篇，教儿童们随意唱咏。这种唱咏不必像教学生们唱歌一样要求他们有正确的音阶和乐律，只不过在唱咏时应掌握住二个重点，那就是诗歌的节奏顿挫与平仄押韵所形成的一种律动感。下面我们就将对此种律动感之形成的因素与重点略加叙述。

　　先谈节奏的问题，如前文所言，四言之节奏以二、二之顿挫为主，五言之节奏以二、三之顿挫为主，七言之节奏以四、三之顿挫为主。以上所言，只是最简单的基本句式之分别。如果要按吟咏的节奏来划分，则中国古典诗之顿挫实当以每两个字为一个单位，也就是说五言诗之二、三的顿挫，又可细分为二、二、一之顿挫，而七言诗之四、三的顿挫，又可细分为二、二、二、一之顿挫。在吟咏时，凡是顿挫之处都不可与下一字连读，至于不连读的顿挫之表示，则又可分别为两种情况，一种是略作停顿，另一种则是加以拖长。即如五言诗之第二字，七言诗之第二字和第四字，便都是在吟咏时应该加以拖长或略作停顿的所在。至于五言诗之第四字及七言诗之第六字，则可视情况之不同或与后一字连读，或不连读而加以停顿或拖长。而与此种顿挫相对的则是五言诗之第一字及第三字，与七言诗第一字、第三字及第五字，即必须与下一字连读，而决不可任意停顿或拖长。以上是诗歌吟咏中在节奏顿挫方面所当掌握的几个重点。再谈平仄押韵方面的掌握，在这方面因为牵涉到古体与近体的区分，所以我们就不得不先对近体诗的声律略加叙述。近体诗虽然有五言律、绝与七言律、绝等各种不同的体式，但在平仄方面却可以归纳出一个基本的原则，那就是平仄两个声调的间隔与呼应。如果我们用"—"的符号代表平声，用"｜"的符号表示仄声，那么，我们就可以把近体诗的声律归纳为两个基本的形式。第一类形式我们可以写为：

$$— — — | |$$
$$| | | — —$$ （A式）

第二类形式我们可以写为：

$$| | — — |$$
$$— — | | —$$ （B式）

我们可以称第一类为A式，第二类为B式。如果按节奏顿挫之处来划分平仄，我们就可见到若以一句为单位，则在此单位中之第二字与第四字之平仄恰好相反。而若以两句一联为单位，则上句之第二字及第四字，又与下句之第二字及第四字之平仄也恰好相反，如此自然就形成了一种极具规律的间隔和呼应。

至于七言诗句的平仄格式，则只要在五言诗之格式上，每句各加两个字就可以了。至其增字之原则，则仍以保持此种间隔与呼应之基本声律为准，由此遂成了下面两种七言句的声律之基式。第一类形式我们可以写为：

︱︱— — —︱︱
— —︱︱︱— —　（C式）

这是以平起的五言句A式为基式，在首句开端的两个平声字之前增加了两个仄声字，而在次句开端的两个仄声字之前，增加了两个平声字。此一格式我们可以称为C式。还有第二类形式我们可以写为：

— —︱︱— —︱
︱︱— —︱︱—　（D式）

这是以仄起的五言句B式为基式，在首句开端的两个仄声字之前增加了两个平声字，而在次句开端之前增加了两个仄声字，此一格式我们可以称为D式。

当我们对五言与七言的近体诗之声律有了以上的基本认识以后，我们就可以依类推知五言四句的绝句，其基本格式乃是AB的连接或BA的连接。AB的连接格式如下：

— — —︱︱
︱︱︱— —　}（A式）

$$\left.\begin{array}{l}|\ |\ —\ —\ |\\ —\ —\ |\ |\ —\end{array}\right\}（B式）$$

此一格式我们称为五言绝句的平起式，因为第一句之第一个节奏停顿之处（也就是第一句的第二个字）是平声字。至于BA的连接形式则是：

$$\left.\begin{array}{l}|\ |\ —\ —\ |\\ —\ —\ |\ |\ —\end{array}\right\}（B式）$$

$$\left.\begin{array}{l}—\ —\ —\ |\ |\\ |\ |\ |\ —\ —\end{array}\right\}（A式）$$

同理我们就称此一格式为五言绝句的仄起式。至于七言绝句的基本格式，则是CD二式的连接或DC二式的连接。CD的连接为七言绝句的仄起式，而DC的连接则为七言绝句的平起式。至于八句的律诗，则只须将绝句的形式再加一次重复就可以了。如ABAB就是五律的平起式，BABA就是五律的仄起式。依此类推，CDCD就是七律的仄起式，DCDC就是七律的平起式。

以上我们简单地介绍了五、七言近体律绝的一些声律的基本格式。不过我的目的却并不在介绍诗歌之体式，我的目的只是想透过声律使大家能够认识中国近体诗中由于平仄之间隔连用以及前后相呼应所形成的一种声音的律动感，如此则当我们在吟咏时，自然就知道如何掌握和传达此种声律之美了。此外若再就押韵而言，近体诗一般都以押平声韵为主，平声字则一般都宜于拖长声调来吟诵，因此押平声韵的近体律绝，在吟咏时乃自然容易形成一种咏叹的意味。不过，若详细加以区分，则律诗与绝句的吟咏又不全同，绝句较短，吟诵时在抑扬起伏的唱叹中，仍有一种流畅贯注的神味。可是律诗则不仅句数增加了一倍，而且中间四句又是两两相对的两个对句，而对于骈偶的对句，则在吟诵间一般总要表现出与骈对之开合相应的声吻，如此遂在吟咏时较之绝句的流畅贯注更多了一种呼应顿挫之致。除此以外，还有一点也应提到的，就是近体诗虽以双数句押韵为主，首句不必然要押韵，不过首句也可以押韵，七言近体首句押韵者较之五言为多，如此则七言C式之首句，遂将成为5544554的格式，而七言D式之首句则将成4455544的格式(五言式只要减去首二字即可)。如果既是七言近体，而且首句又押韵，如此则较之五言近体既多了一个节奏顿挫，又多了一个韵字的呼应，当然吟诵起来也就更富于抑扬唱叹之感了。

　　最后我们还要一谈古体诗之吟诵。古体诗就字数而言，基本上可以有四言、五言、七言，以及虽以七言为主但却杂以五言的五七杂言，或杂以三言的三、五、七杂言，抑或更有杂以四、六、八言等变化多样的杂言之体式。而就声律言则古诗本无平仄固定之声律，不过自唐代近体诗流行以后，古诗亦有杂用律句者(王力所撰·《汉语诗律学》一书对于古诗入律与不入律的各种平仄句式曾有详细之讨论可以参看)[1]。本文之主旨既不在讨论诗之格式，因此对这方面不拟详论。至于以吟诵言，则不论古体中杂用律句与否，都不可以用吟诵近体诗之方式来吟诵。因为如本文在前面论近体声律时之所言，近体律绝在平仄声律方面有一种极具规律的间隔和呼应，因此在吟诵时自有其声律之连续性与一贯性。至于古体诗，则有时虽亦杂用律句，但却因其不能由始至终形成一贯的间隔呼应之律动，所以乃决然无法用吟诵近体诗之方式来吟诵。一般而言，近体诗之吟诵因为有声律故易于形成一种咏唱的味道，也就是说虽是吟咏，但因其声调之抑扬乃颇近于唱。而古体诗之吟诵则因为没有抑扬的声律之缘故，因此古体诗之吟诵乃颇近于咏读的味道，也就是说虽是吟诵但声调较为平直，是一种诵读的声吻，而不是唱叹的声吻。而且七言诗的吟诵与五言诗的吟诵方式也不尽同，因为七言诗每篇的字数句数既往往都较五言诗为长，而且在形式上还可以有杂言或杂用律句等许多变化，因此如以七言诗与五言诗相比较，则五言诗之吟诵以宜于用平直叙说之口吻诵读者为多，而七言诗之吟诵则可以因其有形式上之字数句数与声律及换韵或不换韵的多种变化，因此其吟诵的方式自然也就有了多种不同。或者可以用高扬激促之声调以传达一种气势之感，如李白写的一些七言古诗便适于用此种方式来吟诵。或者因其杂用律句而且经常换韵，因此在吟诵时便可以回环往复地传达出一种回荡之感，如白居易写的一些七言歌行便适于用此种方式来吟诵。

---

[1] 王力：《汉语诗律学》，上海教育出版社1963年版，第380—417页。

以上，我们虽然对各体诗之声律及形式方面的特色，以及配合着这些特色在吟诵时所当掌握的一些重点都做了简单说明，但这其实都不过只是纸上谈兵而已。至于真正在吟诵的实践中，则可能因作品之各有不同及吟者的各有不同而在实践中产生出无穷的变化。因为即使是同一格律的诗篇，同为平声字还可以有阴阳之不同，而仄声字更可以有上去入之不同。何况即使是同一声调的字，其发声还可以有开合宏细之不同。至于以诗篇之内容情意而言，则当然更是千差万别，古往今来决不会有任何两首全然相同的作品。任何吟诵者的阅读背景、修养水平、年龄长幼、性别男女、音色高低，也决不可能有任何两个相同的人物。如此，则由吟诵者透过声音对诗篇所做出的诠释，当然不可能制定为一种固定的如乐谱一样的死板的法则来提供给大家去遵守。因此本文所能提供的，遂只是诗歌在形式方面所应认识的一些最基本的格式，和在吟诵方面所当注意的一些最基本的常识而已。至于真正想要重振中国诗歌的吟诵之传统，则私意以为最好的方法就是付诸实践，也就是从童幼年开始就以吟唱的方式诱导孩子们养成吟诵的爱好和习惯。因为吟诵乃是一种实践的艺术，而不是可以从理性去学习的一种知识。即以我个人为例而言，我虽然在前文中举引了不少有关吟诵时所当掌握的韵律方面的重要法则，但事实上我在幼年学习吟诵的过程中，对于这些法则却原来并一无所知。我只是因为常听到我伯父和父亲的吟诵，因此在全然无意于学习的自然熏习中，学会了吟诵。而且事实上他们二人吟诵的声调并不相同，我自己吟诵的声调与他们二人也并不相同，不过我却确实从声音的直感中掌握了韵律的重点，毫不费力地学会了吟诗，而完全未曾假借于任何有关韵律的智性的知识。可见如果从童幼年开始吟诵的训练，乃是全然不会令孩子们感到任何困难的，而经由吟诵所培养出来的如我在前文所提到的联想与直感之能力，则将使他们无论以后学文或学理，为学与做人各方面都将受用不尽。（据今日"知识生态学"之研究，以为音乐性知识之学习，对儿童身心之成长有密切之关系，不过我对这方面所知不多，不敢妄加征引。）

最后还有一个重要的问题有待解决，那就是如何培养孩子们吟诵的师资之问题。如我在前文所言，吟诵既是要由口耳相传的一种艺术，因此最好的学习方式应该就是聆听别人的吟诵。这在今日录音与录像之科技设备已极为普及的现代社会中，应该也并非难事，因为吟诵之传统虽然已经日渐消亡，但是会吟诵的人则毕竟犹有存者，所以如何将他们的吟诵录为音像来加以推广，实在应是想要振兴吟诵之传统的一个十分可行的办法。而且据我所知，大陆及台湾近年来也都曾录制过一些吟诗的音带，不过这些吟诵的音带，却并未能对重振吟诵之传统一事产生任何重要的影响。那便因为广大的社会人士对于如我们前文所言的吟诵之价值与意义并没有丝毫的认知，因此即使有吟诗的音带出版，也不过是仅在少数对吟诵感兴趣的人之间流传而已，所以私意以为此事还有待于社会上有心人士加以推广。最近我在8月11日《世界日报》的"文化集锦"栏目中，看到一则消息，标题是"中华诗词吟诵会在闽南安举行"，报道说这次汇集了大陆各地吟诵的人士，将以流动的方式依次在南安、泉州和厦门三市县进行，并且说

"中华诗词是中国传统民族文化的瑰宝,而诗词的吟诵艺术又是表现诗词韵致的重要方式"。我衷心希望这一类活动能引起社会上普遍的关心和重视,尤其希望中小学的教师们,或者目前正在师范学校肄业以后将从事中小学教育的青年们,能够首先学会吟诵,如此则自然可以在教学中以口耳相传的吟唱方式,使吟诵的传统能在下一代学童中扎下根来。如果更能像日本的"百人一首"一样,为学童们举办吟诵的竞赛游戏,则吟诵一事便自然能在学童间引起普遍的兴趣。而这种兴趣的养成,我以为无论是对学文或学理的人而言,在以后的学习中都会有相当的助益。以上所言,在今日竞相追逐物欲享受的现代人看来,自不免有不合时宜之讥。不过眼见一种宝贵的文化传统之日渐消亡,作为一个深知其价值与意义的人,总不免有一种难言之痛。古人有言"知其不可为而为之",我之所以不避不合时宜之讥,不辞辛苦地写了这一篇二万八千余字的长文,盖亦不过出于"知其不可为而为之"的不忍见其消亡之一念而已。

1992年5月1日初稿于天津南开大学
1992年9月13日定稿于哈佛燕京图书馆

论词学中之困惑与《花间》词之女性叙写及其影响

（一）

"词"这种文学体式，自唐、五代开始盛行以来，以迄于今盖已有一千数百年之久。在此漫长之期间内，虽然"江山代有才人出"，曾在创作方面为我们留下了无数多姿多彩而且风格各异的作品，但在如何评定词之意义与价值的词学方面，则自北宋以迄今日却似乎一直未能为之建立起一个完整的理论体系。虽然在零篇断简的笔记和词话中，也不乏精微深入的体会和见解，然而却因为缺乏逻辑性的理论依据，因此遂在词学的发展中为后人留下了无数困惑和争议。至其困惑之由来，则主要乃是由于早期词作之内容既多以叙写美女与爱情为主，而此种伤春怨别的男女之情，则显然不合于传统诗文的言志与载道之标准，在此种情况下，自然使得一般习惯于言志与载道之批评标准的士大夫们，对于如何衡量这种艳歌小词，以及是否应写作此类艳歌小词，都产生了不少困惑。即如魏泰在其《东轩笔录》中，即曾载云："王安国性亮直，嫉恶太甚。王荆公初为参知政事，间日因阅读元献公（晏殊）小词而笑曰：'为宰相而作小词可乎？'平甫（王安国字）曰：'彼亦偶然自喜而为耳，顾其事业岂止如是耶？'时吕惠卿为馆职，亦在座，遽曰：'为政必先放郑声，况自为之乎？'平甫正色曰：'放郑声，不若远佞人也。'吕大以为议己，自是尤与平甫相失也。"[1]从这段记载来看，小词之被目为淫靡之"郑声"，且引起困惑与争议之情况，固已可慨见一斑。于是在此种困惑中，遂又形成了为写作此种小词而辩护的几种不同的方式，如胡仔在其《苕溪渔隐丛话·前集》即曾载云："晏叔原（几道）见蒲传正云：'先公（晏殊）平日小词虽多，未尝作妇人语也。'传正云：'"绿杨芳草长亭路，年少抛人容易去"，岂非妇人语乎？'晏曰：'公谓"年少"为何语？'传正曰：'岂不谓其所欢乎？'晏曰：'因公之言，遂晓乐天诗两句云："欲留年少待富贵，富贵不来年少去"。'传正笑而悟。"[2]这是将词中语句加以比附，而推衍为他义的一种辩护方式。又如张舜民在其《画墁录》中，曾载云："柳三变既以词忤仁庙，吏部不敢改官。三变不能堪，诣政府。晏公（殊）曰：'贤俊作曲子么？'三变曰：'只如相公亦作曲子。'公曰：'殊虽作曲子，不曾道"针线闲拈伴伊坐"。'柳遂退。"[3]这是将词句分别为雅正与淫靡二种不同之风格，而以雅正自许的一种辩护方式。再如释惠洪在其《冷斋夜话》中，曾载云："法云秀关西铁面严冷，能以理折人。鲁直（黄庭坚）名重天下，诗词一出，人争传之。师尝谓鲁直曰：'诗多作无害，艳歌小词可罢之。'鲁直笑曰：'空中语

---

[1] 魏泰《东轩笔录》卷五，见《笔记小说大观》第二十八编，册一，台北新兴书局1979年版，第337页。
[2] 胡仔《苕溪渔隐丛话·前集》卷二十六，人民文学出版社1962年版，第178页。
[3] 张舜民《画墁录》，引自许士鸾《宋艳》卷五，见《笔记小说大观》册六，台北新兴书局1979年版，第6203页。

耳。非杀非偷，终不至坐此堕恶道。'"[1]这是以词中语句为"空中语"而强为自解的一种辩护方式。这几段话，从表面看来原不过只是宋人笔记中所记叙的一些琐事见闻而已，而且其辩解既全无理论可言，除了显示出在困惑中的一种强词夺理的辩说以外，根本不足以称之为什么"词学"，但毫无疑问的，中国的词学却也正是从这种困惑与争议中发展起来的。即以我们在前面所引用的这几则笔记而言，其中就也已然显露出了后世词学所可能发展之趋向的一些重要端倪。

我们先从前面所举引的《苕溪渔隐丛话》中的一则记叙来看，蒲传正所提出的"绿杨芳草长亭路，年少抛人容易去"二句词中的"年少"两字，就其上下文来看，其所指自应是在"长亭路"送别之地，"抛人"而"去"的"年少"的情郎，这种意思本是明白可见的，可是晏几道却引用了白居易之"富贵不来年少去"二句诗中的"年少"，从文字表面上的相同，而把"年少"情郎之"年少"，比附为"年少"光阴之"年少"，其为牵强附会之说，自不待言。至于晏几道之所以要用这种比附的说法来为他父亲晏殊所写的小词做辩护，主要当然乃是由于如我们在前面举引《东轩笔录》时所提出的当时士大夫之观念，认为做宰相之晏殊不该写作这一类淫靡之"郑声"的缘故。而谁知这种强辩之言，却竟然为后世之词学家之欲以比兴寄托说词者，开启了一条极为方便的途径。清代常州词派的张惠言，可以说就是以此种方式说词的一个集大成的人物。而此种说词方式一方面虽不免有牵强比附之

---

[1] 释惠洪《冷斋夜话》卷十，见《笔记小说大观》，第二十二编，册一，台北新兴书局1979年版，第642页。

弊，可是另一方面却有时也果然可以探触到小词中一种幽微深隐的意蕴，因此如何判断此种说词方式之利弊，自然就成了词学中之一项重大的问题。其次，我们再看前面所举引的《画墁录》中的一则记叙。关于晏殊与柳永词的"雅""俗"之别，前人可以说是早有定论，即如王灼在其《碧鸡漫志》中，即曾称美晏词，谓其"风流蕴藉，一时莫及，而温润秀洁亦无其比。"又曾批评柳词，谓其"浅近卑俗，自成一体……予尝以比都下富儿，虽脱村野，而声态可憎。"[1]可见词是确有雅俗之别的，于是南宋的词学家张炎遂倡言"清空骚雅"[2]，提出了重视"雅词"的说法。而一意以"雅"为标榜的词论，至清代浙派词人之末流，乃又不免往往流入于浮薄空疏，于是晚清之王国维乃又提出了"词之雅郑，在神不在貌"[3]之说，因此如何判断和衡量词之雅郑优劣，自然也就成为词学中之一项重大问题。

最后，我们再看前面所举引的《冷斋夜话》中的一则记叙，黄山谷所提出的"空中语"之说，虽然只是为了替自己写作小词所做的强辩之言，但这种说法却实在一方面既显示了早期的小词之所以不同于"言志"之诗的一种特殊性质，另一方面也显示了早期的士大夫们当其写作小词时，在摆脱了"言志"之用心以后的一种轻松解放的感情心态。

---

[1] 王灼《碧鸡漫志》卷二，第1及2页，见《词话丛编》册一，台北广文书局1967年版，第32及34页。

[2] 张炎《词源》卷下，见《词话丛编》册一，台北广文书局1967年版，第208页。

[3] 徐调孚《校注人间词话》，香港中华书局1961年版，第19页。

不过，词在演进中并不能长久停留在早期的小词的阶段，因此我在1987年所写的《对传统词学与王国维词论在西方理论之观照中的反思》一篇长文中，遂曾尝试把词之演进分为了"歌辞之词""诗化之词"与"赋化之词"三个不同的阶段。[1] 早期的小词，原是文士们为当日所流行的乐曲而填写的供歌唱的歌辞，这一类"歌辞之词"，作者在写作时既本无"言志"之用心，因此黄山谷乃称之为"空中语"，这原是可以理解的。不过，如我在《传统词学》一文中所言，这类本无"言志"之用心的作品，有时却反而因作者的轻松解放的写作心态，而于无意中流露了作者潜意识中的某种深微幽隐的心灵之本质，而因此也就形成了小词中之佳作的一种要眇深微的特美。其后这类歌辞之词既逐渐"诗化"和"赋化"，作者遂不仅在作词时有了抒情言志的用心，而且还逐渐有了安排和勾勒的反思，那么在这种演进之中，后期的"诗化"与"赋化"之词，是否仍应保持早期"歌辞之词"的特美？以及对"空中语"所形成的词之特质与特美，究竟应该怎样加以理解和衡量？这些当然也都是词学中的一些重大问题。透过上面的叙述，我们已可清楚地看到一个有趣的现象，那就是中国早期的词学原是由于当日士大夫们对此种文体之困惑而在强辞辩解之说中发展起来的。这种现象之形成，私意以为主要盖皆由于早期之小词乃大多属于艳歌之性质，而中国的士大夫们则因长久被拘束于伦理道德的限制之中，因此遂一直无人敢于正式面对小词中所叙写的美女与爱情之内容，对其意义与价值做出正面的肯定性的探讨，这实在应该是使得中国之词学，从一开始就在困惑与争议中被陷

---

[1] 葉嘉瑩《中国词学的现代观》，岳麓书社1990年版，第5—8页。

入了扭曲的强辩之说中的一个主要的原因。

而也就在早期的艳歌小词使士大夫们都陷入了困惑与争议之中的时候，中国词坛上遂出现了一位以其天才及襟抱大力改变了小词之为艳歌的作者，那就是"一洗绮罗香泽之态""使人登高望远""指出向上一路，新天下耳目"[1]的作者苏轼。但苏词的出现，却不仅未曾解开旧有的困惑和争议，而且反而更增添了另一种新的争议和困惑。即如陈师道在其《后山诗话》中，即曾云"退之以文为诗，子瞻以诗为词。如教坊雷大使之舞，虽极天下之工，要非本色，"[2]胡仔在其《苕溪渔隐丛话·后集》中，也曾引有一段李清照词论中评苏词的话，说苏词乃是"句读不葺之诗耳"，而词则"别是一家"[3]，于是在苏词的向诗靠拢，与李清照之向诗宣告背离之间，遂使中国之词学更增加了另一重新的困惑和争议，而且事实上苏氏在创作方面所做出的开拓，与李氏在词论方面所做出的反思，对于早期之词在艳歌时代为这种文体所树立的宗风，以及这种宗风所形成的特殊的美学品质，也都未能有明确的体会和认知。而也就正因其无论是在词之创作方面，或词之评说方面，都未能从理论方面来解答词之美学特质的根本问题，因此遂使得婉约与豪放的正变之争，以及婉约中的雅郑之

---

[1] 见王灼《碧鸡漫志》，台北广文书局1967年版，第35页。及胡寅《酒边词·序》，味闲轩藏版汲古阁校选《宋六十名家词》第二集，第五册，第2页。

[2] 陈师道：《后山诗话》，见《笔记小说大观》（第九编，册六），台北新兴书局1979年版，第3671—3672页。

[3] 胡仔：《苕溪渔隐丛话·后集》（卷三十三），人民文学出版社1962年版，第254页。

争，与豪放中之沉雄与叫嚣之别等种种问题，遂一直成为了词学中长久难以论定的困惑和争议。于是在这种种困惑与争议之中，遂又有人想把合乐而歌的小词比附于古代的诗、骚和乐府。王灼在其《碧鸡漫志》中，即曾云："古歌变为古乐府，古乐府变为今曲子，其本一也。"[1]王炎在其《双溪诗馀·自序》中，也曾云："古诗自《风》、《雅》以降，汉魏间乃有乐府，而曲居一，今之长短句盖乐府之苗裔也。"[2]胡寅在其《题酒边词》一篇序中，也曾云："词曲者，古乐府之末造也。古乐府者，诗之傍行也。诗出于《离骚》《楚辞》，而《离骚》者，变风变雅之怨而迫，哀而伤者也。"[3]而《诗》之变风变雅及《离骚》《楚辞》等作品，既都可以有比兴寄托之意，于是中国的词学遂又从溯源与尊体的观念中更发展出了一套比兴寄托之说。这种说法的形成，本来也同样是出于对词之被目为艳歌而受到轻视的一种反弹，与本文前面所举引的宋人笔记中那些强辩之说，同不免于有牵强比附之处。不过，对美女与爱情的叙写，既在诗骚中原曾有比兴寄托之传统，而且词之发展到了南宋的时代，在一些咏物之作中也确实有了比与喻的用意，因此到了清代常州词派张惠言等人的出现，其所倡导的以比兴寄托来说词的风气，乃开始盛行一时。于是自此以后遂又引起了如何判断其所说之是否为牵强附会的另一场困惑和争议。到了晚清另一位词

---

[1] 王灼：《碧鸡漫志》，台北广文书局1967年版，第1页。

[2] 王炎：《双溪诗馀·自序》，见《宋元三十一家词》，册三，第1页，光绪十九年王鹏运四印斋汇刻本。

[3] 胡寅：《酒边词·序》，见味闲轩藏版汲古阁校选《宋六十名家词》。

学家王国维的出现，乃直指张惠言之说为"深文罗织"[1]，于是王氏自己遂又提出了其著名的"境界"之说，但王氏对其所标举的"境界"一词之义界，却也仍然未能做出明确的理论说明，于是遂又引起了近人的更多的困惑和争议。对于一种已经流行了有一千数百年以上之久，而且其间曾经名家辈出的重要文类，我们却竟然至今日仍然陷入在困惑与争议中，而不能对如何衡定此种文类的意义与价值做出溯源推流的理论性的说明，这实在不能不说是一项亟待我们做出反思和检讨的重要问题。

关于中国的词学之所以从一开始就陷入了困惑与争议之中的主要原因，私意以为实在乃是由于在中国的文学批评传统中，过于强大的诗学理论妨碍了词学评论之建立的缘故。如我在数年前所写的《传统词学》一篇论文之所言，"所谓'词'者，原来本只是在隋唐间所兴起的一种伴随着当时流行之乐曲以供歌唱的歌辞。因此当士大夫们开始着手为这些流行的曲调填写歌辞时，在其意识中原来并没有要藉之以抒写自己之情志的用心，这对于诗学传统而言，当然已经是一种重大的突破，而且根据《花间集·序》的记载，这些所谓'诗客曲子词'，原只是一些'绮筵公子'在'叶叶花笺'上写下来，交给那些'绣幌佳人'们'举纤纤之玉手拍按香檀'去演唱的歌辞而已。因此其内容所写乃大多以美女与爱情为主，可以说是完全脱除了伦理政教之约束的一种作品，这对于诗学传统而言，当然更是另一种重大突破。"[2]因此要想真正衡定词这种文类本身的意义与价值，我们自不能忽视《花间集》

1　《校注人间词话》，香港中华书局1961年版，第58页。
2　叶嘉莹：《中国词学的现代观》，岳麓书社1990年版，第4—5页。

中对于美女与爱情之叙写,所形成的词在美学方面的一种特殊的品质,以及此种特殊的品质在以后词之演进和发展中,所造成的一种特殊的影响。关于《花间集》之重要性,早在陈振孙之《直斋书录解题》中,已曾称其为"近世倚声填词之祖"[1]。近人赵尊岳,在其《词籍提要》中也曾谓"盖论词学者,胥不得不溯其渊源,渊源实惟唐五代,当时词人别集莫可罗致,则论唐五代词者,舍兹莫属"[2]。

虽然早在《花间集》编订以前,自隋唐间宴乐之开始流行,社会上原已出现过两类配合这种乐曲而创作的歌辞:一类是市井间传唱的俗词,如后世敦煌石窟中所发现的曲子词可以为代表;另一类则是当时文士对这种新文体的尝试之作,如刘禹锡、白居易诸诗人所写作的《忆江南》《长相思》等作品可以为代表。只不过前一类的曲子既未经编订流传,且又过于俚俗,因而遂未曾引起当时文人学者的重视;至于后一类刘、白等诗人之作,则又因其与诗之风格过于相近,并不足以为"词"这种新兴的文学体式,树立起什么特定的宗风。因此乃必待《花间集》之出现,这种新兴的文学体式,才开始形成了自己所特有的一种品质和风貌,而且在五代以迄宋初的词坛上,造成了风靡一时的极大影响,甚至当词之演进已经"诗化"和"赋化"以后,这种由早期《花间集》中的歌辞之词形成的一种美学方面的特质,在那些风格已经完全不同的作品中,也仍然有着潜隐的存在。因此要想厘清中国词学中的

---

[1] 陈振孙:《直斋书录解题》(卷二十一),长沙商务印书馆1939年版,第581页。

[2] 赵尊岳:《词籍提要》,见《词学季刊》(第三卷,第三号),台北学生书局1967影印本,第55页。

困惑和争议，我们所首先必须面对的，实在应该就是花间词究竟含有怎样一种美学特质的问题。如我们在前文之所言，这一册词集中所收的作品，原来只是"绮筵公子"为"绣幌佳人"所写作的香艳的歌辞，其内容既多以叙写美女与爱情为主，因此其所形成的美学特质，当然就必然与其所叙写之内容，有着密切的关系，而对美女与爱情的叙写，则无论是在道德传统或是在诗歌传统中，却一贯是被士大夫们所鄙薄和轻视的对象。所以也就正当这种特殊的美学特质形成期，这种美学特质却在意识观念上，立即就受到了士大夫们的否定的裁决，因此遂将这一类以叙写美女与爱情为主的小词，目之为"艳歌""末技"，讥之为"淫靡""郑声"。

然而有趣的则是，尽管这些士大夫们在意识观念上将这一类"艳歌"的小词，予以了否定的裁决，可是他们却又敌不过这一类小词的"美"的吸引，而纷纷加入了写作的行列，直到南宋的陆游，在他写作小词时仍存有这种矛盾的心理，因此他在《渭南文集》的《长短句序》一文中，就曾经自叙说："乃有倚声制词，起于唐之季世。……予少时，汩于世俗，颇有所为，晚而悔之。……今绝笔已数年，念旧作终不可掩，因书其旨，以识吾过。"[1] 这种矛盾的心理，在当时不仅存在于作者之中，就连宋代著名的词学家王灼，在其专门论词的《碧鸡漫志》一书的序文中，就也曾自叙说："乙丑冬，予客寄成都之碧鸡坊妙胜院，自夏涉秋。与王和先、张齐望所居甚近，皆有声妓，日置酒相乐，予亦往来两家不厌也。"他所写的《碧鸡漫志》五卷，就都是当时饮宴听歌后所写的有关

---

[1] 陆游：《渭南文集》（卷14），见《陆放翁全集》册1，上海商务印书馆国学基本丛书本1933年版，页34。

歌曲的见闻考证。而当他二十年后要将所写的这五卷《碧鸡漫志》付之刊印时，却忽然自我忏悔说："顾将老矣，方悔少年之非，游心淡泊，成此亦安用？但一时醉墨，未忍焚弃耳。"[1]这与陆游自序其词所表现的既曾经耽溺，又表现忏悔，而又终于付之刊印的矛盾心理，简直如出一辙。那么，又究竟是由于什么样的因素，才使得这些艳歌小词具有如此强大的吸引力，竟使得当日的士大夫们乃甘冒礼教之大不韪，虽在极强烈的矛盾和忏悔中，也终于投向了对这类小词之创作与评赏呢？关于此一问题，我们所可能想到的最简单且最明显的答案，大约可归纳为以下两点：其一可能是由于小词所配合来歌唱的音乐之美，如我在《论词的起源》一文之所考证，隋唐间新兴的此种所谓"宴乐"，原是结合有中原之清乐、外来之胡乐，及宗教之法曲而形成的一种新的乐曲，而"词"则正是配合这种集合众长之新乐而演唱的歌辞，则其音声之美妙，自可想见。[2]这当然很可能是使得当日的士大夫们纷纷愿意为这种新兴的乐曲来填写歌辞的一项重要的因素。其次则可能是由于当日的士大夫们，在为诗与为文方面，既曾长久的受到了"言志"与"载道"之说的压抑，而今乃竟有一种歌辞之文体，使其写作时可以完全脱除"言志"与"载道"之压抑和束缚，而纯以游戏笔墨做任性的写作，遂使其久蕴于内心的某种幽微的浪漫的感情，得到了一个宣泄的机会，这当然也可能是使得当日的士夫大们纷纷愿意为此种新兴的乐曲来填写歌辞之另一项重要的因素。而黄山谷之所以

---

[1] 王灼：《碧鸡漫志·序》，台北广文书局1967年版，第17页。

[2] 葉嘉莹：《论词的起源》，见《灵谿词说》，上海古籍出版社1987年版，第1—26页。

用"空中语"来为自己写作的小词做辩解,就正可以证明了当日士大夫们,在写作这一类小词时,所感到的被从"言志"与"载道"之束缚中解放出来的一种轻松的心理状态。以上所提出的两点因素,本应是对于士大夫们何以甘冒礼教之大不韪而投身于小词之写作的两个最明显且最简单的答案,而除去这两点表面的因素以外,私意以为小词之所以特具强大之吸引力者,实在更可能由于经过了写作和评赏的实践,这些士大夫们竟逐渐体会到了这一类艳歌小词,透过了其表面所写的美女与爱情的内容,居然尚含有一种可以供人们去吟味和深求的幽微的意蕴和情致。只不过这种意蕴和情致,就作者而言既非出于显意识之有心的抒写,就读者而言也难作具体的指陈和诠释,有些词学家如常州词派的张惠言,可以说就是对此种幽微之意蕴颇有体会的一个读者,但他却犯了一个最大的错误,就是想把这种幽微的意蕴,都一一加以具体的指述,于是遂不免陷入牵强比附之中而无以自拔了。

至于《人间词话》的作者王国维,当然也是对小词中这种幽微深隐之意颇有体会的一位读者,所以他一方面虽批评张惠言的比附之说为"深文罗织",但另一方面却也曾经用"成大事业大学问"之"三种境界"来评说晏殊等人的一些小词。他之较胜于张惠言者,只不过是未曾将自己的说法指称为作者之用心而已。总之,小词之佳者之往往具含有一种引人生言外之想的幽微深远之意致,乃是许多词学家的一种共同的体会。只不过他们却都未能对小词之所以形成此种特殊品质的基本原因,做出任何理论性的说明。我在1987年所写的《传统词学》一文,虽曾对词在演进中由歌辞之词转化为诗化之词再转化为赋化之词的经过历程,及各类词之风格特色都做了相当的探讨,并曾做出结论说:"以上三类不同之词风,其得失利弊虽彼此迥然相异,然而若综合观之,则我们却不难发现它们原有一个共同的特点,那就是三类词之佳者莫不以具含一种深远曲折耐人寻绎之意蕴为美。"[1]我更曾在1986年所写的《迦陵随笔》中,举引过若干词例,用西方之符号学、诠释学和接受美学等理论,对张惠言与王国维二家之好以言外之想来说词的方式,做过相当理论性的研述。[2]但对于词之何以形成了此种以富于深微幽隐的言外之意致为美之特质的基本原因,也未曾做出溯本穷源的探讨。近年来我偶然读了一些西方女性主义文学批评的论著,当我透过他们的某些观点来反思中国小词之特质时,遂发现中国最早的一册词集《花间集》中对于女性的叙写,与词之以富于幽微要眇的言外之想的意致为美的这种特质之形成,实在有着极为密切的关系。而中国词学之所以长久陷入于困惑之中,一直未能为之建立起一个理论体系,也正与中国士大夫一直不肯面对小词中对美女与爱情之叙写,做出正面的肯定和研析有着密切的关系。因此下面我遂想借用西方女性文论中的一些观点,来对中国小词之特质之所以形成了以幽微深隐富于言外之意致为美的基本原因,略做一次溯本穷源的探讨。

---

1 葉嘉莹:《中国词学的现代观》,岳麓书社1990年版,第9页。
2 葉嘉莹:《迦陵随笔》,见《中国词学的现代观》,岳麓书社1990年版,第70、79、94页。

（二）

　　谈到西方女性主义的文学批评，那原是伴随着西方的女权运动而兴起的，带有妇女意识之觉醒的一种新的文学理论。一般人往往将之溯源于1949年西蒙·德·波瓦(Simone de Beauvoir)之《第二性》(The Second Sex)一书之刊行。在此书中，波瓦曾就其存在主义伦理学的观点，提出了两个重要的概念：那就是女性是男性眼中的"他者"(the other)，是"被男性所观看的"(being looked at)。而在这种情况下，女性遂由"人"的地位被贬降到了"物"的地位。[1]波瓦的这种观念，当然代表了一种强烈的女性自我意识之觉醒。于是到了六十年代后期与七十年代初期，遂有大量的有关女性意识之书刊相继出现，即如李丝丽·费德勒(Leslie Fiedler)在其《美国小说中的爱与死》(love and Death in the American Novel)一书中，就曾指出了男性作者在其文学作品中所叙写的女性形象，对于女性有着歧视的扭曲。[2]又如费雯·高尼克(Vivian Gornick)和芭芭拉·莫然(Barbara K. Moran)所合编的《在性别主义社会中的女人》(Woman in a Sexist Society)，以及凯特·密勒特(Kate Millett)所写的《性别的政治》(Sexual Politics)[3]

---

[1] Simon de Beauvoir, The Second Sex (tr. by H. M. Parshley, Harmondsworth Press, 1972)

[2] Leslie Fiedler, Love and Death in the American Novel (NewYork: Stein and Day, 1966)

[3] Vivian Gornick & Barbara K. Moran, Women in a Sexist Society: Studies in power and Powerlessness(New York, Basic Books, 1971)

等书,[1]这些著作的重点主要就都在于要唤起和建立一种可以和男性相对抗的女性意识。到了七十年代后期乃有艾琳·邵华特(Elaine Showalter)所写的《他们自己的文学》(A Literature of Their Own),[2]以及桑德拉·吉伯特(Sandra Gilbert)和苏珊·葛巴(Susan Gubar)所合著的《阁楼中的疯妇》(The Mad Woman in the Attic)等书相继出现,[3]其后吉伯特与葛巴又于八十年代中期合力编成了一部厚达两千四百余页的《女性文学选集》(Norton Anthology of Literature by Women),于是紧随在女性意识之觉醒及对文学中女性形象之探讨之后,遂更开始了对于女性作者及女性文学的介绍和批评,而且蔚然成为一时的风气。而与此相先后,则更有露斯文(K. K. Ruthven)之《女性主义的文学研究概论》(Feminist Literary Studies: An Introduction)[4]与特丽·莫艾(Toril Moi)的《性别的、文本的政治:女性主义文学理论》(Sexual / Textual Politics: Feminist Literary Theory),[5]以及艾琳·邵华特的《女性主义诗学导论》

---

1 Kate Millett, Sexual Politics(New York, Double Day, 1970)

2 Elaine Showalter, A Literature Of Their Own: British Women Noverlists from Bronte to Lessing (Princeton, priceton University Press 1977)

3 Sandra Gilbert and Susan Gubar, The Mad woman in the Attic: the Woman Writer and the Nineteenth Century Literary Imagination(New Haven, Yale University press, 1979)

4 K. K. Ruthven, Feminist Literary Studies: An Introduction(NewYork, Cambridge University Press, 1984)

5 Toril MOi, Sexual / Textual politics: Feminist Literary Theory (Routledge, Chapman and Hall, Inc, London & New York, 1988)

("Towards a Feminist Doetics", in Women Writing and Writing about Women)[1]和玛吉·洪姆(Maggie Hmnm)的《女性主义文学批评：作为当代文学批评家的妇女》(Feminist Criticism: Women as Contemporary Critics)[2]等书相继问世。于是女性主义文学批评，乃逐渐脱离了早期的女性与男性相互对立抗争的狭隘的观念，而发展成为一种由女性意识觉醒所引生的新的文学批评理论的建立。本文由于篇幅及作者能力之限制，对于西方的这些女性主义的文学理论自无暇做详细之介绍，而且本文也并不完全套用西方的模式来评说中国的词与词学，但无可否认的则是任何一种新的理论出现，其所提出的新的观念，都可以对旧有的各种学术研究投射出一种新的光照，使之从而可以获致一种新的发现，并做出一种新的探讨。一般说来，无论中西的历史文化，在过去都曾长久地被控制在男性中心的意识之下，因此当女性意识觉醒以来，遂在短短的几十年间，就对世界上各种社会经验及文化传统都造成了强烈的震撼。我个人作为一个中国古典诗词的研究工作者，遂在西方女性主义文论的光照中，对于中国小词中之女性特质，以及此种特质在词学中所引起的许多困惑的问题，也有了一些新的体认和想法。下面我就将把个人的这一点新的体认和想法，略做简单的叙述。

首先我们所要提出来一谈的，乃是花间词中的女性形

---

[1] Elaine Showalter, Towards a Feminist Poetics, in Women Writings and Writing About Women (ed. by Mary Jacobus, London, Croomlfolm, 1979)

[2] Maggie Humm, Feminist Criticism: Women as Contemporary Critics (Brighton, Harvester, 1986)

象之问题。中国旧传统之文评家，往往将诗词中所有关于女性的叙写都混为一谈，因此过去之说词人才会将小词中关于美女与爱情的叙写，或者任意比附于古代之风骚，或者推原于齐梁之宫体，或者等拟为南朝乐府中的西曲及吴歌。然而事实上则这些不同的文类中，虽同样有关于美女与爱情的叙写，但其所形成的美学之特质与作用，显然有着极大的区别。关于这方面，我觉得西方女性文论中对于文章中女性形象的论述和探讨，似乎颇有可以提供我们反思之处。早在六十年代，李丝丽·费德勒(Leslie Fiedler)在其《美国小说中的爱与死》一书中，就曾提出了男性作者所写之女性往往将之两极化了的问题。费氏以为男性作者所写之女性，总是或者将之写成为美梦中之女神，或者将之写成为噩梦中之女巫，[1]而这两类形象，当然都并不是现实中真正的女性。其后在七十年代又有苏珊·格伯曼·柯尼伦(Susan Koppelman Cornillon)编辑了一本论集，题名为《女性主义者所看到的小说中之女性形象》(Images of Women in fiction Feminist Perspectives)，其中收有二十一篇论文，都严格地批评了文学作品中女性形象之不真实性。[2]后来在八十年代，玛丽·安·佛格森(Mary Anne Ferguson)在其《文学中之女性形象》(Images of Women in Literature)一书中，则更将文学中之女性形象详细地分成了三大部分：第一部分为"传统的妇女形象"(Traditional

---

[1] Leslie Fieldler, love and Death in the American Novel (NewYork: Stein and Day, 1966), p. 314

[2] Susan Koppelman Cornillon, Images Of Women in Fiction: Feminist Perspectives (Ohio, Bowling Green University Popular Press, 1973)

Images of Women)，在此一部分中，佛氏曾将女性分为五种类型：其一为妻子(The wife)之类型，其二为母亲(The mother)之类型，其三为偶像(Women on a Pedestal)之类型，其四为性对象(the Sex object)之类型，其五为没有男人的女性(Women without men)之类型。这五种类型之身份虽然各有不同，但事实上却都是作为男性之配属而出现的，即使在没有男人的女性之类型中，也是作为因没有男人而被怜悯被异视而出现的。这些传统的形象在早日的文学作品中，已早成为固定的类型(stereotype)，不仅在男性作品中存在，即使在女性作品中也难以脱去这种限制。不过自女性的意识开始觉醒以后，于是文学中遂有了另外的女性类型之出现，这就是佛氏书中的第二部分，所谓"转型中之女性"(Woman becoming)。这一类型的女性形象，主要在努力脱除旧有的定型的限制，试图表现出女性真正的自我，写出女性自我的真正生活体验，和自我真正的悲欢忧乐，成为自我的创造者(self creators)。另外，佛氏在书中的第三部分，还提出了所谓女性的"自我形象"(Self images)。这主要是由于近年来有不少女性的日记和书信曾经被发现和整理了出来，不过因为内容和性质的杂乱，还有待于进一步的研究和探讨。[1]

以上我们虽然对西方女性主义文论中有关女性形象之论著，做了简单的介绍，但本文却并不想把关于花间词中女性形象的讨论，套入到西方的模式之中。这一则因为东西方之文化背景原有着明显的不同，我们原难将西方之模式做死板之套用；再则也因为他们的探讨乃大多以小说中

---

[1] Mary Anne Ferguson, Images Of Women in Literature (4th ed. Honghton Mifflin Co. 1986)

之女性形象为主，这与我们所要探讨的花间词中的女性形象，当然也有着极大的差别；三则更因为西方女性主义之文论，原与西方之女权运动有着密切的关系，而本文之主旨，则只是想透过花间词中的女性叙写，来对小词之美学特质一加探讨，而全然无意于女权之运动。但我却仍然对他们的论点做了相当的介绍，我的目的只是想透过他们对女性形象之身份性质之分析的方式，也对中国诗词中之女性形象之身份性质一加反思，并希望能藉此寻找出花间词中之女性叙写，与词之美学特质的形成究竟有着怎样的一种关系而已。

在中国诗歌中关于女性的叙写，当然并不自花间词为始，即如为《花间集》写序的欧阳炯，就曾把这一类写美女与爱情的作品，推溯到前代的乐府与南朝的宫体诗，而后世之以溯源与尊体为说的词学家，其不惜将小词比附于《诗》《骚》，则更已如前文之所述，他们的这些说法，从表面看来似乎也都有可以成立的理由，因为自《诗经》《楚辞》以下，降而至于南朝乐府中之"吴歌""西曲"和齐、梁间的宫体诗，以至于唐人的宫怨和闺怨的诗篇，其中本来早就有了大量的对于美女与爱情的叙写，这原是不错的。盖以男女之情既为人性之所同具，爱美而恶丑也为人性之所同然，因此若只从其叙写美女与爱情的表面情事来看，则所有这些作品自然便都有着可以相通之处，但值得注意的则是，虽然同样是叙写美女与爱情的作品，为什么却只有"词"这种文类中的一些作品才特别富于一种引人生言外之想的要眇宜修之特质？我以为这才是最值得我们去探讨的一个重要问题。关于此一问题，私意以为西方女性文论中对作品中女性形象之身份性质的讨论，似乎颇可以给我们一些启发。在中国的文学史中，虽然早自《诗经》开始，就已经有了关于美女与爱情的叙写，但事实上各种不同时代、不同体式的文学作品中，其所叙写之女性形象之身份性质，以及其所用以叙写之口吻方式，却原有着极大的差别。以下我们就将对这些差别稍加论述。

《诗经》中所叙写的女性，大多是具有明确之伦理身份的现实生活中之女性，其叙写之方式，亦大多以写实之口吻出之，这是一类女性的形象。《楚辞》中所叙写之女性，则大多为非现实之女性，其叙写之方式，乃大多以喻托之口吻出之，这是又一类女性的形象。南朝乐府之吴歌及西曲中所叙写之女性，则大多为恋爱中之女性，其叙写之方式则大多是以素朴的民间女子自言之口吻出之，这是又一类女性的形象。至于宫体诗中所叙写之女性，则大多为男子目光中所见之女性，其叙写之方式乃大多是以刻画形貌的咏物之口吻出之，这是又一类女性之形象。到了唐人的宫怨和闺怨诗中所叙写的女性，则大多亦为在现实中具有明确之伦理身份的女性，其叙写之方式则大多是以男性诗人为女子代言之口吻出之，这是再一类女性之形象。如果以词中所叙写之女性形象与以上各文类中之不同的女性形象相比较，我们就会有一种奇妙的发现，那就是词中所写的女性乃似乎是一种介乎写实与非写实之间的美色与爱情的化身。我这样说，也许有一些读者不免会对此产生疑问，盖以如我们在前文所言，《花间集》中所选录的作品，既原是"绮筵公子"为"绣幌佳人"而写的"文抽丽锦"的歌词，因此其中所写之女性，自然应该乃是那些当筵侑酒的歌儿酒女之形象。如此说来，则此一类女性形象自当是现实中之女性。可是这一类女性却又并无家庭伦理中之任何身份可以归属，而不过仅只是供男子们寻欢取乐之对象而已。

而《花间集》中的作品，就正是出于那些寻欢取乐的男性作家之手，因此其写作之重点乃自然集中于对女性之美色与爱情之叙写，而"美"与"爱"则恰好又是最富于普遍之象喻性的两种品质，因此《花间集》中所写的女性形象，遂以现实之女性而具含了使人可以产生非现实之想的一种潜藏的象喻性。如果以这一类女性形象与我们在前文所提到的其他文类中的女性相比较，则《诗经》中所写的现实生活中之女性，可以说基本上并不是什么象喻性，即使后世的说诗人可以据之为美刺讽喻之说，也只是后加的一种比附，而并非其所写之女性形象之本身所具含的特质。这是我们所当注意的第一点区别。至于《楚辞》中所写之女性，则大多本出于作者有心之托喻，而有心之托喻，则一般皆有较明白之喻旨可以推寻，这与花间词中之本无托喻之用心，而本身却极富象喻之潜能的女性形象，当然也有很大的不同。这是我们所当注意的第二点区别。再就吴歌及西曲中的女性而言，则此类乐府歌辞本出于民间，且观其口吻盖多为女子之自述；如果以之与花间词之出于男性文士之手的作品相比较，则前者之所叙写乃大多为现实的女性之情歌，并无象喻之色彩，而后者则由于乃是男性作者对其心目中之"美"与"爱"的叙写，因而遂具含了某种象喻之色彩。这是我们所当注意的第三点区别。

更就宫体诗言之，则宫体诗中所写之女性乃大多是被物化了的女性，作者在叙写之时，很少有主观感情之投入，可是花间词中所写的女性则正是爱情所投注的主要的对象，因此宫体诗中的女性遂只为一些美丽的被物化了的形象而已，而花间词中的女性则因为有着爱之投注，而具含有一种象喻的潜能，这是我们所当注意到的第四点区别。再就唐代的宫怨与闺怨之诗言之，则私意以为此类怨诗似可分别为二种不同之情况：一种怨诗所写者乃属于现实生活中女性所实有的空虚寂寞之怨情，另一种怨诗所写者则是假托女性之怨情来喻写男性诗人自己不得知遇的悲慨。前者之所写，与《诗经》中的思妇弃妇之性质似乎颇有相近之处，后者之所写，则与《楚辞》中的托喻之性质似乎也颇有相近之处。而此二种情况则与我们前面所言及的花间词中所写的现实中之女性而却具含有引人生象喻之想的，介乎写实与非写实之间的女性形象都并不相同，这是我们所当注意的第五点区别。

  以上是我们透过西方女性主义文论中对文学作品中女性形象之反思，所可能见到的在花间词中所叙写的女性形象，与其他文类中所叙写的女性形象的一些重要区别。而这当然是形成词之特别富于引人生言外之想的象喻之潜能的一项最主要的因素。

  其次我们所要提出来一谈的乃是花间词中之语言的问题。关于词与诗之语言的不同，前代的词学家当然也早曾注意及之。所谓"诗庄词媚"之说，固久为论词者之共同认知。至于词与诗在语言形式上的明显差别，则主要当然乃在于诗之句式整齐，而词则富于长短参差之变化。即如清人笔记就曾载有一则故事，说清代的学者纪昀博学而好滑稽，一日偶然在扇面上题写了唐代诗人王之涣的一首七言绝句，原诗是"黄河远上白云间，一片孤城万仞山。羌笛何须怨杨柳？春风不度玉门关。"而纪氏却漏写了首句最后的"间"字。当有人指出其失误时,纪氏乃戏谓其所写者原非七言之绝句,而为长短句之词,于是乃对之重加点读为"黄河远上,白云一片。孤城万仞山。羌笛何须怨?杨柳春风,不度玉门关。"[1]如果从内容所写的景物情事来看,则二者本来原可以说是完全相同,可是却因其句式之不同,后者遂显得比前者更多了一种要眇曲折的姿态。可见词之语言形式的参差错落,乃是造成其与诗之语言的性质不同的一个重要原因,但二者之区别,又不仅在形式之不同,即如《王直方诗话》曾载苏轼与晁补之及张耒论诗之言,晁、张云:"少游(秦观)诗似小词,先生(苏轼)小词似诗。"[2]元好问《论诗绝句》也曾引秦观《春日》诗中的两句而评之云:"'有情芍药含春泪,无力蔷薇卧晚枝',拈出退之《山石》句,始知渠是女郎诗。"[3]可见词之语言与诗之语言的分别,除了形式方面的差别以外,原来也还有着性质方面的差别。秦观诗之被评为"女郎诗",又被评为"诗似小词",都足以说明"词"较之于"诗"乃是一种更为女性化的语言。那么究竟怎样的语言才是女性化的语言呢?关于此点,西方的女性主义文论的一些观点,也有颇可以供我们反思参考之处。原来西方的女性主义文评之重点,开始原在对文学作品中女性形象之探讨,其后遂转向了对于女性之作品之探讨,于是他们遂注意到了女性作品中的女性语言之问题。关于女性语言

---

[1] 笔者幼时闻先伯父狷卿公讲述如此,经查,未见出处。

[2] 见郭绍虞校辑《宋诗话辑佚》(卷上),哈佛燕京学社出版,第97页,《燕京学报》专号之十四,1937。

[3] 元好问:《论诗绝句》之二十四,《元遗山诗集笺注》(册下,卷十一),台北广文书局影印道光蒋氏藏版,第8页。

(female language)的讨论，最初他们也是站在两性对立的观点来看待的。他们以为一般书写的语言，都带有男性的意识形态，这对于女性遂形成了一种压抑。所以法国的女性主义文评家安妮·李赖荷(Amlie Leclerc)在其《女性的言说》(Parole de femme)一文中乃尝试专以写作实践写出一种自己的语言，而不欲被限制在男性意识的界限之中。[1] 此外卡洛琳·贝克(Carolyn Barke)在其《巴黎的报告》(Reports from Paris)一文中，也曾指出法国女性文学的一个重要论题，乃是如何去发掘和使用一种适当的女性的语言。[2] 至于所谓女性语言的特色，则在英国任教的一位女性主义文评家特丽·莫艾在其《性别的、文本的政治：女性主义文学理论》一书中，曾指出一般人的看法，总以为男性(masculine)所代表的乃是理性(reason)、秩序(order)和明晰(1ucidity)，而女性(feminity)所代表的则是非理性(irrationality)、混乱(chaos)和破碎(fragmentation)。[3] 不过莫氏自己却又提出说她本人反对这种男性与女性的对分法。她以为我们必须停止这种把逻辑性、观念性和理性认为是男性的分类法。这种争议之由来，私意以为主要都是由于西方女性主义文评之源起与女权主义运动有密切之关系的缘故。因此当他们讨论到女性语言时，遂往往将之牵涉到两

---

1 Annie Leclere, "Parole femme" (in New Feminisms: An Anthology, by Elaine Marks & Isabelle, The University of Massachusetts Press, 1980) p. 79—86。

2 Carolyn Barke, "Reports from Paris: Women's Writing and the Women's Movement" (in Signs 3, Summer 1978), P. 844

3 Toril MOi, Sexual / Textual Politics: Feminist Literary Theory (Routledge, Chapman and Hall, Inc, London & New York, 1988) p. 160

性在社会中之权力地位等种种方面之问题。不过，我们现在却不想从生理的性别来讨论男性之语言是否较之女性之语言，更为逻辑性与更为理念性之问题，也不想把女性语言与男性语言相对立而讨论其优劣的问题。我们现在只是想借用西方女性主义文论中的一些观念，来探讨花间词之语言所形成的某种美学特质之问题。

如果从西方女性文论中所提出的书写语言带有男性的意识形态的一点来看，则中国传统文学中的言志之诗与载道之文等作品，当然便该毫无疑问的都是属于所谓男性的语言。因为中国儒家的教育一向以治国平天下为其最高之理想，所以在中国的诗文中遂一向充满了这种想法的意识形态，朱自清先生在其《〈唐诗三百首〉指导大概》一文中，就曾指出了唐诗中的一种主要意识形态，说"在各种题材里，'出处'是一重大的项目，从前读书人唯一的出路是仕，出仕为了行道，自然也为了衣食，出仕以前的隐居、干谒、应试（落第）等，出仕以后的恩遇、迁谪，乃至爱民、爱国、思林栖、思归田等，乃至真个归田，都是常见的诗的题目。"[1]而在中国旧传统的社会之中，则女性既根本没有仕的机会，因此这种以"仕隐"与"行道"为主题的作品，当然乃是一种男性意识的语言。可是《花间集》小词的出现，却打破了过去的"载道"与"言志"的文学传统，而集中笔力大胆地写起了美色与爱情，而且往往以女子之感情心态来叙写其伤春之情与怨别之思，是则就其内容之意识而言，《花间》词之语言，固当是一种属于女性化之语言。何况在语言之形式方面，如我们在前

1　见《朱自清古典文学论文集》（下册），台北源流出版公司1982年版，第357页。

文之所曾论述，词之语言与诗之语言的主要差别，固原在诗之语言较为整齐，而词之语言则更富于长短错落之致。而如果从西方女性主义所提出的两性语言之性质方面的差别来看，则毫无疑问，诗之语言乃是一种更为有秩序的明晰的，属于男性的语言，而词则是比较混乱和破碎的一种属于女性的语言。也许有些人会认为混乱而破碎的语言形式，相对于明晰而有秩序的语言形式，乃是一种较为低劣的语言形式，可是中国的小词却大力地证明了这种混乱而破碎的语言形式，不仅不是一种低劣的缺点，而且还正是形成了词之曲折幽隐，特别富于引人生言外之想之特美的一项重要的因素。即如为花间词树立宗风的一位弁冕全集的作者温庭筠，他的词之所以备受后人推崇，认为有屈骚之托意的主要原因，事实上就正在于他所使用的语言，无论就内容意识方面而言，或者就外表形式方面而言，都恰好是带有最强烈的女性语言之特色的缘故。温词既大力描述女子的衣饰之美与伤春怨别之情，又经常表现为混乱破碎不连贯的章法和句式。所以讥之者如李冰若之《栩庄漫记》乃谓其往往"以一句或二句描写一简单之妆饰，而其下突接别意，使词意不贯，浪费丽字，转成赘疣，为温词之通病"[1]。而赏之者如陈廷焯之《白雨斋词话》乃称其"意在笔先，神余言外……若隐若见，欲露不露，反覆缠绵，终不许一语道破。匪独体格之高，亦见性情之厚"[2]。可见温词之所以特别具含有引人生言外之想的潜能，固正

1　李冰若《栩庄漫记》，见《花间集评注》，上海开明书店1935年版，第16页。
2　陈廷焯《白雨斋词话足本校注》（上册），齐鲁书社1983年版，第20页。

由于其所使用之语言,无论就内容意识而言,或就外表形式而言,都是最富于女性化之特色的缘故,因此我们自然可以说词之女性化的语言,乃是形成了词之特别富于引人生言外之想的象喻之潜能的另一项重要的因素。(关于温词中所写的女性的姿容衣饰之美,以及其句法中之看似扞格不通之处,之所以易于引人生言外之想的缘故,我在《温庭筠词概说》及《温庭筠〈菩萨蛮〉词所传达的多种信息及其判断之准则》二文中,已曾就其"客观"与"纯美",及符号学中之"语码"等理论,做过相当详细之析论,兹不再赘。[1]只不过本文所提出的其所写的容饰之美在意识方面之属于女性化之语言,以及其句法之破碎在形式方面之属于女性化之语言,乃是更为触及到词之根本特质的一种看法而已。)

以上我们既然从西方女性文评中所提出的"女性形象"与"女性语言"两方面,对词之所以形成其幽微要眇具含丰富之潜能的因素,做了相当的探讨;但事实上这其间却原来存在着一个重大的问题,那就是西方女性文评之所谓"女性语言",本是指女性作者所使用之语言而言的,可是《花间集》中所收录的十八位词人,却清一色的都是男性的作者,于是《花间》词特质之形成,遂在除去我们已讨论过的两项因素以外,还应再增入一项更为重大的因素,那就是由男性作者使用女性形象与女性语言来创作所形成的一种特殊的品质。关于此种特殊之品质,私意以为西方女性文评近年来所提出的一些观念,似乎也有颇可以供我们参考之处。原来西方的女性文评,近年来已逐

---

[1] 见叶嘉莹《迦陵论词丛稿》,上海古籍出版社1980年版,第1—37页。及《中国词学的现代观》,岳麓书社1990年版,第78—83页。

渐脱离了早期的女性与男性互相对立抗争的狭隘之观念，而发展成为一种由女性意识之觉醒，从而引生出来的新的文学批评理论之建立，而其中最值得注意的一个理论观念，就是卡洛琳·郝贝兰(Carolyn G. Heilbrun)在其《朝向雌雄同体的认识》(Towards Recognition of Androgyny)一书中，所提出的"雌雄同体(androgyny)之观念。这个字原是古代的一个希腊语，其字原乃是结合了andlro(男性)与gyn(女性)两个字而形成的一个词语，本意原指生理上雌雄同体的一种特殊现象，但郝氏之提出此一词语，本意指性别的特质与两性所表现的人类的性向，本不应做强制的划分，因此就郝氏之说而言，此"androgyny"一词，也可将之译为"双性人格"。郝氏之提出此一观念之目的，是想从一种约定俗成的性别观念中，把个人自己真正的性向解放出来。郝氏在书前序文中，曾经引用批评家汤玛斯·罗森梅尔(Thomas Rosenmeyer)在其《悲剧与宗教》(Tragedy and Religion)一书中的话，以为希腊神话中的酒神戴奥尼萨斯(Dionysus)既非女性，亦非男性。或者更好的说法应说戴奥尼萨斯所表现的自己，乃是男人中的女人，或女人中的男人。[1]郝氏更曾引用心理学家诺曼·布朗(Norman C. Brown)在其《生对死：心理分析的历史意义》(Life Against Death: The Psychoanalytical Meaning of History)一书中的话，以为犹太神秘哲学的宗教家就曾提出说上帝具有双性人格的本质；东方道家哲学的老子，在《道德经》中也曾提出过"知其雄，守其雌"的说法；而诗人里尔克(Rilke)在其《给一个青年诗人的信》(Letters to a Young poet)中，也曾认为男女两性应密切携手，成为共同的人类

---

[1] Carolyn Heillbrun, Taward a Recognition of Androgyny, p.11(New Yolk, Norton & Co. 1982)

(human beings)而非相对之异类(as opposites)。[1]从以上所征引的种种说法来看，郝氏的主要之目的原不过是想要证明，无论是在神话、宗教、哲学和文学中，"双性人格"都该是一种最高的完美的理想，因此女性文评自然也应该摆脱其与男性相抗争的对立的局面，而开创出一种以"双性人格"为理想的新的理论观点。是则郝氏虽然反对社会上因约定俗成而产生的把男女两性视为相对立的观念，但其出发点却实在仍是以此一观念为基础的。至于本文之引用郝氏之说，则与现实社会中男女性别之区分与对立全无任何关系，而不过只是想借用其"双性人格"之观念，来说明《花间》词的一种极值得注意的美学特质而已。

所谓"双性人格"或"阴阳同体"之说，如果从医学和生理方面来理解，则我们之使用此一词语来讨论《花间》之小词，自不免会使人感到怪异而难以接受。但若就美学之观点言之，则《花间》之小词却确实具含了此种"双性人格"的一种特美。虽然《花间》词之作者并未曾有意追求此种特美，但却由于因缘之巧合，乃使得《花间》词的那些男性作者，竟然在征歌看舞的游戏之作中，无意间展示了他们在其他言志与载道的诗文中，所不曾也不敢展示的一种深隐于男性之心灵中的女性化的情思。关于男性在意识中之潜隐有女性之情思，本来在五十年代的心理学家荣格(C. G. Jung)就曾提出过此种说法。[2]而近

---

[1] Carolyn Heillbrun, Tawad a Recognition of Androgyny, pp. 17—18(New York, Norton & Co. 1982)

[2] The Colleted Works of C. G. Jung, translated by R. F. C. Hull, Vol. 9, Part Ⅱ, Copyright Bollingen Foundation, Inc, 1959, pp. 1-42, "Aion: Phenomenology of he Self."

年有一位美国西北大学的教授劳伦斯·利普金(Lawrence Lipking)在其1988年出版的《弃妇与诗歌传统》(Abandoned Women and Poetic Tradition)一书中,则更曾从诗学之传统中,对男性之潜隐有女性化之情思,做了深细的探讨。不过利氏所谓"弃妇",并非狭义的只指被弃的妻子,而是泛指一切孤独寂寞对爱情有所期待或有所失落的境况中的妇女。利氏自谓促使他撰写此书的动机之一,乃是因为他读了西蒙·德·波瓦的《第二性》一书中的"恋爱中之妇女"(Women in love)一节,于是才引起了他对于此一主题的思考。利氏以为诗歌中之有弃妇的叙写,可以说是与诗歌之有历史同样的悠久。他曾举古希腊的诗人欧威德(Ovid)所写的《一组女人的书信》(Epistulae Heroidum)为例证,此一组书信乃是欧氏假托古代有名的女人——从希腊神话中的奥特塞(Odyssey)的妻子潘尼洛普(Penelope)到希腊的女诗人莎孚(Sappho)之名而写作的一系列的爱情的书信,信中所表现的都是她们对所爱的远方之人的情思。

利氏以为此种在诗歌中所表现的弃妇思妇之情,无论在任何文化中都是普遍存在着的,而"弃男"的形象则很少在文学作品中出现。因为社会上对男女两性有着不同的观念,诗歌中写到女性之被弃似乎是一件极自然的事,但男性之被弃则似乎是一件难以接受之事。而男人有时实在也有失志被弃之感,于是他们乃往往借女子口吻来叙写,所以男性诗人之需要此一"弃妇"之形象实较女性诗人为更甚。因此"弃妇"之诗所显示的遂不仅是两性之相异性,同时也是两性之相通性。[1]利氏之所言,当然有其普遍

---

1 Lawrence Lipking, Abandoned Women and Poetic Tradition, pp. 15、27(Chicago：Universitly Of Chicago Press, 1988)

之真实性，而此种观念验之于中国传统之诗歌，则尤其更有一种特别之意义。

因为在中国传统社会中，除去如利氏所提出的，男女两性因地位与心态不同，故男子难于自言其挫辱被弃，乃使得男性诗人不得不假借女性之口以抒写其失意之情以外，在中国旧日的君主专制社会中，原来还更存在有一套所谓"三纲五常"的伦理观念。"五常"一般多以为指"仁、义、礼、智、信"五种常德，此与本文所讨论之主题无关，姑置不论；至于"三纲"则是指三种不平等的人际伦理关系，也就是"君为臣纲，父为子纲，夫为妻纲"。在这种关系中，为君、为父与为夫者，永远是高高在上的掌权发令的主人，而为臣、为子与为妻者，则永远是被控制支配的对象。不过此"三纲"中，"父子"乃是先天的伦理关系，所以"弃子"的情况，不仅发生得比较少，而且复合的机会也比较多；可是"君臣"与"夫妻"则是后天的伦理关系，其得幸与见弃乃全然操之于高高在上的为君与为夫者的手中，至于被逐之臣与被弃之妻，则不仅全然没有自我辩解与自我保护的权力，而且在不平等的伦理关系中，还要在被逐与见弃之后，仍然要求他们要持守住片面的忠贞。在此种情况下，则被逐与见弃的一方，其内心所满怀的怨悱之情，自可想见。而也就正由于这种逐臣与弃妻之伦理地位与感情心态的相似，所以利普金氏所提出的男性诗人内心中所隐含的"弃妇"之心态，遂在中国旧社会的特殊伦理关系中，形成了诗歌中以弃妇或思妇为主题而却饱含象喻之潜能的一个重要的传统。曹植《七哀诗》中之自叹"当何依"的"贱妾"，以及《杂诗》中之自叹"为谁发皓齿"的"佳人"[1]，可以说就是此一传统中的明显的例证。

当我们有了以上的对于东西方诗歌中"弃妇"之传统的认识以后，再来反观这些在歌筵酒席间演唱的歌词，我们就会发现这些歌词所写的，原来大多乃是寻欢取乐的男子们对那些歌妓酒女们的容色与恋情的叙写。这种恋情盖正如利普金氏在其《弃妇》一书中所提到的，如同十一到十三世纪间法国南部、西班牙东部和意大利北部所流行的，一些抒情诗人们所写的恋歌（troubadour）一样，总是男子们在爱情的饥渴中寻求得一种满足后便扬长而去，而女子们则在一场恋情后留下了绵长的无尽的怀思[2]。在中国小词中所写的恋情也正复如此，这在早期的敦煌曲中便已可得到证明。即如《敦煌曲子词》中的两首《望江南》（莫攀我）及〈天上月〉。这两首词中所写的"恩爱一时间"及"照见负心人"，所表现的就都是一些歌妓酒女们对那些一度欢爱后便抛人而去的情人们的怨意和怀思[3]。只不过那些敦煌曲子所写的很可能就是那些被弃的歌妓酒女们的自言之辞，所以其词中所表现的就只是一份极质朴的女性的怨情；可是《花间集》的作者则是男性的诗人文士，因此当他们也尝试仿效女子的口吻来写那些相思怨别之情的时候，就产生了两种极值得注意的现象。其一是他们大多把那些恋情中的女子加上了一层理想化的色彩，一方面极

---

1 见《曹集诠评》卷五，第41页，及卷四，第28页，上海商务印书馆1933年版。

2 Lawrence Lipking, Abandoned Wome and Poetic Tradition, P18（Chicago：University of Chicago Press，1988）

3 见《敦煌曲子词集》（卷上），上海商务印书馆，1956年修订版，第44页。

写其姿容衣饰之美，一方面则极写其相思情意之深，而却把男子自己的自私和负心以及由此而引起的女子的责怨，都隐藏起来而略去不提。于是在他们的作品中之女子遂成为一个忠贞而挚情的美与爱的化身，而不再是如敦煌曲中的充满不平和怨意的供人取乐和被人遗弃的现实中的风尘女子了。这是第一点值得注意之处。其二则如我在前文所言，由于"逐臣"与"弃妻"在中国旧社会中伦理地位之相似，以及"弃妇"之词在中国诗歌中所形成的悠久之传统，因此当那些男性的诗人文士们在化身为女子的角色（persona）而写作相思怨别的小词时，遂往往于无意间就竟然也流露出了他们自己内心中所蕴含的，一种如张惠言所说的"贤人君子幽约怨悱不能自言之情"。这种情况之产生，当然可以说是一种"双性人格"之表现。而由此"双性人格"所形成的一种特质，私意以为实在乃是使得《花间》小词之所以成就了其幽微要眇，具含有丰富之潜能的另一项重大的因素。

除去以上所提及的种种因素以外，最后还有一点我想要加以说明的，就是男子之假借女子之形象或女子之口吻来抒写其仕宦失志之情，原不自小词为始，但何以却只有小词才形成了其独特的要眇幽微之特质？关于此一问题：本来我在前文论及诗歌中女性之形象时，已曾将小词中女性之形象，与其他诗歌中女性之形象之性质的不同，以及由此而产生的美学效果的不同，都做过一番比较和讨论。我以为一般而言，大多数诗歌中所写之女性形象，约可分别为两大类：一类是具有明确之伦理身份的现实中之女性；另一类则是并无明确之伦理身份的托喻中之非现实的女性，而小词中所写的女性，则似乎乃是一种介于写实与非写实之间的、美色与爱情的化身。而这种介于写实与非写实之间的，并无明确的象喻之意义的女性形象，却似乎较之那些有心托喻具有明确之象喻意义的女性形象，具含了更丰富的象喻之潜能。关于此种现象之形成，私意以为当代法国的一位女学者朱丽亚·克利斯特娃(Julia Kristeva)所提出的一些理论，似乎也颇有可供我们参考之处。克氏是一位关心女性主义文评，然而却不被女性文评所拘限的、学识极为渊博的女性学者。她自称她自己所建立的学说为解析符号学(semanlalyze)，是针对传统符号学(semiotics)在诠释近代一些诗歌时所面临的不足，因而创立出来的一种新说。克氏主要的论点在于要把符号(sign)的作用分为两类：一类是符示的(semiotic)，另一类是象征的(symbolic)。克氏以为在后者的情况中，其符表之符记单元(signifying unit)与其所指之符义对象(signified object)间的关系，乃是一种被限制的作用关系(restrictive function-relaion)。而在前者之情况中，其能指之符记单元与所指之对象中则并没有任何限制之关系。克氏以为一般语言做为表意的符记，其作用大抵是属于象征的层次，也就是说其符表与符义之间的关系，乃是固定而可以确指的；可是诗歌的语言，则可以另有一种属于克氏所谓的符示的作用，也就是说其符表与符义之间的关系，往往带有一种不断在运作中的生发(productivity)之特质，而诗歌之文本(Text)遂成为一个可以供给这种生发之运作的空间。在这种情形下，文本遂脱离了其创作者的主体意识，而成为一个作者、作品与读者彼此互相融变(transformer)的场所。[1]克氏生于保加利亚，于1966年来到法国巴黎，当时她只有二十五岁。带着她东欧的学术思想背景，立即投入了西方学术思想精英的活动之中，这种双重学术文化的融会，使她所本来具有的卓越的才智得到了极大的发挥，她的学识之渊博与思辨之深锐都是过人的。本文因篇幅及笔者能力之限制，对于克氏之说自无法做详尽的介绍。我现在只不过是想断章取义地借用她所提出来的"符示"与"象征"两类不同的符号作用之区分，来说明花间小词中，由于"双性人格"之特质所形成的一种幽微要眇的言外之潜能，与传统诗歌中那些有心为言外之托喻的作品之间的一些差别而已。

就传统诗歌中有心托喻的作品而言，其用以托喻的符表，与所托之意的符义，可以说乃是完全出于作者显意识之有心的安排。即如屈原在《离骚》中所写的"美人"，与曹植在《七哀诗》中所写的"弃妇"，就该都是属于克氏所说的"象征的"作用之范畴。也就是说其符表之符记单元与其所指之符义对象之间，是有着一种明白的被限定之作用关系的。虽然洪兴祖的《楚辞补注》曾经提出说"屈原有以美人喻君者……有喻善人者……有自喻者"，[2]

---

[1] Julia Kristeva, Revolution in Poetic Language, translated by Margaret, Waller, (New York, Columbia University Press, 1984), chapter, I, "The Semiotic and the Symbolic," pp. 19-106, 并请参看于治中先生《正文、性别、意识形态》一文，见《中外文学》十八卷一期，第151页，台北《中外文学》月刊社，1989.1。关于Transformer一词，见于克利斯特娃所著Semiotike: Recherches Pour une Semanalyse (Paris, Seuil, 1969, p. 10)

[2] 洪兴祖：《楚辞补注》，台北广文书局1962年版，第3页。

指出了三种不同的喻义，但"美人"之为一种品德才志之美的象喻则是一致的，而且这种喻义可以说乃是明白可晓的所有读者的一种认知；至于曹植《七哀诗》中的"贱妾"，以及《杂诗》中的"佳人"，则是中国诗歌中女性之形象，已由单纯的"美"之象喻，融入了"君臣"与"夫妇"之不平等的社会伦理之观念以后的一种喻义，以不得男子之赏爱的女子喻托为仕宦失志的逐臣，这种喻义可以说也是明白可晓的所有读者的一种共同认知。像这种情况，其文本中的符记单元与其所喻指的符义对象之间的关系，自然是属于一种由作者之显意识所设定的被限制了的作用关系，也就是克氏所说的"象征的"作用之关系。可是《花间》小词中所写的女性之形象，就作者而言，则当其写作时原来很可能只是泛写一些现实中的美丽的歌女之形象，在显意识中根本没有任何托喻之用心，可是却由于我们在前文所曾述及的"女性形象""女性语言"及"双性人格"等因素，而使之含有了一种象喻之潜能。像这种情况，其文本中的符记单元，则如克氏所云只是保持在一种不断引人产生联想的生发的运作之中，而并不可对其所指的符义对象，做出任何限制性的实指，也就是说这种作用乃是属于克氏所说的一种"符示的"作用之关系。像这种充满了生发之运作的活动而却完全不被限制的符记与符义之间的微妙的关系，当然是使得《花间》小词虽然蕴含了丰富的象喻之潜能，而却迥然不同于有心之托喻的一个重要的原因。

（三）

以上我们既曾透过西方女性主义文学批评的一些论点，对《花间》小词之何以特别具含有一种要眇幽微的言外之潜能的种种因素，做了相当理论化的论述。现在我们就将以这些论述为基础，回过头来对本文开端所曾提出的中国词学中的一些困惑之问题，结合实例来做一番反思的探讨和说明。首先我们将举引《花间集》中的几首小词来略加比较，以为评说立论之依据。下面就让我们先把这几首词抄录下来一看：

欧阳炯《南乡子》

二八花钿，胸前如雪脸如莲。耳坠金环穿瑟瑟。霞衣窄，笑倚江头招远客。

温庭筠《南歌子》

倭堕低梳髻，连娟细扫眉，终日两相思。为君憔悴尽，百花时。

张泌《浣溪沙》

晚逐香车入凤城,东风斜揭绣帘轻。慢回娇眼笑盈盈。　　消息未通何计是,便须伴醉且随行。依稀闻道太狂生。

韦庄《思帝乡》

春日游,杏花吹满头。陌上谁家年少,足风流。　　妾拟将身嫁与,一生休。纵被无情弃,不能羞。

以上我所抄录的四首词,可以看做是两相对比的两组作品。第一和第二两首是一组对比,主要都在写一个美丽的女性形象。不过,其叙写的口吻,却有着明显的不同。第一首乃是纯出于男子之口吻的对一个他眼中所见的容饰美丽的女子的描述;第二首则出于女子之口吻的对自己之容饰及情思的自叙。至于第三和第四两首则是另一组对比,主要都在写外出游春时对一段爱情遇合的向往和追寻。第三首是写一个男子在游春时对一个香车中的女子的追逐;第四首则是写一个女子在游春时对一个风流多情之男子的向往和期待。如果从表面所写的情事来看,则无论是前二首所写的美色,或者后二者所写的爱情,固应同属于被士大夫们所鄙薄的不合于传统道德观念的淫靡之作,但温、韦二家之词,在后世词学家中却一直受到特别的推重。至其受推重之原因,则是由于他们认为这两家的词特别富于深微的言外之意蕴，令人生喻托之想。[1]我们现在就把这四首词略加比较和讨论，看一看究竟是什么因素，使得同样是叙写美女与爱情的小词竟有了优劣高下之分。先就前两首言，欧阳炯所写的"二八花钿，胸前如雪脸如莲"，与温庭筠所写的"倭堕低梳髻，连娟细扫眉"，虽在表层意义上同属于对女子的美色之描述，但在本质上却实在有着很大的差别。欧词所写的乃是男子之目光中（male gaze）所见到的一个已经化妆好了的美丽的女子，是男子眼中的一个既可以观赏也可以欲求的他者（the other）。像这种对美色的描述，除了显示出男子的一种充满了色情的心思意念之外，自然就更没有什么可供读者去寻思和探求的深远的意蕴了。

可是温词所写的则是一个正在化妆中的女子的自述，如果结合着中国文化背景中之所谓"士为知己者死，女为悦己者容"的观念来看，则在此一女子之"梳髻"和"扫眉"的容饰中，自然便也蕴含了想要取悦于所爱之男子的一份爱意和深情。何况紧接在此二句之后的就是"终日两相思"的叙写，则其在"梳髻"与"扫眉"之中就已蕴含了此"相思"之情，更复从而可知。而且"低梳"与"细扫"，所叙写的是何等柔婉缠绵的动作，"倭堕"与"连娟"所描述的又是何等容态秀美的风姿。而结之以"为君憔悴尽，百花时"。"为君"一句，既写出了"衣带渐宽终不悔，为伊消得人憔悴"的用情之深挚，而"百花时"一句，则更呼应了开端的"梳髻""扫眉"两句之"为悦己者容"的期盼，而表现了一份"欲共花争发"的"春

---

[1] 张惠言《词选》谓温词为"感士不遇"，有"离骚初服之意"，又谓韦词为"留蜀后寄意之作"，中华书局1957年版。

心"。综观全词，即使仅就其表层意义所写的容饰与怀春的情事而言，我们也已经可以清楚地感受到了其用字的质地之精美，与其句构的承应之有力。这一份艺术效果，便已迥非欧阳炯一词之粗浅轻率之可及。何况若更就其深层的意蕴而言，则不仅其所写的"女为悦己者容"的情意，可以在文化传统上引起一份"士为知己者死"的才志之士之欲求知用的感情心态方面的共鸣，而且其所写的"梳髻""扫眉"之修容自饰的用心，也可以令人联想到《离骚》中屈原所写的"余独好修以为常"的一份才人志士的修洁自好的情操，何况"扫眉"一句所暗示的蛾眉之美好，与画眉之爱美求好的心意，在中国文化中更有着悠久的喻托之传统。于是温庭筠的这一首小词，遂在其所写的美女之化妆与怀春的表层情意以外，更具含了一种可以引人生言外之想的深层意蕴之潜能。这一份深微的意境，当然就更非欧阳炯之只写出男子的色情之心态，而更无言外之余蕴的作品之所能企及的了。

我们再看后二首词。张泌的"晚逐香车入凤城"一首，乃是以一个男子口吻所写的，在外出游春之际偶然见到了一辆香车上的一个美女，于是遂对之紧追不舍的一段浪漫的遇合；韦庄的"春日游"一首，则是以一个女子口吻所写的，在外出游春之际因见到繁花盛开而希望有所遇合的一份浪漫的情思。二者之情事虽然并不全同，但其皆为由春日所撩动而引起的一份男女之恋情，则是相同的。也就是说就表层的意义而言，二词之所写者固皆为男女之春情，但若就其深层的本质而言，则二者间实在也有着很大的差别。张泌之词与前面所举引的欧阳炯之词相近，同是写一个男子之目光中所见到的一个美丽的女子，一个可观赏也可以欲求的他者。只不过欧词还停留在观看凝视的阶段，张词则已展开了追逐的行动。至于韦庄之词则与前所举引的温庭筠之词相近，同是以一个女子口吻所写的对于一个男子的期盼和向往。不过温氏那首词的风格表现得纤柔婉约，而韦氏这首词的风格则表现得劲直矫健，即以其开端而言韦词之"春日游"所表现的一种向外的游赏和追寻之主动的心态，就已经与温词所表现的在闺中"梳鬟""扫眉"而坐待之被动的心态有了明显的不同。不过，尽管二者间有着如此的分别，但在具含有言外的较深之意蕴的一点，则是相同的。只是它们之所以具含有较深之意蕴的因素，则却又不尽相同。温词之佳处在于其文本中所使用的一些语言符号，随日子可以唤起我们对文化传统中之一些符码的联想。而韦词之佳处则在于其文本自身中所蕴含的一种字质和句构中的潜力。不过，我这样说却并不是为之做出绝对的区分，因为温词除予人符码之联想外，同样也仍表现有字质和句构的潜力；而韦词除表现有字质和句构的潜力以外，同样也仍可予人符码之联想。我所说的只不过是一种相对的比较而已。关于温词由文本所可能引生的言外之意蕴，我们在前面既已做了相当的探讨，现在就来让我们对韦词也一加探讨。

　　韦词之第一句"春日游"，虽只短短三个字，但事实上却已掌握了全首词的生命脉搏。"游"字自然已显示了外出游赏和追寻的主动心态，而"春日"两个字则更已明白暗示了其外出追寻的诱因与目的。因为"春日"既是万物之生命萌发的季节，也是人类之感情萌动的季节，所以开端的"春日游"一句虽只三个字,却实在已传示了全词之由诱因到目的之整个脉动的方向。至于次句的"杏花吹满头",则是进一步以更为真切有力的笔法来叙写由"春"之诱因所引发的追寻之情志的旺盛和强烈。先就"杏花"而言,一般说来,不同品类的花都各自有其不同之品质,也都可以引起人们的不同的感受和联想,所以周敦颐才会说:"菊,花之隐逸者也;牡丹,花之富贵者也;莲,花之君子者也。"[1]至于杏花之为花,则一般对之虽并无一定的评断,但证之于文士们在诗词中对杏花之描述,如"红杏枝头春意闹""一枝红杏出墙来"[2]等句之所叙写,则杏花以其娇红之颜色与繁茂之花枝,所给予人的自应是一种充满生命力的春意盎然的撩动。何况韦词在"杏花"之下还接写了"吹满头"三个字,则此撩人春意之迎头扑面而来,乃真有不可当之势矣。而且这种"不可当"之势,还不仅是一种意义上的说明和认知而已,而是在其所使用的"吹"字与"满"字等字质之中,直接传达了一种极其充盈饱满的劲力。这种劲健直接的表现,就正是韦词的一种特色。于是紧接着这种劲健直接的春意撩人的不可当之势,此一被春意撩动的女子,乃以毫不假饰的极真挚的口吻,脱口说出了"陌上谁家年少足风流?妾拟将身嫁与一生休"的择人而欲许身的愿望。然后接下来还更以"纵被无情弃,不能羞"两句,表明了对这种许身之不

---

[1] 周敦颐:《爱莲说》,见《周濂溪集》(卷八),上海商务印书局,国学基本丛书1937年版,第139页。

[2] 宋祁:《玉楼春》,见《全宋词》(册一),中华书局1965年版,第716页。叶适:《游小园不值》,见《千家诗》第131页,香港广智,未著出版年月。

计牺牲、不计代价的，全然奉献而终身不悔的一份决志。而且这种决志也不仅只是在意义上的一种说明而已，同时还有自"陌上"以下两个九字句一个八字句的长句之顿挫抑扬，以及"妾拟将身嫁与"一句中运用的几个舌齿的发音中，用韵律、节奏和声音，直接传达出了此一许身之决志的坚毅无悔的情意，给予了读者一种极为直接的感动。综观此词，即使仅就其表层意义所写的自春意的萌发，到许身的愿望，再到无悔的决志，其劲健深挚的感人之力，无论就感情之品质或艺术之效果而言，便已都决非张泌《浣溪沙》词以轻狂戏弄之笔墨所写的调情之作品之所能比。何况若更就其深层之意蕴而言，则韦词所表现的感情之品质，其坚贞无悔之心意，乃竟然与儒家之所谓"择善固执"的品德，及楚骚之所谓"九死未悔"的情操，在本质上有了某些暗合之处。这种富含潜能之意蕴，当然就更非张泌所写的"伴醉随行"之浅薄轻佻的调情之作所能企及的了（关于韦庄此词之详细论述，请参看江苏古籍出版社1986年出版的《唐宋词鉴赏辞典》所收拙撰之评说）。

　　透过以上四首词的两两相比较，我们已可清楚地见到，虽然同样是叙写美女与爱情的小词，但其间却果然是有着深浅高下之区分的。也就是说早期的艳歌小词为"词"这种新兴的文类所树立起的一种特殊的美学品质，乃是特别易于引起读者的言外之联想，且以富于此种言外之意蕴为美的。而此种特殊之品质，与评量之标准的形成，则与早期艳歌中之女性叙写，如温词中之"梳鬟""扫眉"的形象和语码，以及韦词中之许身无悔的口吻和情思，结合有极为密切的关系。因为正是这些女性的叙写，造成了一种潜隐的双性之性质，也才造成了这类小词的双层意蕴之潜能。而这实在是我们要想探讨中国词学，所当具备的一点基本的认知。有了这一点认知以后，我们就可以对旧日词学中之一些使人困惑的问题，来依次一加探讨了。

首先我们要提出来一谈的乃是以"比兴"说词的问题。关于此一问题，我在多年前所写的《对常州词派比兴寄托之说的新检讨》一篇长文中，已曾有过详细的论说，在此并不想对之再加重述。[1]我现在只不过是想就本文所提出的一些论点，对之再加一些补充的说明。首先我们应该认识到的，乃是早期《花间》的小词，本来大都是文士们为歌伎酒女所写之艳歌，本无寄托之可言。至其可以令人生寄托之想，则是由于这些艳歌中所叙写的女性之形象，所使用的女性之语言，以及男性之作者透过女性之形象与女性之语言所展露出来的一种"双性人格"之感情心态，因此遂形成了此类小词之易于引人生言外之想的双重或多重之意蕴的一种潜能。此种潜能之作用，则是如本文在前面所引述的克里斯特娃氏之所说，其作用乃是"符示的"，而并不是"象征的"。其符表与符义之间的关系乃是不断在生发的运作中，而并不可加以限制之指说的。清代常州词派张惠言氏所犯的最大的错误，就在于他想把自己由此种符表之生发运作中所引生的某种联想，竟然直指为作者之用心。所以常州派后起的一些说词人，为了想补救张氏之失，乃对读者之以联想说词的方式，做了一番更为深细的探讨。在这种探讨中，私意以为周济与陈廷焯二人所提出的两段话最为值得注意。周氏在其《宋四家词

---

[1] 叶嘉莹：《迦陵论词丛稿》，上海古籍出版社1980年版，第317页。

选目录序论》中，对于有关读词者之联想，曾提出过一段极妙的喻说，谓："读其篇者，临渊窥鱼，意为魴鲤；中宵惊电，罔识东西；赤子随母笑啼，乡人缘剧喜怒。"[1]周氏的这段话，如果透过我们前面所引的克里斯特娃的说法来看，则周氏所谓"随母"之"母"，与"缘剧"之"剧"，自当是指其富含有生发之运作的文本。至于随之而"笑啼""喜怒"的"赤子"和"乡人"，则是经由文本中符记之生发运作而因之乃引生出多种之感发与联想的读者。但此种感发与联想又不可以作限制的指实的说明，所以周氏乃将之喻比为"临渊窥鱼"和"中宵惊电"，虽然恍惚有见，然而却不能指说其品类之为魴为鲤，其方向之为东为西。至于陈廷焯则将此种难以指说的深隐于文本之符示中的生发运作之潜能，名之以为"沉郁"，而且对之加以解说云："所谓沉郁者，意在笔先，神余言外，写怨夫思妇之怀，寓孽子孤臣之感。凡交情之冷淡，身世之飘零，皆可于一草一木发之。而发之又必若隐若现，欲露不露，反复缠绵，终不许一语道破。"[2]这段话之可贵，我以为乃正在于陈氏曾"一语道破"地点出了"怨夫思妇之怀"与"孽子孤臣之感"之相类似的感情心态。这种体会其实已经触及到了我们在前文所曾提出的"双性人格"之说。只不过在陈廷焯之时代当然还没有所谓"双性人格"的说法和认知，因此陈氏乃将小词中此种由女性之叙写而引生的"符示的"生发运作之关系，与传统诗歌中之有心

---

[1] 周济：《宋四家词选·目录序论》，台北广文书局影印潆喜斋刊本，1962年版，第1页。

[2] 陈廷焯：《白雨斋词话足本校注》（上），齐鲁书社1983年版，第20页。

喻托的"象征的"被限制的符表与符义之关系,混为了一谈。不过陈氏却也曾感到了小词之引人联想的作用,与传统诗歌中可以指说的喻托之意,又显然有所不同,于是遂又对之加上了一段"若隐若现""欲露不露"的说法。综观周、陈二氏之说,当然都不失为对小词之富含感发作用与多层意蕴之特质的一种体会有得之言。至于他们所犯的错误,则就其明显之原因言之,乃是因为他们都受了张惠言的比兴寄托之说的影响,因此遂将读者所引发的偶然之联想,强指成了作者有心之托喻。而如果就其更根本的内在之原因言之,则实在乃由于他们对小词中之女性叙写所可能造成的双性人格之作用之未能有清楚的认知。按照他们的意思来看,则小词之所以有深浅优劣之分,原来乃是由于作者在创作意识中便有着根本的差别。一则有心写为喻托之作,一则但为淫靡香艳之辞。但事实上原来却并非如此。因为就《花间》之小词言之,其所写者本来大都是绮筵绣幌中交付给歌女去唱的艳词,本无所谓喻托之意。至于其中某些作品之竟使读者产生了言外之想,则我们在前文中虽已曾就其字质、语码、句法、结构等各方面,都做了分析和说明,但事实上其中却还有一个更为重大也更为基本的原因,我在当时所未曾提及的,那就是其叙写口吻与心态的不同。温庭筠与韦庄的两首词,其叙写之情思乃皆出于女性之口吻,代表了一种女性的心态。而欧阳炯与张泌的两首词,其叙写之情思乃皆出于男性之口吻,代表了一种男性的心态。如果将此两类词一加比较,我们就会发现前者之所以特别富含有一种言外之双重意蕴,实与男性之作者假借女性口吻来叙写女性之情感所形成的一种双性人格之作用，有着密切的关系。至于后者则直接以男性之作者，用男性之口吻来写男性对美色之含有欲念之观看与追求，则纵然此一类作品虽或者也可以写得生动真切，但却毕竟也只是单层的情意，而缺少了一种言外之双重意蕴的特美。

关于此种双重意蕴，我们在前面所举引的四首词例中已做了相当的探讨。透过温、韦二家的两首词，我们已经清楚地看到，这些同中之"低梳髻""细扫眉"，及"将身嫁与一生休"等，我们所称为字质、语码、句法、结构等各方面引人产生言外之联想的因素，实莫不与我们所提出的女性之叙写及双性之人格有着密切的关联。因此"女性"与"双性"实当为形成此小词之美学特质的两项重要因素。写到这里，有些读者也许会产生一个疑问，那就是以男性之作者直接用男性本身之口吻所写的艳歌小词，有时岂不是也可能同样富含有一种言外的意蕴深微之美？举例而言，即如韦庄的《菩萨蛮》五首、《女冠子》二首，以及《谒金门》（空相忆）一首等作品，就都是直接用男性口吻所写的作品。但这些作品却迥然不同于欧阳炯与张泌二词之浅率轻狂，而写得极为深婉沉挚。关于此种情况之产生，私意以为其间实有一点极可注意之处，那就是这些词虽然是用男子之口吻所写的作品，但其所表现的情意之深挚绵长，乃与前所举之欧阳炯及张泌二词之把女子视为可观看与可追求之"他者"的轻狂之态大异其趣，反而大有近于用女子口吻所写的女性的执着和无尽的怀思。此种现象之形成，遂使我想到了本文在前面所曾举引过的劳伦斯·利普金的一些说法，利氏不仅以为男性与女性对待爱情的态度有所不同，男性往往在满足其爱情之饥渴后便扬长而去，而女性在经历了爱情后，则往往便对之留下无尽的怀思；利氏更以为男子是要透过对女子的了解和观察，才能学习到被弃掷和失落以后的幽怨之情。[1]因此我们可以说凡男性之作者用男性口吻所写的相思怨别之词，其所以有时也同样能具含一种言外的意蕴深微之美，固正由于其在表面上虽未使用女子之口吻，然而在本质上却实在已具含了女性之情思的缘故。如此，我们当然更可证明《花间集》中之艳歌小词，其美学特质乃是以具含一种双重的言外深微之意蕴者为美，而花间词之女性叙写及其所蕴含的双性之人格，则实为形成此种美学特质之两项最基本且最重要之因素。至于传统词学家之所以往往将本无比兴寄托之艳歌，强指为有心托喻之作，造成了牵强附会之弊，就正因为他们对此种由女性与双性形成的特质，未曾有明确之认知的缘故。不过从另一方面言，则后世之词也果然有一些有心为比兴喻托的作品，这类词之性质与花间一派词当然已有了很大的不同，但却实在仍是花间词之特质的影响下之产物，关于此种情况，我们将留待后文论及花间词之特质对后世之影响时，再加探讨。

其次，我们所要讨论的乃是词学中之所谓"雅""郑"的问题。如我们在前文所言，《花间集》中所收录的本都是歌筵酒席的艳歌，就其所写之美女与爱情言，固当同属于淫靡之"郑声"，然而就前所举之四首词例来看，则其间又果然有着优劣高下之不同，所以王国维在《人间词话》中乃提出了"词之雅郑，在神不在貌"之

---

[1] Abandoned Women and Poetic Tradition P.14 (Chicago: University Of Chicago Press, 1988)

说。至于其"雅""郑"之分的标准，则王氏以为乃在其"品格"之高下，因此王氏遂又曾提出了"永叔、少游，虽作艳语，终有品格"之说。[1]但既然同是"艳语"，则品格高下之依据又究竟何在？王氏对此虽并无理论之说明，可是我们却也不难从王氏另外的几则词话中窥见一些消息。第一点值得注意的，乃是王氏之论词也同样注意言外之感发，即如其曾将晏、欧等人的一些写爱情的小词，拟比为"成大事业大学问者"的"三种境界"，又以"诗人之忧生"及"诗人之忧世"来评说冯延巳和晏殊的相思怨别之句。[2]而冯延巳及晏、欧诸家之令词，则正是自花间一派衍化出来的被北宋评词人视为艳歌小词的作品。可是这些作品又竟然可以使读者产生极高远的超乎艳歌以外的联想，这当然可能是使得王氏提出了"词之雅郑，在神不在貌"，以及"虽作艳语，终有品格"之说的一个重要原因。第二点值得注意的，则是王氏论词虽然也推重引人产生言外之联想的小词，可是却对于被常州词派所推重的也足以引人生言外之想的温庭筠的词，有着不同的歧见，以为温词虽然"精艳绝人"，但却并无"深美闳约"的言外之丰富的意蕴。[3]这种歧见之产生，私意以为乃是由于常州派《词选》的作者张惠言，与《人间词话》的作者王国维，二人对于小词之所具含的可能引起言外之联想的因素，有着不同的体认之故。张氏好以比附为说，所以重在小词中可以用于比附的文化语码，如"画眉"之可以引人联想到《楚辞》中的"众女嫉余之蛾眉"，"深闺"之可

---

[1] 王国维：《校注人间词话》，香港中华书局1961年版，第19页。

[2] 王国维：《校注人间词话》，香港中华书局1961年版，第15及16页。

[3] 王国维：《校注人间词话》，香港中华书局1961年版，第6页。

以引人联想到《楚辞》中的"闺中既已邃远"之类。而王氏所重视的则是作品本身之感发的品质所可能引起的读者之联想,温词则一般说来较缺少直接之感发,且王氏又极不喜字面之比附,这很可能是王氏不认为温词有"深美闳约"之意蕴的一项重要原因。王氏所重视的是作品本身之感情品质所可能引起的感发之联想,即如他在词话中所举引的晏、欧等词中所写的某些感情之品质,与"成大事业大学问者",或诗人之"忧生""忧世"者的感情之品质在基本上可以有相通之处之类。所以王氏在另一则词话中,乃又曾提出过"故艳词可作,唯万不可作儇薄语"的重视感情品质之说。[1]值得注意的则是,所谓"儇薄语"的作品,乃大都是男性作者用男性口吻所写的,视女性为"他者"的作者。而另一方面则凡是用女性口吻所写的词,或者虽用男性口吻而却是具含有女性之情思的作品,一般说来则大多不会有"儇薄语"的出现。经过以上的讨论,我们就会有一个奇妙的发现,那就是凡是可以引人产生深微或高远的超乎艳歌以外之联想的好词,其引发联想之因素,无论就文化语码方面而言,或者就感发之本质方面而言,原来都与小词中之女性叙写,以及作者隐意识中的一种双性的朦胧心态,有着密切的关系。如"画眉"与"深闺"之类的语码,其有合于"美人"之喻托,固自应属于"女性"之叙写。至于就感发之本质而言,则王国维所提出的"不可作儇薄语"之说,也足可使我们想到王氏所赞美的"虽作艳语,终有品格"的好词,必然不会是男性作者直接用男性口吻所写的,视女性为"他者"的轻狂之作;而当是男作者用女性口吻所写的,或者虽用

---

[1] 王国维:《校注人间词话》,香港中华书局1961年版,第67页。

男性口吻但却具含有女性之情思的作品。这类作品则显然都含有一种"双性"之性质。这是我们对于花间一派之艳歌小词的所谓"雅""郑"之分，所当具备的一点最基本的认识。至于当小词演化为长调以后，则所谓词之"雅""郑"的分别，自然也就随之而另有了一种新的性质，也另有了一种新的评量标准。不过，其性质与标准虽然有了不同，但却也仍然受有花间词之特质的极大的影响。关于此种情况，我们也将留待后文，论及花间词之特质对后世之影响时，再加探讨。

以上我们既然对花间一派小词之"比兴"与"雅郑"的问题，都做了相当的探讨，现在我们就将再对此类作品之被目为"空中语"，以及"空中语"之价值与意义，也一加探讨。如我们在前文所言，花间之词既大多为歌酒间之艳歌，因此在本质上遂与"言志"之诗，有了一种明显的区分，也就是说诗歌之写作对作者而言，乃是显意识的一种自我之表达，可是词之写作则往往只是交付给歌女去演唱的一时游戏之笔墨，与作者本身显意识中的情志和心意，本无任何必然之关系。因此黄山谷在为自己所写的艳歌小词做辩护时，乃将之推说为"空中语"，这种说法，在黄氏本意不仅是对自己所写的美女与爱情之词的一种推托，而且对此类并非言志的游戏笔墨之艳词，也含有一种轻视之意。所以一般而言，北宋人在编选诗文集时，往往并不将小词编入正集之内，其不视之为严肃之作品的轻鄙之态度，自可想见。然而殊不知小词之妙处，乃正在其并不为严肃之作，而为游戏笔墨的"空中语"。下面我们便将此种"空中语"之价值与意义，结合我们在前面所提出的"女性"与"双性"之特质，略加论述。

关于"游戏笔墨"的"空中语"之所以能在小词中产生一种微妙的作用，我以为其主要的因素约可分为以下的几点来看。第一点微妙的作用，乃在于这些"空中语"恰好可以使作者脱除了其平日在写作言志与载道之诗文时的一种矜持，因而遂在游戏笔墨中，流露出了一份更为真实的自我之本质。所以王国维在《人间词话》中，乃曾提出说："五代北宋之诗，佳者绝少。而词则为其极盛时代，即诗词兼擅如永叔、少游者，词胜于诗远甚。以其写之于诗者，不若写之于词者之真也。"[1]这是可注意的第一点。第二点微妙的作用，乃在于小词之所以为"空中语"，还不同于其他戏弄的笔墨，小词之为"空中语"，乃是在自我从显示意识隐退以后，更蒙上了一层女性之面目的作品。因此遂使其脱除了显意识之矜持以后的自我之真正本质，与作品中之女性叙写于无意中融成了一种双性之特质。这是可注意的第二点。至于第三点微妙的作用，则更在于以其为"空中语"之故，遂使作者隐意识中之真正本质，与其小词中之女性叙写之融会，乃完全达成了一种全出于无心的自然运作之关系。而这也就正是何以小词中所写的美女，与传统诗歌中所写的有心托喻之美女，在符表与符义之运作关系上，遂产生了极大之不同的一个基本原因。我们在前文所举引的克里斯特娃之说，就曾将符表与符义之关系，分别为"符示的"与"象征的"两种不同之作用。有心托喻之作中的美女，其符表与符义之间的关系，乃是属于"象征的"作用关系，是一种可以确指的被限制了的作用关系。可是这种"空中语"的小词中所写的美女，则恰好因其本为并无托意的"空中语"，因此其

---

[1] 王国维：《校注人间词话》，香港中华书局1961年版，第45页。

符表中之女性叙写,乃脱离了所谓"象征的"关系中之固定的限制,而成为了一种自由运作的"符示的"关系。克氏以为在此种关系中,文本遂脱离了其创作者所原有的主体意识,而成为了作者、作品与读者彼此互相融变的一个场所。而就"空中语"的小词而言,则更因其创作者既本来就缺少明确和强烈的主体意识,而其对美女与爱情的叙写,又如此富含女性与双性所可能引生的微妙的作用,因此这类"空中语"的小词,遂于无意间具含了如克氏所说的融变的最大的潜能。这是可注意的第三点。而这种"空中语"之微妙的作用,当然是造成了小词之双重性与多义性之特质的一个重要的因素。不过,词之发展却很快地就超越了歌辞之词的"空中语"的阶段,而在文士们的写作中逐渐走向了"诗化"和"赋化"的演进。在此种演进中,词遂脱离了所谓"空中语"之性质,而成为了具有明显的主体意识之叙写和安排的作品。但值得注意的则是,虽然这些"诗化"和"赋化"之词的性质及写作方式已与早期《花间集》的歌辞之词有了很大的不同,可是花间词所形成的一种双重与多义为美的特质,却仍然对这些"诗化"与"赋化"之词的优劣之评量,具有极大的影响。下面我们就将从花间词之女性叙写所形成的双性特质,对后世词与词学之影响方面也略加探讨。

  谈到词之演进,私意以为其间曾经过几次极可注意的转变:其一是柳永之长调慢词的叙写,对花间派之令词的语言,造成了一大改变;其二是苏轼之自抒襟抱的"诗化"之词的出现,对花间派之令词的内容,造成了一大改变;其三是周邦彦之有心勾勒安排的"赋化"之词的出现,对花间派令词的自然无意之写作方式,造成了一大改变。如果从表面来看，则这三大改变无疑的乃是对我们前文所曾论及的，花间词之女性语言、女性形象，以及由自然无意之写作方式所呈现的变性心态的层层的背离。因此下面我们所要探讨的，自然就该是当词之发展已脱离了花间词之女性与双性之特质以后的，这些不同的词派其美学物质之标准又究竟何在的问题了。关于此一问题，私意以为有一点极可注意之处，那就是当词之发展已脱离了花间词之女性叙写以后，虽然不再能完全保有花间词之女性与双性的特质，但无论柳词一派之佳者，苏词一派之佳者，或周词一派之佳者，却都各自发展出了一种虽不假借女性与双性，然而却仍具含了与花间词之深微幽隐富含言外意蕴之特质相近似的，另一种双重性质之特美，而这种美学特质之形成，无疑地曾受有花间词之特质的影响。王国维曾云"词之雅郑，在神不在貌"，这种脱离了女性与双性之后的多种方式的双重性质之美学特质的形成，可以说正是花间词之特质的一种"在神不在貌"的演化。下面我们就将对柳词苏词与周词所发展出来的这些各自不同的双重性质之特点，分别略加论述。

　　首先，我们将从柳永之长调慢词对花间派令词之语言所造成的转变说起。如我们在前文论及花间词之语言特色时所言，就其语言形式来看，花间令词所使用者乃是比较混乱和破碎的一种属于女性化之语言形式，也就是说是句子短而变化多的一种语言形式。即以《花间集》中温、韦二家所最喜用的《菩萨蛮》一调而言，全词一共不过只有八句，但却换了三次韵，每两句就换一个韵。而这种参差跳跃的变化，事实上却正是造成了如陈廷焯所称美的"发之又必若隐若现，欲露不露，反复缠绵，终不许一语道破"之富于言外之意蕴的一个重要的因素。可是柳永之长调慢词，则势不得不加以铺陈的叙述，因此柳永乃以其善用"领字"，长于铺叙，为世所共称。而如果从我们在前文所引用之西方女性主义对两性语言之差别的说法来看，则这种以领字来展开铺叙的语言，无疑地乃是一种属于明晰的、理性化的、有秩序的男性的语言。此一变化，遂使得柳词失去了短小之令词的"若隐若现""欲露不露"的富含言外之意蕴的女性语言之特点而变为了一种极为显露的、全无言外之意蕴的现实的陈述。所以温庭筠《菩萨蛮》词所写的"鸾镜""花枝""罗襦""鹧鸪"等关于女性的描述，乃使读者可以生无限言外托喻之想；而柳永《定风波》词所写的"暖酥消，腻云軃，终日厌厌倦梳裹"和"针线闲拈伴伊坐"等关于女性的描述，乃不免为人所讥了。不过，柳永除去此一类被人讥为"俚俗""媟黩"的作品以外，却实在还更有一类被人称为"言近意远""神观飞越""一二笔便尔破壁飞去"的佳作。[1]而所谓"破壁飞去"，事实上其所赞美的便应该仍是一种富于言外之意蕴的特点。那么柳永在以其领字铺叙变小词之错综含蓄为浅露之写实以后，又是怎样达成了另外一种"破壁飞去"之特点的呢？关于此点，我以为主要盖在于柳永在写相思怨别的作品中，竟然加入了一种秋士易感的成分，而对此种悲慨，柳氏又往往不做明白的叙说，却将之融入了对登山临水的景物叙写之中，于是相思怨别之情与秋士易感之悲既造成了一种双重之性质，景物的叙写与情思的

---

[1] 见周济《介存斋论词杂著》，在《宋四家词选》附录，台北广文书局影印滂喜斋刊本，1962年版，第2页。又见龙榆生《唐宋名家词》引郑文焯与人论词遗札，上海古典文学出版社1956年版，第89页。

融会又造成了另一种双重之性质，于是遂形成了其"破壁飞去"的一种特美。何况秋士易感之悲与美人迟暮之感，在基本心态上又有着极为相似之处，所以柳永的这一类词虽以男性口吻做直接之叙写，但在其极深隐的意识深处，却实在也仍隐含有一种双性之性质。这正是柳永的这一类词之所以有"言近意远"引人感发联想的一个重要缘故。从柳永的这两类词，我们自可看出虽然其长调慢词对花间令词之语言，曾造成了一大改变，但花间令词所形成的以富含言外之意蕴为美的美学之要求，则即使在柳词中也仍然是判断其优劣的一项重要的准则（关于柳词之详细论说，请参看《灵谿词说》中拙撰《论柳永词》一文）。

其次，我们将再看苏轼自抒襟抱的"诗化之词"对花间派令词之内容所造成的改变。如我们在前文所言，花间词内容所叙写者，乃大多以美女与爱情为主，而苏词则以"一洗绮罗香泽之态"著称[1]，一变歌词之艳曲，而使之成为可以抒写个人之襟抱与情志的另一种形式的诗篇。其后更有南宋辛弃疾诸人之继起，于是词学中遂产生了婉约与豪放二派之分，且由此引发了无数之困惑与争议。要想解答这些困惑和争议，私意以为我们实应先对柳词与苏词之关系略加叙述。从苏轼平日往往以己词与柳词相比较的一些谈话来看，苏氏对柳词盖有两种不同之态度。一方面是对柳词之所谓"俗俚嫘默"之作的鄙薄，另一方面则是对柳词之所谓"神观飞越"之作的赞赏。关于此两方面之关系，早在《论苏轼词》一文中，我对之已曾有相当之论述，兹不再赘[2]。至于本文所要做的，则是将柳、苏之关系

---

[1] 胡寅：《酒边词·序》，味闲轩藏版汲古阁校选《宋六十名家词》。

[2] 叶嘉莹：《论苏轼词》，《灵谿词说》，上海古籍出版社1987年版，第198—203页。

放在本文所提出的花间词之女性叙写所形成的词之美学特质中，再加一番更为根本的观察和探讨。如前文之所述，柳词之被人讥为俗俚媟黩者，主要原因实并不在其所写之内容之为美女与爱情，而在于其所使用之语言形式，使之失去了花间词之语言在写美女与爱情时所蕴含的双重意蕴之潜能。至其被人称赏为"神观飞越"者，也不在其所写的单纯的秋士易感之悲，或景物之高远而已，而在其能将二者相融会，且在基本心态上隐含有一种双性的性质，因此遂产生一种富含双重意蕴之美。至于苏轼对柳词，则是只从表面见到了其淫媟之失，与其超越之美，但却对其所以形成此种缺失与特美之基本因素，也就是对其是否具含言外双重之意味的一种美学特质，未曾有真正的体会和认知，因此苏词所致力者主要乃在一反柳词的淫媟之作风，而以自抒襟抱"一洗绮罗香泽之态"者为美，而对其是否具含双重意蕴的一点，则未曾加以注意。因此苏轼对词之开拓与改革，乃造成了一种得失互见的结果。而在苏词之影响下，对后世之词与词学，遂形成了几种颇为复杂的情况，因此我们对之就也不得不略费笔墨来做一点较详的论述。

先从词之写作一方面而言，此一派"诗化"之词的得失，约可分为以下三种情况：一类是虽然改变了花间词之女性叙写的内容，然而却仍保有了花间词所形成的以双重意蕴为美的词之美学特质者；另一类则是既改变了花间词之内容，也失去了词之特美，然而却由于其"诗化"之结果，而形成了一种与诗相合之特美者；再一类则是既未能保有词之特美，也未能形成诗之特美，因之乃成为了此一类词中的失败之作品。关于第一类之作品，我们可以举苏轼与辛弃疾二家词之佳者为例证：如我在《论苏轼词》一文，所曾析论过的《水调歌头》（明月几时有）、《念奴娇》（大江东去）、《八声甘州》（有情风万里卷潮来）诸作，以及在《论辛弃疾词》一文中所曾析论过的《水龙吟》（举头西北浮云）与（楚天千里清秋），和《摸鱼儿》（更能消几番风雨）诸作，可以说就都是具含有词之多重意蕴之美学特质的"诗化"以后之词的佳作之代表（本文因篇幅及体例所限，对此不暇细述，请读者参看《灵谿词说》中所收拙撰论苏词及论辛词二文）。[1]至于第二类之作品，则如张元干《贺新郎》（梦绕神州路）、陆游《汉宫春》（羽箭雕弓）、张孝祥《六州歌头》（长淮望断）诸作，[2]虽然缺少言外深层之意蕴的词之特美，但其激昂慷慨之气，则颇富于一种属于诗的直接感发之力量，故亦仍不失为佳作。至于第三类之作品，则如刘过《沁园春》（斗酒彘肩）（玉带猩袍）（古岂无人）诸作，[3]则但知铺张叫嚣，既无词之意蕴深微之美，亦无诗之直接感人之力，是以陈廷焯在其《白雨斋词话》中，乃谓刘过之所学但为"稼轩皮毛"，并对其《沁园春》诸词，讥之为"叫嚣淫冶"，[4]像这一类作品，其为失败之作，自不待言。

透过以上例证，我们已可看出词在"诗化"以后，固仍当以其能保有词之双重意蕴者为美。至其已脱离词之双

---

1 缪钺、叶嘉莹《灵谿词说》，上海古籍出版社1987年版，第191-228页、401-449页。

2 见《全宋词》（三），中华书局1965年版，第1073、1588及1688页。

3 见《全宋词》（三），中华书局1965年版，第2142、2143页。

4 陈廷焯：《白雨斋词话足本校注》（上），齐鲁书社1983年版，第110页。

重意蕴之特美者，则其上焉者虽或者仍不失为长短句中之诗，而其下焉者则不免流入于粗犷叫嚣，岂止不得目之为词，抑且不得目之为诗矣。由此可见是否能保有词之双重意蕴之特美，实当为评量"诗化"之词之优劣的一项重要条件。而如我们在前文所言，花间派令词之所以形成其双重意蕴之特美，主要盖由于其女性叙写所形成的一种双性人格之特质。至于"诗化"之词，则既已脱离了对美女与爱情之内容的叙写，那么其双重意蕴之特美的形成，其因素又究竟何在？关于此一问题，私竟以为"诗化之词"之仍能保有双重意蕴之特美者，其主要之因素，盖有二端。一则在于作者本身原具有一种双重之性质。在这方面，苏、辛二家可以为代表。就苏氏言，其双重性格之形成，主要乃在同时兼具儒家用世之意志与道家超旷之襟怀的双重的修养。就辛氏言，其双重性格之形成，则主要乃在其本身的英雄奋发之气与外在的挫折压抑所形成的一种双重的激荡。而更值得注意的，则是苏词的儒、道之结合，和辛词的奋发与压抑的激荡，主要盖皆由于在仕途中追求理想而不得的挫伤。如果按照我们在前文所引的利普金氏的"弃妇"心态而言，则苏、辛二家词之双重意蕴之形成，当然也与这种男性之欲求行道，与女性之委屈承受的双重心态有着密切的关系。因此苏、辛二家词乃能不假借女性之形象与口吻，而自然表现有一种双重意蕴之美，此其一。二则在于其叙写之语言，虽在"诗化"的男性意识之叙写中，但却仍表现出了一种曲折变化的女性语言的特质。在这方面，辛词较之苏词尤有更高之成就。所以苏词有时仍不免有流于率易之处，因而损及了词之特美。而辛词则虽在激昂悲慨的极为男性的情意叙写中，但却在语言方面反而表现了一种曲折幽隐的女性方式的美感。我以前在《论辛弃疾词》一文中，对辛词之艺术手段，曾有过颇为详细的讨论，以为其对古典之运用，"乃造成了一种与使用美人芳草为喻托的同样的效果"。而且在语法句构中又有极尽骈散顿挫的各种变化，更善于将自然之景象与古典之事象及内心之悲慨交相融会，[1]因此遂能以豪放杰出之姿态，却达成了一种如陈廷焯所说的"发之又必若隐若现，欲露不露，反复缠绵，终不许一语道破"的女性语言之特美。因此遂使得这一类"诗化"之词，具含了一种双重意蕴之美，而这也正是诗化之词中的一种成就最高的好词。

以上我们既然从词之写作方面，对"诗化"之词的得失优劣做了简单的论述。现在我们就将从词学方面，对"诗化"之词所引起的困惑和争议，也一加论述。我们首先要讨论的，乃是所谓"本色"与"变格"的问题。如本文在前面所言，早期花间词之特色，既以对美女与爱情之叙写为其主要之内容，从而遂形成了一种以"婉约"方为正格的传统之观念。而苏轼对词之内容的开拓，自然是对花间传统的一大变革，如果从这方面来看，则此种目苏词为变格之观念，本来无可厚非。不过，如我们在前文之所论述，花间词中同样以叙写美女与爱情为主之作品，既已有优劣高下之分；"诗化"之词在"一洗绮罗香泽"之后的作品中，也同样有优劣高下之分。是则就苏词在内容方面之开拓改革而言，虽可以有"变格"之说，但在优劣之评量方面，则所谓"本色"与"变格"之别，实在并不应代表优劣高下之分。世之以"本色"与"变格"相争议者，便因其未能认清所谓"本色"的婉约之词，并非以其

---

[1] 缪钺、叶嘉莹《灵谿词说》，上海古籍出版社1987年版，第424—429页。

婉约方为佳作，而主要乃在于婉约词中对女性之叙写，往往可以形成一种双重意蕴的美学特质，而其下者则一样可以沦为浅率淫靡。至于所谓"变格"的豪放之词，则其下者固可以沦为粗犷叫嚣，而其佳者则同样也可以具含一种深微幽隐之双重意蕴的词之特美。这是我们在词学的本色与变格之争议中，所当具有的一点基本的认识。

接着我们所要讨论的，则是女词人李清照所提出的"词别是一家"之问题。李氏之说，就文学中之"文各有体"的基本观念而言，当然是不错的。只不过李氏对"词"之"别是一家"的认识，却似乎是只限于外表的区分，如"协律""故实""铺叙"等文字方面的问题，而对于词之最基本的以深微幽隐富于言外意蕴为美的一种美学之特质，则未能有深入之认知。缺少了此种认知，遂不仅影响了其词论之正确性与周密性，而且也影响了李氏自己之词作，使其未能将自己所本有的才能做出更大和更好的发挥。现在我们就将透过李氏自己的词作，来对其词论一加检讨。如我们在前文所言，早期的花间词原以女性之叙写为主，是中国各种文类中最为女性化的一种文类。不过值得注意的则是，这种使用女性的语言，叙写女性的形象，富有女性之风格的文体，最早却是在男性作者的手中发展和完成的。至于女性的作者，则不仅以其性别的拘限，不能在以仕隐出处为主题的，属于男性语言的诗歌创作中，与男性作者一争长短；而且在极为女性化的文体"词"之创作中，更因其所叙写者多为男女相思怨别之情词，遂因而在传统的礼教中受到了更大的禁忌。即以李清照言，就曾因其在自己的词中对夫妻间之爱情有较为生动真切的叙写，尚不免遭到词学家王灼所说的"自古搢绅之家能文妇女，未见如此无顾忌"[1]之讥评。私意以为李清照本有多方面之才华，如其诗、文各体之作，皆有可观，且无丝毫之妇人气，而独于其词作则纯以女性之语言写女性之情思，表现为"纤柔婉约"之风格，此种情况之出现，盖皆由于李氏心目中之存有"词别是一家"之观念，有以致之。而李氏在当时妇女中，无疑地乃是敢于使用此种"别是一家"之文体来直写自己之爱情的一位勇者。本来以女性之作者，使用女性之语言和女性化之文体，来叙写女性自己之情思，自然应该可以在其纯乎纯者之女性化方面，达到一种过人的成就。而且以李氏之喜好与人争胜之性格言，在这方面也必有相当之自觉。关于此点，我们在其极为女性化的尖新而生动的修辞方面[2]，也可以得到证明。不过可惜的则是李氏乃只知其一，不知其二；只知词之以女性化为好的一面，而忽略了词之佳者更需具有双性化方为好的另一面。不过，李氏在显意识中虽并没有词之佳者以具含双性之意蕴为美的观念，但在隐意识中李氏却实在具含了双性之条件。那就因为李氏所出生的家庭，既是传统士大夫的仕宦之家，而且以李氏在诗、文等各方面之成就而言，也足可证明其幼年必曾接受过很好的传统的教育。而所谓"传统的教育"，所诵读者自是充满了男性思想意识之典籍，这我们从李氏所写的诗文中，也可以得到充分的证明[3]。因此在李氏之词作中，乃出现了另一类超

---

[1] 王灼：《碧鸡漫志》（卷二），台北广文书局1967年版，第4页。
[2] 王灼：《碧鸡漫志》（卷二），台北广文书局1967年版，第4页。
[3] 见《李清照集校注》，人民文学出版社1979年版，第101—182页。

越了单纯的女性而表现出双性之潜质的作品。清末的沈曾植在其《菌阁琐谈》中论及李氏之词时，就曾将之分别为"芬馨"与"神骏"两类，云"堕情者醉其芬馨，飞想者赏其神骏，易安有灵，后者当许为知己。"[1]其所称赏的"神骏"一类，私意以为就当是我在前文所提出的蕴含有双性之潜质的作品。如其《渔家傲》（天接云涛连晓雾）一首，可以为此类之代表作。只可惜这一类作品传下来的不多，这一则固可能是由于当日编选易安词者搜辑之未备，再则也很可能是由于李氏自己之限于"词别是一家"之观念，故其所写之词乃以偏于"芬馨"者为多，而偏于"神骏"者则少。是以沈氏之言就词之美学特质来看，固属甚为有见，但就易安言，则或者未必许为知己也。这也就是我在前文何以提出说，李氏只知其一，未知其二，遂使其"词别是一家"之论，乃但及于外表的音律文字之特色而未能触及词之美学本质，因而遂限制了李氏自己之词的成就，使其才能未能得到更大和更好的发挥的缘故。这是我们对李氏"词别是一家"之论，所当具的一点认识。

其三，我们将再看一看周邦彦的"赋化之词"对花间派令词之写作方式所造成的改变。从表现来看，这一次改变固仅在于写作方式之不同，但如果更深入一点去看，则我们就会发现这一次改变，实隐含有对词之双重与多重之意蕴的深微幽隐之特质的一种潜意识的追求。如我们在前文所言，当柳词以理路分明之铺叙的男性之语言，改变了花间一派小词之婉曲含蕴的女性之语言以后，遂使得柳词中对女性与爱情的叙写，失去了花间一派令词之幽隐深

---

[1] 沈曾植：《菌阁琐谈》，见《词话丛编》（十一），台北广文书局1967年版，第3698页。

微的多重意蕴之美,而不免流入于俗俚淫靡。苏轼有见于此,遂致力于内容之开拓改革,想藉此以挽救柳词之失。不过苏词之"诗化",基本上乃是以男性之作者来直接叙写男性之思想和情志,因此除非如苏、辛二家在男性思想和情志的本身质素方面,原就具有双重之性质,否则乃极易因缺乏双重意蕴之美,而不免流入于浅率叫嚣。一般词学家之往往将苏、辛一派词目为"变格"而非"本色",其"一洗绮罗香泽"之内容方面的改变,固为一因;其缺少了双重意蕴的词之特美,实当为另一更重要之原因。只不过一般人对于更为重要的次一原因,却并没有明白的反省和认知,于是遂单纯地以"婉约"和"豪放"作为了"本色"与"变格"的区分。在此种情况下,一方面既要保持词之"婉约"的"本色",一方面又要接受词之由小令转入长调的文体之演化,而且还要避免柳永之直接铺叙所造成的缺少余蕴的浅俗之失,因此遂有周邦彦一派"赋化"之词的兴起,想从写作方式方面来加强词之幽隐深微的特美,以避免柳词对花间词女性化之语言加以改变后,所造成的浅俗淫靡之失,以及苏词对花间词女性化之内容加以改变后,所造成的粗犷叫嚣之失。于是所谓"赋化"之词在写作方式方面的改变,乃大多以加强词之幽微曲折之性质者,为其改变之主要趋向。即以周邦彦而言,周济即曾称"美成思力,独绝千古。"又云"勾勒之妙,无如清真。"[1]可见以"思力"来安排"勾勒",以增加其"姿态"之变化,及意味之"深厚",乃是所谓"赋化"之词在写作之方式上所致力的重点。至于就周邦彦之词而

---

[1] 周济:《介存斋论词杂著》,见《宋四家词选》附录,台北广文书局影印滂喜斋刊本,1962年版,第3页。

言,则我在《论周邦彦词》一文中已曾对周词做过不少的论述。约言之,则其以思力为安排勾勒的特色,大略可分为以下三点:其一是在声律方面好为拗句,及创用"三犯""四犯"甚至"六犯"之曲调以增加艰涩繁杂之感。其二是在叙写方面好用盘旋跳接之手法,以增加词之曲折幽隐之性质。其三则是往往以有心之用意写为蕴含托喻之作。关于以上三点,我在论周词一文中,曾分别举引其《兰陵王》(柳阴直)、《夜飞鹊》(河桥送人处),及《渡江云》(晴岚低楚甸)诸词为例证,分别做过详细的论说[1],兹不再赘。

而自周词之写作方式出现以后,南宋诸词人遂不免多受有周词之影响,因而乃造成了赋化之词在南宋之世盛极一时之风气。即以南宋著名之词家如姜夔、史达祖、吴文英、周密、王沂孙、张炎诸人而言,虽然成就不同,风格各异,但就其写作之方式而言,则实在可以说莫不在周词的影响笼罩之中。这种现象之出现,当然自有其外在的社会之因素,即如南宋之竞尚奢靡与结社吟词之风气,当然就都有助于此种以安排勾勒取胜的写作方式之流行,[2]而除此以外,私意以为实在也有词在发展方面的本身内在之因素的存在。盖以如我在前文所言,自小令之衍为长调,此固为词之发展的必然之趋势,长调之需要铺陈,此亦为写作上必然之要求,而过于直率的铺陈则不免使婉约者易流于淫靡,豪放者易流于叫嚣,此亦为一种必然之结果。在此种情形下,"赋化"之词的出现,从表面看来虽只是

---

[1] 缪钺、叶嘉莹《灵谿词说》,上海古籍出版社1987年版,第289—329页。

[2] 缪钺、叶嘉莹《灵谿词说》,上海古籍出版社1987年版,第547—548页。

一种写作方式的改变，但实质上却原带有一种想要纠正前二类词之缺失的一种作用。如此说来，自然就无怪乎周词之写作方式，会对南宋词人造成如此重大之影响了。而在词学方面，则与此种写作方式相应合者，乃有张炎之《词源》，与沈义父之《乐府指迷》两种论词专著之出现。综观二书之要旨，如其论句法、字面、用事、咏物，以及论起结、论过变、论虚字等[1]，盖莫不属于如何安排的写作技巧方面之事，而其所以如此重视写作技巧之安排，主要目的又在避免柳词一派之淫靡与苏、辛一派之末流的叫嚣，所以张、沈二家之词论，于重视安排技巧之余，乃又提出了对于"雅"之要求[2]。而南宋词论之所谓"雅"，乃是特别重在句法与字面之雅，这与本文前面所举引的王国维之所谓"词之雅郑，在神不在貌"之针对五代北宋词所提出的论点，实在已有了很大的不同。因此张、沈二家之词论，其想要挽救词之末流的淫靡与叫嚣之失的用心，虽然不错，但可惜的是他们只见到了外表的语言文字，而未能对其何以造成了词之末流的淫靡与叫嚣之失的根本原因，也就是缺少了词之以富于引人生言外之想的双重意蕴为美的一种美学的特质，未能有深刻之反省与认知，因此一意致力于安排之技巧与避俗求雅的结果，遂形成了另外一种得失互见的偏差。其佳者固可以藉写作技巧之安排，使其原有之情意更增加一种深微幽隐的富于言外意蕴之美，至其下者则因其本无真切之情意，因而遂但存安排雕饰之技巧，乃全无言外之意蕴可言。而且此一类词之深微幽隐之意致，既大多出于有心安排之写作技巧，因此如果用我们

---

[1] 张炎《词源》，见《词话丛编》。沈义父《乐府指迷》，见蔡嵩云《乐府指迷笺释》，上海中华书局1948年版。

[2] 张炎《词源》。

在前文所举引的克里斯特娃的解析符号学之说来加以反思，我们就会发现此类词中的符表与符义之间的关系，乃是属于克氏所谓被限制了的"象征的"作用之关系，与花间一派歌辞之词的深微幽隐的引人生双重意蕴之想的，属于"空中语"之全然不受限制的自然生发和融会的所谓"符示的"作用关系，其间有了很大的不同。

而如果以花间词所树立的美学特质而言，则词之美者自当以具含后者之作用关系者，较具含前者之作用关系者尤为可贵。在此种差别中，私意以为对此类赋化之词的衡量，遂有了另一层更为深细的标准。也就是说，能在有心安排之写作技巧中，表现有意蕴深微之美者，固是佳作；但如果其符表与符义之间的作用关系过于被拘限，则毕竟不能算是第一流的最好的作品。举例而言，周济在评周密之词时，就曾谓其词如"镂冰刻楮，精妙绝伦"，但虽"才情诣力，色色绝人，终不能超然遐举"[1]。又在评王沂孙之词时，谓其"思笔可谓双绝，""惟圭角太分明，反复读之，有水清无鱼之恨"[2]。于是周济在其《介存斋论词杂著》中，乃又提出了从"有寄托"到"无寄托"之说。谓"初学词求有寄托，有寄托则表里相宣，斐然成章。既成格调，求无寄托，无寄托，则指事类情，仁者见仁，知者见知。"[3]也就是说学词之人虽可以从有心安排的写作

---

[1] 周济：《宋四家词选·目录序论》第2页及《介存斋论词杂著》第4页下，台北广文书局影印涉喜斋刊本，1962年版。

[2] 周济：《宋四家词选·目录序论》，台北广文书局影印涉喜斋刊本，1962年版，第2页。

[3] 周济：《介存斋论词杂著》，台北广文书局影印涉喜斋刊本，1962年版，第2页。

技巧下手，以求其富含幽微深远的言外之意蕴，但却同时又要超出有心安排所形成的符表与符义之间的被限制了的作用关系，而使之达到一种可以脱除拘限的自由的作用关系，如此方为此一类赋化之词中的最高之成就。而如果以此种标准来衡量，则私意以为周邦彦与吴文英二家之词，实在极值得注意。周词之佳者以"浑厚"胜，虽是以有心安排之写作技巧为之，然而却能"愈勾勒愈浑厚"，不仅泯灭了安排的痕迹，而且具含了一种错综变化"令人不能遽窥其旨"的"沉郁顿挫"的意蕴。[1]这自然是在"赋化之词"中的一种可注意的成就。

至于吴词之佳者，则能于艰涩沉郁中见飞动之致。所以周济之赞美吴词，乃称"其佳者，天光云影，摇荡绿波，抚玩无斁，追寻已远。"又云"梦窗每于空际转身，非具大神力不能。"[2]况周颐也曾赞美吴词，谓"其芬菲铿丽之作，中间隽句艳字，莫不有沉挚之思，灏瀚之气，挟之以流转，令人玩索而不能尽。"[3]这自然也是"赋化之词"中的一种可注意的成就。总之，"赋化之词"虽是以有心安排之写作技巧，改变了花间词之"空中语"的以自然无意为之的写作方式，但此类词之佳者，其仍以具含一种深微幽隐难以指说的双重或多重之意蕴为美的衡量标

---

[1] 周济：《宋四家词选·目录序论》第1页，台北广文书局影印涉喜斋刊本，1962年版。及《白雨斋词话足本校注》第74及76页，齐鲁书社1983年版。

[2] 周济：《介存斋论词杂著》第3页，台北广文书局影印涉喜斋刊本，1962年版。

[3] 况周颐：《蕙风词话》卷二，第48页，《蕙风词话》与《人间词话》合刊本，香港商务印书馆1961年版。

准，则是始终未变的。因此周济所曾提出的"临渊窥鱼，意为鲂鲤。中宵惊电，罔识东西"的一种词所特具的微妙之感发的作用，遂不仅可以适用于"歌辞之词"的佳者，也同样可以适用于"赋化之词"的佳者了。于是词学中之"比兴寄托"之说，遂也从五代北宋之本无托意而可以引人生比附之想的情况，转入为一种纵有喻托之深意，而却以使人难于指说为美的情况了。

透过以上论述，我们已可清楚地见到，词在不断的演进中，虽然曾经过了三次重大的改变。但无论是柳永的长调之叙写对花间令词之语言的改变；苏轼的诗化之词对花间令词之内容的改变；或周邦彦的赋化之词对花间令词之写作方式的改变，尽管他们的这些改变，已曾对花间词之女性叙写与双性心态做出了层层的背离，可是由花间词之女性叙写与双性心态所形成的，以富含引人联想的多层意蕴为美的一种美学特质，则始终是衡量词之优劣的一项重要的要求。过去的词学家们之所以会对于词之雅郑的问题，词之比兴寄托的问题，词之本色与变格的问题，词在诗化与赋化以后当如何加以评赏和衡量的问题，张惠言与王国维二家说词之以不同的方式重视言外之感发的问题，不断地产生种种困惑与争议，私意以为盖皆由于旧日的词学家，不敢正视花间词中之女性叙写，未尝对之做出正面的美学特质之探讨的缘故。希望本文透过西方女性主义文评，对于中国之"词"这种特别女性化之文类的美学特质之形成与演变，所做出的一番反思，对于解答旧日词学中的这些困惑与争议的问题，能够提供一点帮助。

关于中国文学批评之有待于西方理论的补充和拓展，早在六十年代，当我撰写《从比较现代的观点看几首中国旧诗》一文时，就早已有了此种认知。[1]其后在七十年代初，当我撰写《王国维及其文学批评》一书时，更曾在书中第二篇之第一章，对此一问题做过相当理论性的探讨。[2]不过，不久以后我就注意到了有些青年学者在盲目引用西方理论来评析中国古典诗歌时，往往会因旧学根底之不足，而产生了许多误谬和偏差，因此我遂又撰写了《关于评说中国旧诗的几个问题》一篇文稿，想对此种偏差加以劝导和纠正。[3]其后自八十年代初，我与四川大学缪钺教授合撰《灵谿词说》以来，遂久久不复引用西方之文论。然而时代之运转不已，就目前世界情势言，中国之古典文学批评确实已面临了一个不求拓展不足以更生自存的危机。因此近年来我遂又接连写了几篇在西方理论之光照中，对中国传统文学批评加以反思的文稿。[4]这些文稿如果从传统的眼光来看，也许会不免被目为荒诞不经，而如果从现代的眼光来看，则似乎与西方理论并不完全相合，而我的用意则本是取二者之可通者而融会之，而并非全部地袭用，所以我不久前在《论纳兰性德词》一篇文稿中，就曾写有"我文非古亦非今，言不求工但写心"两句诗。[5]而我现

1　见《迦陵论诗丛稿》，中华书局1984年版，第240-275页。

2　见《王国维及其文学批评》，香港中华书局1980年版，第123-145页。

3　见《中国古典诗歌评论集》，香港中华书局1977年版，第109-159页。

4　叶嘉莹《中国词学的现代观》，台北大安书局1988年版。

5　《论纳兰性德词》见《中外文学》第十九卷，第八期，第30页，台北中外文学月刊社。

在则更想引用克利斯特娃的两句话来做自我辩解,那就是"我不跟随任何一种理论,无论那是什么理论"。[1]

1991年9月3日完稿于哈佛燕京图书馆

附 记

本文写作之动机盖始于1990年之春,当时我在温哥华曾举行过一次标题为"词中之女性与女性之词人"的系列讲演。其后于暑期中乃开始动笔写作,而未几即应台湾清华大学之聘,赴台讲学。又曾赴祖国参加辛弃疾词学术会议,琐事忙碌,遂将写作搁置。直至1991年春假,倏惊光阴之易逝,乃决定利用春假期间闭户不出,陆续以将近二周之时间,完成文稿之大半。乃不慎在来往旅行途中,先后将已写成之文稿,及补写成之文稿两度遗失,遂致一直拖延至1991年8月底始将全稿完成。借用一句《圣经》上的话来说,这一篇文章对我而言,可以说乃是"死而复活,失而又得"的,故谨为此记,以为个人两次遗失文稿的不慎之戒。

作者谨识

---

[1] 所引克氏之语见于《语言之意欲》(Desire in Language)一书。(ed. by Leon S. Roudiez. trans. by Thomas Gora Alice Jardine,& Leon Roudiez, New York, Columbia Univ, Press, 1980) p. 1。

散曲骈语选

一、小令（一九四二——一九四四年）

拨不断

故人疏。故园芜。秋来霜满门前路。处世危如捋虎须。谋生拙似安蛇足。不如归去。

寄生草

映危栏一片斜阳暮。绕长堤两行垂柳疏。看长江浩浩流难住。对青山点点愁无数。问征鸿字字归何处。俺则待满天涯踏遍少年游，向人间种棵相思树。

落梅风

寒灯烬，玉漏歇。点长空乱星残月。一天风送将冬至也，拥柴门半堆黄叶。

庆东原

笑王粲，嗤杜陵。登楼只解伤时命。空辜负良辰美景。空辜负花梢月影。空辜负扇底歌声。悔生前不作及时游，到死后听尽空山磬。

红绣鞋

项羽江东豪气。渊明篱下生涯。长空明月笑人痴。一个是沉酣春酒瓮,一个是自刎渡江时。想古今都似此。

叨叨令

说什么逍遥快乐神仙界。有几个能逃出贪嗔痴爱人生债。休只向功名事业争成败。盛似那秦皇汉武今何在。兀的不恨煞人也么哥,兀的不恨煞人也么哥,则不如化作一点轻尘飞向青天外。

水仙子

春来小院杏初花。雨过墙阴草努芽。看看绿满荼蘼架。叹光阴如过马。说兴亡燕入谁家。粉蝶争春蕊,游蜂闹午衙。子规声老尽年华。

朝天子

草鲜。柳妍。沿岸把东风占。一篙新绿碧于天。处处游春宴。几点飞花,一声归雁。到三秋落照边。草干。柳残。稳画出西风怨。

醉高歌

黄尘滚滚弥天。世事匆匆过眼。生离死别都经遍。剩灯下自把银旛细剪。

塞鸿秋

功名未理磻溪钓。求仙未起烧丹灶。清风未学苏门啸。扁舟未放潇湘棹。叹红尘总未消。问大梦谁先觉。但只见滚滚的轮蹄儿早碾破了长安道。

山坡羊·咏蝉

槐阴满砌。榆钱铺地。一声蝉下劳人泪。送春归。待秋回。五更霜重留无计。两岸芦花风乍起。嘶。犹未已。痴。谁似你。

折桂令

想人生恨最难消。柳为谁青，花为谁娇。九月寒蝉，三春杜宇，一梦南朝。算只有长江不老。到天涯依旧滔滔。世事徒劳。易水西风，白下寒潮。

清江引

连宵夜霜飞上瓦。高柳蝉都罢。蛩傍短墙吟，雨趁西风下。小庭前满阶黄叶洒。

二、套曲

般涉调耍孩儿

春光只许添惆怅。有好景也无心细赏。长堤辜负柳丝黄。但终朝把定壶觞。故家燕子归何处，巷口乌衣几夕阳。闲凝望。见了这春波潋滟，猛回头无限沧桑。

二 煞

俺也曾誓雄心坚似铁，拂吴钩寒作芒。少年豪气凌云上。则道是壮怀不遂屠龙志，纵兴应耽文酒狂。却谁料皆空想。都只为连朝风恶，不画眉长。

一 煞

见只见蜂蝶纷纷争嫩蕊，听只听杜宇声声啼断肠。春魂冉冉随风荡。今日个是踏青士女如云聚，明日个我立马西风数雁行。事事堪惆怅。说什么吹箫击筑，酒侣高阳。

尾 声

这红尘岂乐乡。人生原是谎。悔当初不把相思葬。空余着这一缕愁根也随着人年岁儿长。

一九四三年癸未正月作

大石调六国朝

听楼头叫残归雁，看阶前老尽黄花。憔悴本来真，繁华都是假。浑不闻夜深雨滴檐牙。但只见清朝霜铺万瓦。更加着满地的西风禾黍，一池的秋水兼葭。绕树乱鸦飞，遍山黄叶洒。

归塞北

天欲暮，处处起悲笳。人世几回伤往事，茅屋一角染明霞。荒径似陶家。

么 篇

柴门外，车马任喧哗。学剑我原输项羽，驻颜何处有丹砂。事事镜中花。

雁过南楼煞

这日月是窗前过马。梦犹赊更鼓三挝。算人生一任教天公耍。我和你非呆即傻。从今后莫嗟呀。随便他蛮触纷纷几时罢。

正宫端正好·二十初度自述

才见海棠开，又早榴花绽。春和夏取次推迁。一轮白日无人挽。消磨尽千古英雄汉。

滚绣球

想人生能几年。夭和寿一任天。尚兀自多求多恋。便做个追日死夸父谁怜。也不痴，也不颠。争信这人生是幻。长日的有梦无眠。怕的是此身未死心先死，一事无成两鬓斑。有几个是情愿心甘。

倘秀才

十九年把世情谙徧。回首处沧桑无限。悔则悔全无个纵酒高歌忆少年。忒平淡。忒心酸。把韶华都做了寻常过遣。

叨叨令

我愿只愿慈亲此日依然健。我愿只愿天涯老父能相见。我愿只愿风霜不改朱颜面。我愿只愿家家户户皆欢忭。试问这愿忒赊些也么哥，试问这愿忒赊些也么哥，不然时可怎生件件皆虚幻。

尾 煞

这底是人生何事由人算。可知我已过今年更几年。常言道无情岁月增中减。怎说道花有重开月再圆。昨日个是长堤杨柳摇金线。今日个是柳老青荷取次圆。明日个柳枯荷败光阴变。天边吹起南飞雁。北风吹雪下平原。那时节才把天地真吾现。似这般尘世何堪恋。身后生前。一例茫然。且趁着泪尚未干。鬓尚未斑。好把这离合悲欢快交点。

仙吕点绛唇

春老花残。酒阑人散。似这些都休怨。你不见那满空的落叶翩翩。早则是韶光变。

混江龙

西风无限。人生多少恨难言。漫赢得头上乌丝成白发,空悬着腰间宝剑长青斑。秋老怕题红叶字,春深懒看绿杨烟。到头来一声长叹。年华是东流不返。世事如皓月难圆。

寄生草

空将这愁绪托残简。相思写断笺。晚秋天。倚危楼数尽南来雁。早春时，把同心结在垂杨线。粉墙边。有泪痕洒上桃花片。纵教那人间万象尽虚空，则我但有这情心一点终留恋。

上马娇煞

盏盏酒，仰头干。一回沉醉一颓然。壮怀消尽当初愿。欲待问青天。空赢得泪如泉。

仙吕赏花时

春 游

岸草初生剪剪齐。乳燕学飞故故低。波初涨，柳初稊。远山乍翠。青似女儿眉。

幺 篇

十里夭桃着锦衣。一阵东风荡酒旗。何处杜鹃啼。向离人耳底。频道不如归。

赚煞

这壁厢柳争妍,那壁厢花呈媚。一处处蜂娇蝶喜。似此韶光讵可违。泛轻舟游遍前溪。杖青藜踏遍长堤。醉惹杨花满袖归。说什么流觞曲水。兰亭修禊。且将这一杯残酒奠向板桥西。

中吕粉蝶儿

酒病禁持。自秋来更无情思。噪西风怕听那断续蝉嘶。空阶下,短篱旁,豆花凝紫。这一番惆怅芳时。更不减送春归绿荫青子。

醉春风

憔悴又经年,劳生空一指。想人间万事总参差。世情薄似纸。纸。冬夏炎凉,春秋冷暖,数年来早悟彻了风禅诠次。

红绣鞋

掩柴门静如萧寺。剔银灯细写秋辞。说什么佳花好月少年时。可知那月圆无几日。花落剩空枝。自古来有情人多半是怀恨死。

十二月

　　长相思写不上蛮笺一纸。别离愁浑难系垂柳千丝。则被这金风劲撺断得秋莲香减，云雾重耽搁了鸿雁来迟。这的是天心若此。更说甚人意难知。

尧民歌

　　谁承望稼轩豪气草堂诗。便这些生事家人我已久不支。况值着连年烽火乱离时。哪里讨烂醉金尊酒一卮？嗟也波咨。清狂浑似痴。落拓成何事。

耍孩儿

　　常拼着一年兰芷思公子。谁晓得直恁的河清难俟。经几度寒林衰草日斜时。则那行吟泽畔的心事谁知。论情怀，我对着三更灯火倒似有千秋意。论事业，则赢得一榻空花两鬓丝。他年事。畅好是茫茫未卜，枉嗟叹些逝者如斯。

一　煞

　　则被那东风挑菜天，秋宵听雨时。两般儿消减尽英雄志。试问您那读书学剑终何用，到头来断梗飘蓬也只得任所之。天时人事何堪恃。好光阴断送与乌飞兔走，短生涯消磨在帽影鞭丝。

尾 声

才过了清明端午繁华日。又早近重九人间落叶时。看严霜一夜生阶次。欲无愁,则除是去访那得道深山的赤松子。

一九四四年秋作于北平沦陷区中

越调斗鹌鹑

有书来问以近况谱此寄之

高柳蝉嘶,新荷艳逞。苔印横阶,槐阴满庭。光阴是兔走乌飞,生涯似飘蓬断梗。未清明辞别了燕京。过端阳羁留在秣陵。哪里也塞北风沙,早则是江南梦醒。

紫花儿序

一般凄冷。淮水波明。蓟树云凝。风尘南北,哀乐零星。人生。说法向何方觉有情。把往事从头记省。恰便似梦去难留,花落无声。

小桃红

有多少故人书至尚关情。惭愧我生计无佳胜。休猜做口脂眉黛打扮得时妆靓。镇常是把门扃。听隔墙叫卖枇杷杏。赋长闲寂寞营生。新水土阴晴多病。哪里取踏青拾翠的旧心情。

秃厮儿

更休问江南美景。谁曾见王气金陵。空余下劫后长堤杨柳青。对落照，逞娉婷。轻盈。

圣药王

争败赢。论废兴。可叹那六朝风物尽飘零。更谁把玉树新词唱后庭。胭脂冷旧井。剩年年钟山云黯旧英灵。更夜夜月明潮打石头城。

麻郎儿

说什么秦淮酒醒。画舫箫声。但只见尘污不整。破败凋零。

么 篇

近新来更有人把银元业营。遍街头一片价音响丁丁。寻不见白石陂陶公故垒，空馀下朱雀桥花草虚名。

东原乐

这壁厢高楼耸,那壁厢园菜青。错落高低恰正好相辉映。小巷内雨过泥泞不可行。好教人厮僥幸。休想做听流莺在柳堤花径。

棉搭絮

俺也曾游访过禅林灵谷,拜谒了总理园陵。斜阳有恨。山色无情。白云霭霭,烟树冥冥。大古来人世凄凉少四星。山寺钟鸣蔓草青。更休赋饮恨吞声。向哪里护风云寻旧灵。

么 篇

乌衣巷曲折狭隘,夫子庙杂乱喧腾。故家何处,燕子飘零。霎时荣辱,旦夕阴晴。当日个六代繁华震耳名。都成了梦幻南柯转眼醒。现而今腐草无萤。休讥笑陈后主后庭花,可知道下场头须自省。

拙鲁速

我家住在绒庄街，巷口有小桥横。点着盏洋油灯。强说是夜窗明。这几日黄梅雨晴。衣履上新霉绿生。清晓醒来时也没有卖花声。则听见刷啦啦马桶齐鸣。近黄昏有卖江米酒的用小碗儿分盛。炙糕担在门前将人立等。我买油酱则转过左边到南捕厅。

尾 声

索居寂寞无佳兴。休笑这言词儿芜杂不整。说什么花开时三春觅句柳丝长，可知我月明中一枕思乡梦魂冷。

一九四八年旅居南京亲友时

南仙吕入双调步步娇九日未得与登高之会次卢冀野先生韵

篱豆花开秋容老。风日重阳好。雁飞残暑消。翠黛迎人，胭脂点蓼。相劝客登高。怯单寒我不耐风吹帽。

江儿水

闭户销白日,填词自解嘲。锁梧桐一角闲庭小。叫长空三五征鸿少。掩寒窗几叶芭蕉好。负佳节非关性矫。多病停杯,争敢比杜陵潦倒。

清江引

一挥彩毫成赋早。只我无诗料。索和感春风,俚句惭清诏。待明朝亲呈冀师求印可。

一九四八年十月

双调新水令

怀故乡北平

故都北望海天遥。有夜夜梦魂飞绕。稷园花坞暖,太液柳丝娇。玉蝀金鳌。念何日能重到。

驻马听

想古城春暖冰消。红杏朱藤着雨娇。秋高日好。青天碧瓦倩谁描。中南三海玉阑桥。东西如砥长安道。旧游情未了。向天涯谱一曲怀乡调。

得胜令

说什么莼羹鲈鲙季鹰豪。登楼作赋仲宣劳。故里人情厚，华年美梦娇。逍遥。昆明湖上春波棹。苗条。后海堤边杨柳腰。

乔牌令

到今日相思魂梦遥。往事云烟渺。想人情同于怀土休相笑。我则待理残笺将风光仔细描。

甜水令

常记得春来时，积雪初消。垂杨绿软，杏花红小。梨白海棠娇。出城郊西直大道。踏青游草妒春袍。

折桂令

常记得夏来时，日初长布谷声高。庭槐荫满，榆荚钱飘。火绽榴花，翠擎荷盖，果熟樱桃。什刹海鲜尝菱角。五龙亭嬉试兰桡。最好是月到中宵。风过林梢。看多少叶影田田，舟影摇摇。

锦上花

　　常记得秋来时，剪烛吟诗助相思纱窗雨哨。登楼望远畅胸襟四野风飘。赤枣子点缀着闲庭情调。黄花儿逞现着篱下风标。凉宵萤火稀，永夜银河悄。香山枫叶艳，北海老荷凋。写不尽气爽天高。古城秋好。鸳瓦上白露凝霜，雁影边纤云弄巧。

碧玉箫

　　常记得冬来时，瑞雪飘飘。白满门前道。寒夜萧萧。风号万木梢。喜围炉共看红煤爆。半空儿手内剥。晴明日，看碧天外鸢影风摇。冰场上刀光寒照。爱古城玉琢银装，好一幅庄严貌。

鸳鸯煞

　　常记得故乡当日风光好。怎甘心故乡人向他乡老。思量起往事如潮。念故人阻隔着万水千山，望天涯空嗟叹信乖音渺。说什么南浦畔春波碧草。但记得离别日泪痕多，须信我还乡时归去早。

一九五三年在台湾作

三、联语

挽外曾祖母联

忆昔年觅枣堂前，仰承懿训，提耳诲谆谆。
何竟仙鹤遄飞，寂寞堂帷嗟去渺；
痛此日捧觞灵右，缅想慈容，抚膺呼咄咄。
从此文鸾永逝，凄迷云雾望归遥。

一九四〇年作时年十六

代人贺李宗侗先生夫妇六十双寿

柱史才名，齐眉嘉耦；
尚书门第，周甲长年。

二十世纪六十年代在台湾作

挽郑因百教授夫人

萱堂犹健，左女方娇。我来十四年前，初仰母仪瞻笑语；

潘鬓将衰，庄盆遽鼓。人去重阳节后，可知夫子倍伤神。

代父挽郑因百教授夫人

荆布慕平陵，有德曜家风，垂仪百世；
门闾开北海，似康成夫婿，足慰今生。

代台大中文系挽董作宾先生联

简拾流沙，覆发汲冢。史历溯殷周，事业藏山应不朽；

节寒小雪，芹冷璧池。经师怀马郑，菁莪在沚有余哀。

代台静农先生挽董作宾先生联

四十年驹隙水流，忆当时聚首燕台，同学少年，视予犹弟；

三千牍功成身逝，痛此日伤心海上，故人垂老，剩我哭君。

代人挽王平陵联

掷笔人归书未了；
卧床妻病目难瞑。

余又荪先生以车祸丧生代余夫人挽联

百岁光阴，千秋事业，有泰山之重，有鸿毛之轻，如君死太无名，忍使精魂丧轮下；

一封噩电，万里遄归，如连枝之折，如比目之分，从此生何可乐，空余长恨向天涯。

代人挽溥心畬先生联

是一代清才,为末世王孙,谁知孤抱?
擅三绝书画,留苍松遗笔,想见高风。

又一联

云林墨妙无双品;
太室名藏不朽人。

代人挽台大张贵永教授张教授为史学家,以暴疾殁于西德。

马帐风寒,万里噩闻欧陆远;
麟书史在,千秋事业玉山传。

代张目寒夫人挽父联

罔极念深恩,忆儿时萱堂早背,鞠育抚双雏,父是严亲兼慈母;
丧明知抱痛,叹英岁芝兰竟折,晨昏依卅载,我为弱女愧非男。

代人挽于右任先生联

　　生民国卅三年之前，掌柏署卅三年之久，开济著勋猷，朝野同悲国大老；
　　溯长流九万里之远，抟天风九万里之高，淋漓恣笔墨，须眉长忆旧诗人。

代人挽秦德纯联

千秋付史官之论，尘劫忆燕云，岂止才难兼意苦；
今夏有樽酒之聚，清谈犹昨日，何知小别竟长归。

代人拟施氏临濮堂联台湾鹿港施氏新建宗祠，云其先世曾封临濮侯，其族人因以临濮名堂，嘱以堂名嵌字为联

　　临履宜中，化及他方德乃大；
　　濮封世远，裔传遥海泽弥长。

代人挽某同学父

陟屺伤心，风树从今泣游子；
耄年遗恨，天涯犹自盼王师。

代父挽友人联

矍铄想当年，今雨同来惟有泪；
凄凉悲此日，古稀身后竟无人。

代人贺某女教师退休联

卅七年化雨春风，孟母德仪尼父业；
数千里江南海峤，鸿光嘉耦鹿门归。

不列颠哥伦比亚大学亚洲研究中心内中国研究室落成，撰联为贺

程门马帐薪传地；
东观西园海外天。

周士心教授与陆馨如夫人金婚之喜，代谢琰先生撰联为贺

游艺贯中西，四海云山来纸上；
风诗友琴瑟，五旬嘉耦羡人间。

蔡章阁先生获颁荣誉学位，撰联为贺

德教久传名，百岁树人功不朽；
琼林今开宴，九如称颂祝长年。

《松鹤天地》十二周年报庆，代谢琰先生撰联为贺，中嵌松鹤天地四字

文德比青松，十二载植根得地；
高风拟鸣鹤，九万里结响遥天。

一九七六年周总理逝世时为联合国中国代表团所开追悼会中代撰之挽联

革命为人民求解放，尽瘁忘身，不惜忧劳终一世；
运筹为举世拓新猷，折冲樽俎，长留功业在人间。

为周总理纪念馆拟联

长年伴虎生涯,苦意有谁知,忍听人传身后谤;
千古卧龙相业,忧劳将身殉,固应祠向世间留。

【注】

纪念馆未用此联,而改用一九七六年周总理逝世时我为联合国中国代表团所开追悼会中代撰之挽联。

为加拿大温哥华中山公园撰联

四宜书屋

四时花木庭常绿;
一卷诗书此最宜。

华枫堂

春赏华荣,风槛垂杨饶舞态;
秋看枫艳,石山流瀑有清音。

涵碧榭

池水一泓碧;
天光万古涵。

通艺堂嵌字联（代中侨互助会作）

通才有识融中外；
艺海无涯汇古今。

赛伟廉博士荣休纪念（Dr. William Saywell）代西门菲沙大学王健教授作

学术拓新猷，万里经文通亚太；
菁莪怀旧泽，十年德教在黉宫。

壬午夏亚洲看书馆日文部权并恒治先生荣休纪念（代谢琰先生作）

卅载同工，共以图书为伴侣；
一生归老，长留勋绩在黉宫。

贺施友忠教授七旬初度之庆

九畹抱芳怀　桃李三千植海外
七旬夸健者　梅花一曲记平生

一九七三年

代联合国中国代表团撰周总理挽联

革命为人民求解放，尽瘁忘身，不惜忧劳终一世；
运筹为举世拓新猷，折冲樽俎，长留功业在人间。

一九七六年一月

与联合国中国代表团友人合撰毛主席挽联

井冈山建军，遵义县会议，经两万五千里长征，
辟地开天，救危立国，功略驾汉武秦皇而上；
沁园春述志，念奴娇问鸟，历八十有二年岁月，
著作等身，声名盖世，思想如高山伟岳长存。

一九七六年九月

祝中华诗词学会成立

游子远瀛归，喜见知音遍华夏；
良辰群彦集，共钦高躅忆灵均。

一九八七年五月

贺U.B.C大学亚洲系蒲立本教授荣退

在沚菁莪思化雨；
藏山述作祝长年。

丁卯冬日作

舞鹤文物店新张嵌字联

花发舞姿新，物美固应人共赏；
云翔鹤羽洁，品高宁与俗同尘。

二〇〇三年

尹洁英女士八旬寿庆贺联

十六载往事如新，记讲学当年，辽沈燕都，万里相陪蒙照拂；八旬寿慈萱未老，想华堂此日，儿孙亲故，千觞共举颂期颐。

二〇〇三年

魏德迈（Wickberg Edgar）教授精研华侨历史，曾在侨乡实地考察，退休后在温哥华创立历史学会，友人嘱为撰联相贺

踪迹遍侨乡，曾著史书勋业永；
云城创协会，更传文化海天长。

二〇〇七年

为王健教授撰联致送加拿大亚太基金会

翼展鹏飞好向重洋启门户；
云蒸霞蔚要从四海汇斯文。

二〇〇七年八月

谢琰先生嘱写此联以赠友人

九皋鸣鹤；
四海传声。

二〇〇九年六月一日

题台湾杜维运教授夫人孙雅明女士绘月下黑白双兔图

无损阴晴，云外一轮光皎洁；
欲分黑白，毫端双兔色分明。

二〇一〇年八月

为中华书局百年之庆所作贺联

万卷新装添邺架；
百年盛誉满学林。

二〇一二年二月十五日

贺全清词雍乾卷出版

词苑珠林，鸿篇开盛世；
名山宝藏，大业继闲堂。

二〇一二年三月

贺南开大学出版社成立三十周年之庆

百岁树人,端赖图书开伟业;
卅年而立,喜看邺架满新编。

二〇一三年三月二十日

温哥华摄影学会成立四十周年贺联

四十年华,早是立身不惑地;
三千世界,都为入镜有情天。

二〇一四年九月

贺马凯先生忠秀女士结婚四十周年之庆

四十年凤和鸾鸣,挚爱凝成红宝石;
九万里鹏飞鲲化,骏蹄直上碧云天。

二〇一四年十二月一日

乙未新春迦陵偶题

马足已开新域界;
羊毫待绘锦江山。

二〇一五年二月十八日

杨敏如学姊百岁寿辰贺联

一生爱读红楼梦；
百岁犹存赤子情。

二〇一六年五月三十一日

张海涛于家慧二人俱爱诗词喜成佳耦想见唱和之乐书此为贺

缘结鸾凤夸双美；
诗咏关雎第四章。

钱学森诞辰105周年上海交通大学钱学森研究中心嘱题

伟业长留天地间；
高情直傍云霄上。

丙申冬日于天津

挽冯其庸先生联

瓜饭记前尘，中道行宽，梦写红楼人共仰；
天山连瀚海，西游乐极，心存净土世同钦。

二〇一七年一月

横山书院成立十年之庆

思往圣仰高山薪传经史艺文设帐十年收硕果；
集时贤听倪论学贯东西今古立言万世拓新猷。

二〇一八年十一月二十八日

为日本汉文学百家集题辞

时地虽相异；
诗心今古同。

二〇一八年十二月二十五日

四、骈文

顾羡季先生五旬晋一寿辰祝寿筹备会通启

盖闻春回阆苑，庆南极之烜辉；诗咏閟宫，颂鲁侯之燕喜。以故麦丘之祝，既载齐庭；寿人之章，亦播乐府。诚以嘉时共乐，寿考同希。此在常人，犹申祝典，况德业文章如我夫子羡季先生者乎！先生存树人之志，任秉木之劳。卅年讲学，教布幽燕；众口弦歌，风传洙泗。极精微之义理，赅中外之文章。偶言禅偈，语妙通玄；时写新词，霞真散绮。寒而毓翠，秀冬岭之孤松；望在出蓝，惠春风于细草。今岁二月二日即夏历丁亥年正月十二日，为我夫子五旬晋一寿辰，而师母又值四旬晋九之岁。喜逢双寿，并在百龄。乐嘉耦之齐眉，颂君子之偕老。花开设帨，随淑气以俱欣；鸟解依人，感春风而益恋。凡我同门，并沐菁莪之化，常存桃李之情。固应跻堂晋拜，侑爵称觞。欲祝嘏之千秋，愿联欢于一日。尚望及门诸彦，共襄斯举。或抒情抱，或贡词华。但使德教之昌期，应是同门之庆幸。日之近矣，跂予望之。

一九四七年

附歌词一首

水云谣

一九六八年旅居美国康桥，赵如兰女士嘱我为其父赵元任先生所作之歌曲填写歌辞，予素不解音律，而此曲早有熊佛西先生所写之歌辞，因按照熊辞之格式试写《水云谣》一曲。

（一）

云淡淡，水悠悠，两难留。白云飞过天上，绿水流过江头。云水一朝相识，人天从此多愁。

（二）

云缠绵，水沦涟，云影媚，水光妍。白云投影在绿水的心头，绿水写梦在云影的天边。水忘怀了长逝的哀伤，云忘怀了飘泊的孤单。

（三）

云化雨，水成云，白云愿归向一溪水，流水愿结成一朵云。一任花开落，一任月晴阴，唯流水与白云，生命永不分。

(四)

云就是水，水就是云，云是水之子，水是云之母。　　生命永相属，形迹何乖分，水云相隔梦中身。

(五)

白云渺渺，流水茫茫；云飞向何处，水流向何方。有谁知生命的同源，有谁解际遇的无常。

(六)

水云同愿，回到永不分的源头，此情常在，此愿难酬。水怀云，云念水，云飞水长逝，人天长恨永无休。

附熊佛西原辞

（一）

爱之泉，爱之源，愿你流到天上，愿你流到人间，愿你流个永久，愿你流个普遍。

（二）

诗之苗，诗人要，爱之苗，诗人要，愿你生长在诗人的心壤，愿你歌唱在诗人的心头，愿你颂尽人间的快乐，愿你唱尽人间的烦恼。

（三）

爱之花，爱之果，愿你不要像一朵花，愿你不要像一颗果，鲜花容易谢，美果容易落，愿你像个沙漠地的大骆驼。

(四)

诗就是爱，爱就是诗，诗是爱之泉，爱是诗之母，生命就是爱，爱就是生命，一对恩爱的情人。

(五)

我是爱神，你是诗人，我是爱之母，你是诗之父，咱们是生命的结晶，咱们是生命的结晶。

(六)

爱、诗、生命，三个分不开的和声，应该拥抱，应该接吻，我是爱，你是诗，你我诗与爱，就是生命的灵魂。

《葉嘉莹诗文选集》（己亥增订版）编后

我是2007年的初秋至2009年的深秋，在葉嘉莹先生门下做博士后，站点在南开大学中华古典文化研究所，课题主要是迦陵诗词的研究。

我早在1994年就加入了中华诗词学会，后来又当选常务理事。当时中华诗词学会（具体说是学会图书编著中心）正在陆续编辑出版一套《中华诗词存稿》，他们打算给葉先生出专辑，找到我。关于葉先生书稿出版的事情是由她的助理张静负责的，他们与张静谈妥之后，就把编辑的任务交给了我。

那时候葉先生一般是春天回加拿大，秋天回到位于天津的南开大学。我是2008年秋天正式开始编辑工作的。商定之后，书名定为《葉嘉莹诗文选集》。根据我的提议，葉先生本人确定并调整，选集的内容分为三个部分：诗词编年选、诗词论文选、散曲骈语选。

以往葉先生的诗词集一般都是按照体例划分的，比如诗、词、曲、联等，大多也会注明写作时间。我这次是以创作的年代为序编辑的，过程中会遇到一些疑问，经常会与葉先生当面核实。而葉先生的诗词稿并不是都严格标注了写作时间，即使标注了，还是会有疑问。时光变迁，葉先生有时候也难以清楚记得。

比如《瑶华》这首词，葉先生的小序分明写了："戊辰荷月初吉"，戊辰是1988年，中华诗词学会是1987年成立的，那是一周年的时候。但是葉先生说那首词应该是中华诗词学会成立大会（端午节）之后写的。当时的情景历历在目：她作为中华诗词学会的顾问在主席台就坐，赵朴初老居士也在座，认识之后邀请她去广济寺吃素斋，她填了《瑶华》词，赵朴老之后还和了一首。在《红蕖留梦》（她的口述回忆录）中的《我与赵朴老相交往的二三事》一节中这样写道：

  1988年夏历5月，中华诗词学会正式成立，在北京召开大会，我被邀请以顾问的名义出席了会议，并且在会上做了简短的发言。发言后主持人介绍我与主席台上各位贵宾见面，其中一位就是赵朴老。……

  我当时是把这首《瑶华》算在了1987年的创作里，因为叶先生说是中华诗词学会成立那年写的。后来，中国书籍出版社的副总编辑赵安民先生帮助查找了若干资料，包括《赵朴初韵文集》（上海古籍出版社2003年4月版）和《赵朴初研究·赵朴初社会活动年考》（熊旌旗著，中国致公出版社2013年8月版）。现在基本上确定那首《瑶华》词写于1988年，中华诗词学会成立一周年庆祝大会之后。

  "诗词编年选"这部分，当年初版时，作品的创作时间跨度是1939年至2007年，六十八年间的。

  集中的两篇论文是叶先生自己选的，比重不大，是叶先生学术研究之一斑，这也是她倾毕生之力关注的两个问题，一个是诗歌的吟诵传统，一个是词之美感特质。

  散曲骈语选，我分为四个部分：小令、套曲、联语、骈文。

凡此种种，文字量太大，不适宜看电子版，我一般是电子录入，打印了之后再编辑纸稿，而且为了方便叶先生直接用笔修改，我都是把打印稿、校样给叶先生送到家里，请先生审阅。

初稿编辑完成是在2009年的2月，序言要等叶先生3月份到达加拿大之后确定，本来是想等她写篇自序的，后来她决定采用缪钺老先生的序言。

那本集子要求正文前面附录若干照片。都是我跟先生一起选的。我们看了大量纸本的老照片，最终选定20馀张，我找朋友用专业扫描仪扫描之后交给中华诗词学会的李葆国先生。

叶先生那年是2月28日回温哥华的。她还说可能要给诗词加注，说是回去之后传真给我，我再转交。

这本书是次年2010年8月正式出版的。

或许是因为版权的有效期一般十年，十年之后的2020年，中国书籍出版社打算重新出版这部书稿（据说整套80部），赵安民先生参与审稿，他记起我当年编书的事情，命我写个编后。而对于十年前的编辑历程我已经一片茫然，又不记得当年写过什么记录的文字，只能努力回忆一二。

这次编辑己亥修订版，我希望补编叶先生近十二年的作品，合为诗文创作八十年选编（1939年—2019年）。

2020年1月13日，农历腊月十九，苏东坡的生日，我特意前往天津的南开大学，请叶先生亲自签了出版合同，并说了打算补充诗词作品的事情。没想到，当天晚上，叶先生就让安易老师发来了诗词稿的电子版，非常感动。

这是一本叶先生的创作集，收录了她的各类文体创作，而叶先生却说，她毕生的事业是教书，用教书的形式传承这世间最美好、最妙不可言的诗词之生命。叶先生一直不希望宣传她个人，即使出版她的诗文作品，也希望作为接引后学之方便。

　　有缘在叶先生门下两年，有幸为她编辑这部《诗文选集》。这些年我随缘做事，能够做的也只是教了很多初学者写作格律诗词，这得到了叶先生很大的支持和鼓励。往事随风，珍重当下这瞬间的永恒。

　　借用叶先生的词句：遗音沧海如能会，便是千秋共此时。

尽 心

2020/5/20（庚子年四月二十八，小满）

编者补记：

这篇后记请叶先生审阅，针对其中提到的《瑶华》一词的疑问，她很认真地予以核对，并且让助理及时与我联系，确定她与赵朴老唱和之《瑶华》词系年应该是1988年，即中华诗词学会成立之次年。补充说到已对我所征引之《红蕖留梦》一书略有修订，并且拍照了新版改正后的正文和附录的年谱。《红蕖留梦》一书于2013年由三联书店出版发行，修订部分内容之后即将再版。

在此说明。

尽 心

2020/7/9补记